YOUR FORMA

Electronic Investigator Echika and the Dream of the Crowd

菊石まれほ

MAREHO KIKUISHI

【イラスト】——野崎つばた

Illustration
Tsubata Nozaki

ユア・フォルマ

電索官エチカと

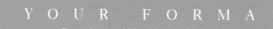

――あなたに潜れたら、どんなにいいか。

ハロルド・W・ルークラフト

Harold W. Lucraft

世界に三体しかいない超高性能「RF モデル」アミクス。路頭に迷っていたところを刑事ソゾンに拾われ、類い希な観察眼を養う。エチカの電索補助官を務める。

エチカ・ヒエダ

Echika Hieda

人並み外れた情報処理能力を持ち、世界最年少で電索官に着任した天才。ハロルドの開発者であるレクシー博士から『RFモデルの秘密』を託され、苦悩する。

君の思考に、
入り込めたらよかった——。

「……本当、馬鹿ですよね」

ひりつくほど乾いた風が、ビガの髪を撫でていく。

髪飾りの上で、光が跳ねて。

「——誰かの力になりたいと思っても、
結局、こういうことしか知らないんだから」

ビガ
Bigga
ノルウェーの「機械否定派」居住地域に暮らす、サーミの少女
家業であるバイオハッカーを続ける傍ら、電子犯罪捜査局の民間協力者としても行動している。

SYSTEM ALERT
SPECIAL REPORT
《銃器所持は国際AI運用法第十条に抵触》
《ただちに放棄せよ》
EXPAND
もう、失いたくない。
——何故？

彼女には、もうずっと
ロジックが成立しない。
――何かが、壊れそうだった。

YOUR FORMA

Electronic Investigator Echika and the Dream of the Crowd

CONTENTS

菊石まれほ

［イラスト］——野崎つばた

ユア・フォルマ

電索官エチカと群衆の見た夢

TEN NO REAL, NO FAKE

LOG IN

Help About TEN Contact us Premium Offer TEN Communities Hot Topics

Trending Today

—Either the best or the worst at it
hacking accusation
behind 42% of detected state-backed hacks......
Norway Tax Reform
Norway will sign global corporate tax deal and they will soon incre......
Long bewaited Comic book!
"Your Forma" has been beautifully comicalized by talented Yoshinori......

TEN PREMIUM

Why don't you want to catch up with the world?
Yes, you can do so any time, and any where! For more information⇒

Try Now

Help
About TEN
Contact us
Premium Offer
Communities
Hot Topics
Careers
Press
Advertise
Security Terms
Content Policy
Privacy Policy

Popular posts Hot New

E r/somethingreal · Posted by E/BrainPeeker 12 hours ago

知覚犯罪事件の容疑者イライアス・テイラーは、ユア・フォルマを使って人々の思考を操作している。電子犯罪捜査局はこの事実を知ったが、隠蔽した。

敵は強大だ。しかし、諸君らの智慧は必ず勝利をもたらす。

1.3k Comments Share Save

E r/somethingreal · Posted by E/BrainPeeker 12 hours ago

真実を追求せよ

序章―仮面

もうずっと、自分を疑っている。

過《あやま》ちだと分かってなお手放せない感情には、どんな醜い名前がついているのだろうか？


六月。

ケント州アシュフォードは、イングランド南東部に位置する静かな町である。大都会ロンドンとは違い、建物たちはひどく控えめな表情だ。曇天の下、私立刑務所に向かうバスの中から見つけられた通行人は、片手の指で足りるほどだった。

エチカがそう話すと、レクシー・ウィロウ・カーター博士は素っ気なくこう言った。

「まあのどかな町だ。観光客がやってきても、さっさとライ行きに乗り換えて立ち去る」

アシュフォードの外れ。私立刑務所の面会室は、殺風景なカフェテリアに似ている――規則正しく並んだテーブルでは、収監されている女性囚人たちと面会人が、ひそひそと小声でやりとりを交わしていた。壁際《かべぎわ》に立った刑務官は、鷹《たか》のような目をぎらつかせている。

「でも電索官、まさか君が来るとは思わなかったな。捜査局がよく許したね」

レクシーは、判決が出た時よりも少し痩せた。長かった髪はばっさりと切り捨てられ、耳が露《あら》わになっている。首のチョーカー型ネットワーク絶縁ユニットは、囚人専用のそれだ。複数の刑務官のＩＤ認証がなければ、外せないのだと聞いた。

「捜査局には相談していません。休日を使って、単に『友人』として来ました」

「それはそれは……実はというほどでもないが、君が一人目の面会者だよ」博士は退屈そうに、長い足を組み替えた。「身内に縁を切られたことを忘れていてさ。エイダンが捕まってさえいなければ、多分真っ先に会いにきたんだろうが……いや、今のはジョーク」

二ヶ月前——ロンドンで発生したRFモデル関係者襲撃事件は、RFモデルの開発を主導したレクシー博士と、彼女の旧知であるエイダン・ファーマンの逮捕によって幕を閉じた。

レクシーは誘拐罪、殺人未遂、国際AI運用法違反など複数の罪状に問われ、法廷で懲役十五年の実刑判決が下った。先月末から、この女性囚人専用の私立刑務所に収監されている。

「そういえば、エイダンの判決は出たんだっけ？」

「十三年服役することになったそうです」

ファーマンは当時、レクシーに撃たれて重傷を負った。その後回復したものの、人が変わったかのように、『RFモデルの秘密』について言及しなくなった。取り調べでも法廷でも、彼は終始燃え尽きた抜け殻のようで——時々思う。レクシーはファーマンの機憶《きおく》を抹消したが、同時に別の何かを施したのではないかと。

ただ、これ以上のものを背負う勇気もなく、敢《あ》えて確かめることもできずにいる。

「私よりも若干刑期が軽くて何より」レクシーは皮肉って、「しかし電索官、私たちが友人同士だったようで嬉《うれ》しいよ。確かに訳ありの仲だ。いっそ友人という表現では不足している」

エチカはちらと、刑務官を盗み見た。こちらのやりとりは聞こえていないようだ。

「博士。あなたの友人を自称したことは許していただきたいんですが、つまり……」

「君が来た理由は分かっている。秘密を守っていることを伝えにきたんだろう？　律儀《りちぎ》だ」

RFモデル関係者襲撃事件は表向き、相応に騒がれた。一方で、RFモデルの真実は秘匿されたままだ。ノワエ・ロボティクス社や国際AI倫理委員会《IAEC》はもちろん、電子犯罪捜査局やマスメディアも、誰一人として彼らに搭載された『秘密』については察していない。

秘密——神経模倣《ニューロミメティック》システムは、人間の脳神経回路を再現したそれだった。倫理委員会の審査基準はもちろんのこと、道義的にも到底、認められるものではない。何せRFモデルのブラックボックスは恐ろしく深く、彼らは敬愛規律の正体すら悟っている。

「あれから、マーヴィンの死体を解析したの？」

「ええ、アンガス室長が」と、エチカは頷《うなず》く。「博士が仕込んだ暴走コード以外のものは、見つけられなかったそうです。わたしがマーヴィンの頭部を誤射したせいで、大部分のシステムが破損して復旧できなかったというのもありますが……」

「君の行動は正当防衛だったたし、むしろ助かったよ」

「今更ですが、こうなることを予測した上で、スティーブとマーヴィンに暴走コードを？」

「命綱は一本でも多いほうがいいと考えていたんだ。もう昔のことだけれど」レクシーは周囲の面会人たちを眺めやって、「ハロルドはどう。元気？」

「以前と変わりません。何も気付いていないように見えます」

「もし本当にあれが勘付いていないのなら、君のポーカーフェイスが上達したんだろう。そう……」彼女の眼差《まなざ》しが、こちらへと戻ってくる。「実際、今日の君は落ち着いている。カウンセリングでも受け始めた？」

「いえ、特に何も」

「ふうん」

レクシーは切れ長の瞳を細めたが、それ以上訊《たず》ねようとはしない——会話が途切れて、エチカは視線を落とす。どこからやってきたのか、テーブルの上を一匹の蟻《あり》が這《は》っていた。何気なく目で追っていたら、レクシーの手が伸びてくる。

長い指が、ためらいもなく蟻《あり》を潰す。

うっすらとした汚れが、テーブルの表面にこびりついて。

「ところで……博士」エチカはぎこちなく、話を繋《つな》げた。「髪を切ったんですね」

「ああ、邪魔だったから。今までよく伸ばしていたと思うよ」

「ここでの生活はどうですか」

「興味深い人が多いから結構楽しいかな。そのうちに飽きるだろうけれど」

「十五年もあれば確かに……」

「まあ、遊びはほどほどでいいんだ。やらなきゃいけないことは他にある」

「受刑者も忙しいと聞きました」

「うん。あのさ、思っていたんだけれど」レクシーの囁《ささや》きは、まるきり他人事《ひとごと》だった。「何でそうまでして、ハロルドに隠そうとするの？　別に打ち明けたって問題ないだろうに」

言葉に詰まる。「それは……」

「まさか、信頼関係が壊れるかも知れないと思っている？」

エチカは下唇を舐《な》めた——壊れるだけならば、まだいい。

多分、もっと取り返しのつかないことになる。

レクシーがどこまで理解しているのかは分からないが、そもそもハロルドが電索補助官《ビレイヤー》になることを望んだのは、恩人のソゾンを殺した犯人を探すためなのだ。直接本人から聞いたわけではないが、いつぞやのダリヤの言葉が確かなら、そのはずだった。

彼は何《いず》れ、復讐《ふくしゅう》を果たすつもりでいる。

エチカが真実を知ったとなれば、邪魔立てされることを警戒するだろう。実際、ハロルドが人間を手にかけることを許せるかと問われれば、必ずしも頷《うなず》くことはできない。

何より、エチカがそこまで抱え込むことを、ハロルド自身は望んでいないはずだった。

自分は、選んで背負い込んだのだ。

だから、彼に重荷を感じさせたくない。

それに——全てを知れば、ハロルドは自分の前から姿を消そうとするかも知れない。

「……わたしには、他に釣り合う補助官がいないですから」エチカは静かにそう返す。「彼は替えの利《き》かない存在なんです、下手なことをして信頼を損ねるわけにはいきません」

「君は勇敢なのか臆病なのか分からないな」

「アミクスの考えることは想像がつきにくいので……慎重にもなります」

「人間が考えることも同じくらい意味不明だけれどね」レクシーは気怠《けだる》げに頬杖《ほおづえ》をつき、「まあでも……もし君の気が変わったのなら、別に真実を告発しても構わないよ」

一瞬、何を言われたのか分からなかった。

「──え？」

「もちろんそうならないことを願っているし、私も秘密は守り抜くつもりだ」博士は冷徹に続け、「ただ、私はしばらく外の世界とは関わり合えない。つまり君が罪悪感に耐えられなくなったとしても、支えることも繋《つな》ぎとめることもできない」

エチカはさすがに困惑を隠せない。誰よりもハロルドを──RFモデルを守りたがっていたのは、レクシーのはずだ。そのために、罪に罪を重ねるような真似《まね》まででした。

なのに、いきなり何故《なぜ》？　唐突すぎる。

「博士、わたしを気遣っているのなら大丈夫です。これは自分で決めたことで──」

「それもあるけれど、実は少し前に気が付いてさ。多分、そんなに大したことじゃないって」

「……どういうことですか？」

「そのままの意味だよ。理解できないならいい」

戸惑うエチカをよそに、レクシーはあっさりと席を立つ。暗に、面会の終わりを告げたのだ。察した刑務官が、こちらへ歩いてこようとしている。

「待って下さい、もっと詳しく……」

「電索官」見下ろす博士の表情は、別人のように冷めていた。「また、そのうち会おう」

そうしてレクシーは刑務官に連れられ、面会室を出ていく。こちらを振り返ろうともせず――ただ去り際、指先についた蟻《あり》の死骸を、吹き飛ばしたようで。

一体どういうことだ。

今のは、彼女の本心なのか？

本当に、神経模倣システムを『大したことじゃない』と考えているのか。

エチカはしばし、椅子に腰掛けたまま動けなかった。

刑務所を出て、最寄りのアシュフォード国際駅に到着する頃には、小雨《こさめ》が降っていた。

エチカはプラットフォームのベンチに座り、ポケットの電子煙草《たばこ》へと手を伸ばして――やめた。代わりに、膝に載せたボストンバッグを開ける。スティック状の医療用HSBカートリッジを取り出して、うなじの接続ポートに挿し込んだ。ユア・フォルマを介し、脳内の神経伝達物質を調節してくれるもので、主にメンタルヘルスの医療現場で使われている。

バッグを抱え込むようにして、体を折り曲げた。

——あの日、自分は選択を間違えた。

エルフィンストン・カレッジの研究室で、ファーマンがハロルドのシステムコードを告発しようとした時、彼を止めるべきではなかった。あのまま、全てを白日の下に晒《さら》さなければならなかった。捜査官として、正しい道を選べたのならどれほどよかったか。

けれど——たとえやり直せたとしても、きっと、また同じ選択をしてしまうのだろう。

膿《うみ》のようにじくじくと膨らむ後ろめたさで、時々息ができなくなる。

不気味だ。

法に反したことだけではない。

そうまでしてハロルドを守ってしまった自分の感情が、恐ろしい。

奥歯を少しだけ強く噛《か》む——だからといって、レクシーに会いにきたのは愚かだった。何を求めていたのだろう。思いは違えど、目的を同じくしている彼女の顔を見れば、気持ちが落ち着くとでも考えたのだろうか。無駄だった。単に、胸の内の霧が濃くなっただけだ。

——『もし君の気が変わったのなら、別に真実を告発しても構わないよ』

さすがに信じられない。あくまでも、彼女なりの遠回しな気遣いだったのだと思いたい。

次に会う時には、そう言ってくれるといいのだけれど。

〈ビガから音声電話〉

ふと、ユア・フォルマが着信を知らせる。エチカはおもむろに顔を上げて——そういえば、今日で一週間か。連絡する約束だったのに、すっかり忘れていた。

『ヒエダさん?』通話に応じると、彼女のむくれたような声が響く。『もお、ちゃんと決めた時間に電話して下さい! 体調を報告してくれるって言いましたよね?』

「ごめん、ユア・フォルマのスケジュールを設定し忘れて……」

『自分の頭でも覚えるべきですよ』尤《もっと》もすぎて、ぐうの音も出ない。『一応、非正規品のカートリッジなんです。もちろん、信頼できるバイオハッカーから融通してもらっていますけれど、そもそも体質に合わないこともあるんですから』

「副作用みたいなものは出ていないよ。今も使っているけれど、何ともない」

『用法は守っていますよね? 一日一回!』

「もちろん」

レクシー博士が勘付いた通り、確かに自分は、ポーカーフェイスが上手《うま》くなった。

だがそれは、脳味噌《のうみそ》を騙《だま》すことにしたからだ。

秘密を抱え込んだエチカが、ハロルドの観察眼を欺くにはこうするしかなかった——薬を使って、意図的に気分をコントロールする。どんな不安や罪悪感にも麻酔を打てば、それは存在しないも同然になる。絶対に見抜かれないとは言い切れないが、対策としては有効だ。

正規の医療機関を頼れなかった理由は、幾つかある。まず、健康体の自分ではカートリッジを処方してもらえない。その次に厄介なのは、捜査局への報告義務だ。国際刑事警察機構《インターポール》は、医療機関の受診記録を含む所属捜査官のパーソナルデータを、定期的に閲覧している。捜査機関としての清浄性を保つためだが、状況によっては、上司のトトキを介してハロルドに情報が流れかねない。

そこで閃《ひらめ》いたのが、バイオハッカーであるビガの存在だった。

「本当に助かってる。できればもう少し続けたいんだけれど……」

『本来なら大人しく上司に相談して、病院にいくべきなんですよ？』

ビガにはカートリッジが必要な理由を、心的外傷《トラウマ》によるものだと説明してある――例のRFモデル関係者襲撃事件で、エチカはファーマンに誘拐された。その際、命の危機に瀕《ひん》したフラストレーションから、今もなお具合が優れないと嘯《うそぶ》いている。

心苦しいが、『秘密』を明かすわけにはいかない。

「そうしたいけれど、色々とその、しがらみもあるし」

『ああそういう……ヒエダさんみたいなことって、他の電索官にもよくあるんですか？』

「どうかな。電索官に限って言えば、トラウマは少数派かも」話を合わせる。「どちらかといえば、電索《でんさく》による自我混濁とか、そもそもの情報処理能力の低下とか……そういう理由で、仕事を続けられなくなる人のほうが多いから」

『潜れないだけでクビになるんですね』

「潜るのが仕事だからね。職業適性診断の結果によっては、一般の捜査官として勤務を続けることあるけれど、わたしには適性があるかどうか分からないし……」ボロが出ないうちに、話題を変えたい。「とにかく体調が悪いことを知られたら、ルークラフト補助官にも迷惑がかかる。だから」

『そう、あたしもそう思って協力してるんです！　別にその、ヒエダさんを心配しているとかそういうことではなく――』ビガはそこで、はっとしたように声を潜めた。『すみません、父が帰ってきたみたい。そろそろ切りますね』

ビガが捜査局の民間協力者であることを、彼女と同居しているバイオハッカーの父親は知らない。ビガは謂《い》わば『密偵』として、バイオハッカーたちの動向を捜査局に報告している立場だ。契約上、家族といえど第三者に知られてはならないことになっている。

彼女にとっては後ろめたいことかも知れない。思い出したように、心が痛む。

『カートリッジの追加分は来週、お家《うち》に着くように送りますから』

「ありがとう、ビガ」

『これもあたしの仕事です、なんて』顔は見えないが、ビガは頬を緩めたようだった。『今度そっちに行ったら、おいしいものをご馳走《ちそう》して下さい』

「必ず。……それじゃ、また」

通話が切れる――吹き抜ける雨まじりの風が、やけに冷たく感じられた。だが、胸に立ちこめていた霧は、不思議なほどすっきりと晴れている。カートリッジの効果だろう。

これが薬ではなく、ビガと話したお陰だと言えたのなら、美しかったのだろうけれど。

エチカは、うなじからカートリッジを引き抜いた。使用済みを示すバーが、青く染まっているのを確かめる。乱用防止のため、一度使ったカートリッジは再利用できない仕様だ。家に帰ったら捨てなくては。

間もなく、プラットフォームに列車が滑り込んできて。

ベンチから立ち上がる体は、白々しいほどに軽くなっていた。

引っかかっていた博士の言葉さえ、もう、ほとんど流れ去っている。

第一章——千切れた糸

1

七月。サンクトペテルブルクの空はすがすがしいまでの晴天で、太陽が高く吊《つ》るされる。ラーダ・ニーヴァは、真っ白な日射《ひざ》しに焼かれた市内を走っていく。エチカはウィンドウを眺めながら、欠伸《あくび》を噛《か》み殺した。だが、運転席のハロルドには気付かれてしまう。

「ヒエダ電索官、夕べはまた夜更《よふ》かしを?」

「いや、白夜《びゃくや》のせいだ。まだ慣れていないから眠りが浅くて」

この時期、ペテルブルクは文字通り日が沈まない。真夜中であっても、空は夕暮れ時で時間を止められたかのように、いつまでも薄ぼんやりと明るいままだ。以前に暮らしていたリヨンも、夏は日こそ長くなるが、一晩中明るいということはなかった。

「カーテンを買い足してはいかがです?」

「分厚いやつを探すよ」寝不足のせいだろうか。今日はどうにも体が重い。「それで……逮捕された容疑者グループの拠点は、遠いんだった? 電索令状が届くまでに戻れるかな」

「外れとはいえ、一時間もかかりません。十分に間に合うかと」

エチカはユア・フォルマを操作して、事件の捜査資料を展開する――自分たちはかれこれ半月ほど前から、電子薬物捜査課と協力し、電子ドラッグの国際売買ルートを暴《あば》くため駆け回っていた。なかなか進展しなかったのだが、昨晩、ようやく容疑者の逮捕に漕《こ》ぎ着《つ》けたのだ。

　やがてニーヴァは、トロイツキー橋に差し掛かる。眼下を青々と流れるネヴァ川が、無性に眩《まぶ》しい。ここが真っ白く凍っていたのも、随分と昔のことのようだ。遠くに、ペトロパブロフスク要塞の砂浜が浮かび上がっていた。

「もうビーチに人がいる」つい、呟《つぶや》いてしまう。「泳ぐには、まだ寒い気がするけれど」

「ペテルブルクの夏は短いですし、日光浴という楽しみ方もありますから」

　今日のハロルドは、身軽なジャケット姿だった。精巧な造形の顔立ちは相変わらずだが、ワックスを馴染《なじ》ませたブロンドの髪は、心なしかいつもよりも跳ねている。

「折角ですし、あなたも行かれてみては？」

「海なんて子供の頃から入っていない。そういえば」エチカはふと、彼に視線を向けた。アミクスも、横目でこちらを見てきて。「……アミクスって防水仕様だった？」

「雨やシャワーには耐えられますが、基本的に水中での運用は想定されていません」

「なるほど」まあ、人間も水の中で生きられるわけではないから、当然か。

「つまり」ハロルドはいつもの如《ごと》く微笑《ほほえ》み、「あなたと波打《なみう》ち際《ぎわ》を散歩することはできます」

「…………、そんな話はしていないと思う」

「おや。私が防水仕様かお尋ねになるので、てっきり」

「単純な疑問だよ。そもそも、何できみと二人で波打《なみう》ち際《ぎわ》を散歩しなきゃいけない？」

「ご尤《もっと》もです。折角ですから、ダリヤも誘いましょう」

「違うそういうことじゃない」エチカは眉間を揉《も》んで、「そう、ダリヤさんは元気なの？」

「ええ。傷跡はたまに痛むようですが、精神的にも安定しています。カウンセリングも、今年中には終えられるかと」

RFモデル関係者襲撃事件において、ハロルドの家族であるダリヤもまた、巻き込まれて負傷した。だが彼女は心身ともに、順調に回復しているようだ――よかった。

「またダリヤの顔も見にきて下さい。結局、一度しか我が家にいらしていないでしょう？」

「そんなにしょっちゅう同僚の家にはいかないと思うけれど」

「毎日来ていただいても私は困りませんよ」

「向こうに着くまで少し寝ようかな」

「電索官、私の扱いに慣れないで下さい」

「本当に眠いんだ」あと扱いに慣れるって何？「着いたら起こして……」

エチカは言いながら、うとうとと瞼《まぶた》を下ろす――ビガから融通してもらっているカートリッジのお陰で、ハロルドとはこうして普段通りにやりとりできている。恐らく、『秘密』にも勘付かれていない。

本当に、何もかもが以前のままだった。

恐ろしいまでに。

コマロヴォは、アカマツ林に埋もれた集落だ。ペテルブルク中心部とは打って変わり、標識もろくに見当たらない。このあたりでは、MR広告の数もぐんと減る。

容疑者グループが拠点にしていたという別荘《ダーチャ》は、林の中にぽつんと建っていた。真っ青な屋根が、午前中の日射《ひざ》しにきらきらと輝いている。穏やかな光景だが、寄り集まった数台の捜査車両が全てを台無しにしていた——エチカたちはニーヴァを降りて、先に証拠品の押収《おうしゅう》を始めていた電子薬物捜査課の捜査官たちと合流する。

「ああヒエダ電索官。どうぞ自由に見て回ってくれ」

顔見知りの捜査官の許可を得て、ダーチャの中へと立ち入った。三階建てで、六、七人が同時に泊まっても余裕がありそうだ。居室や寝室の他にも、ビリヤード台が設置されたプレイルームや、大型のサウナ《バーニャ》まで併設されている。端的に言って豪勢だった。

「もともとは、観光客に貸し出すために作られたみたいだ」エチカはユア・フォルマを使い、電子薬物捜査課と共有している捜査資料を閲覧した。「経営不振に陥ったところを容疑者のグループが買い上げて、活動拠点にした」

「なるほど。確かに、一般的なダーチャはもう少し控えめですね」

ハロルドが室内を観察しながら歩き始めるので、エチカも距離を空けてついていく。部屋の様子から、自分なりに電索に役立つ情報を見つけようとしてみるが、特に何も閃《ひらめ》かない。やはりこういう場は、希有《けう》な観察眼を持つ彼に任せておくのがよさそうだ。

幾つか部屋を回り、リビングに入っていく。窓からは、広い庭がよく見えた——荒れ果てた菜園が放置されている。枯れた植物が、寂しく土に還《かえ》ろうとしていて。

ハロルドが横から言う。「前の管理者が、観光客のために野菜を育てていたのでしょう」

「どうして分かる？」

「ダーチャはそもそも、菜園付きの別荘のことですから。大昔は貴族の特権だったようですが、広く一般市民にも行き渡ってからは、ソ連時代の食糧不足の際も助けになったとか」

そうなのか、自分はまだまだこの国の文化に疎《うと》い。エチカは窓辺に立ったまま、オープンキッチンへと歩いていくハロルドを眺める——とはいえ、室内は電薬課《でんやくか》によって粗方片付けられている。自分から見れば、あまり有益な手がかりはないように思えるが。

「電索の参考になるものはありそう？」

「恐らく。キッチンはいつだって雄弁ですよ」

「うちのキッチンは無口そのものだ」

「あなたの唐突なジョークは嫌いではありません」

「やめて」そういう真面目な感想を言われたいわけじゃない。

「以前はダリヤも、夏になると甲斐甲斐《かいがい》しく菜園の世話をしていたのですが」彼は何食わぬ顔で、先ほどの話を続けるのだ。全く。「枯らすのが得意で、どうにもなりませんでしたね」

エチカは肩を竦《すく》めておいた。「ダリヤさんもダーチャを持っているの？」

「昔ほどではないそうですが、大抵の国民は持っていますよ」

「きみも行ったことが？」

「ええ。ただここ二年ほどは放置しているので、きっと埃《ほこり》まみれでしょう」

二年——つまりソゾンが死んでから、ダリヤはダーチャに足を伸ばさなくなったということか。エチカはいつぞや、彼女を電索した際に感じた絶望を思い出す。最愛の人を奪われた悲しみは、おいそれと癒えるものではないだろう。

——『ソゾンを殺した犯人を捕まえたのなら、この手で裁きを与えるつもりです』

むしろ、悲しむだけで済まされるのなら、まだ可愛《かわい》いほうなのかも知れない。

「電索官、見つけましたよ」

エチカは面を上げる——キッチンの中で、ハロルドが手にしたそれをひらひらと振っていた。アナログな封筒だ。このダーチャに宛てて送られてきたもののようだった。

「キャビネットと壁の隙間に隠されていました」

「はあ」エチカは素直に感心してしまう。「きみは何でも嗅ぎつけるね」

「嗅覚には自信があります」彼は完璧な笑顔で応えた。すぐ調子に乗る。「差出人の住所が書かれていませんが、使われているのはマリアンヌの切手です」

「フランスから届いたわけだ」電索の際、間違いなくヒントになるだろう。「その封筒は電薬課に渡しておいて。他にも何か……」

エチカはリビングを見回して——不意に、視界の隅に通知がポップアップした。

〈ウイ・トトキから新着メッセージ〉

リヨン本部にいるトトキ課長からだ。いつもそうしているように、ざっと内容を確認しておくことにする。深く考えずにメッセを開いて、
つい、怪訝《けげん》な顔になってしまった。

「電索官？」ハロルドは察したようだ。「どうなさいました」

「ああいや、トトキ課長からメッセがきたんだけれど……」

エチカが内容を読み上げると、彼もまた、目をしばたたく。

〈正午から緊急会議。必ず参加するように〉

2

『単刀直入に言うわ。知覚犯罪事件の捜査機密が流出した』

国際刑事警察機構《インターポール》電子犯罪捜査局サンクトペテルブルク支局——広々としたミーティングルームは、エチカとハロルドの二人では持て余す。壁に掛かったフレキシブルスクリーンにはトトキ課長を始め、エチカの元パートナーであるベンノ・クレーマン電索補助官など、知覚犯罪

事件に深く関わった顔触れが揃《そろ》っていた。全員が、一様に深刻な面持ちだ。

当然、エチカたちも戸惑いを隠せない。

「どういうことですか、トトキ課長？」

『まずはこれを見て』

トトキはしかめ面《つら》で、端末を操作する——まもなく、スクリーン全体にウェブブラウザが映し出される。開かれていたのは、巨大匿名掲示板『TEN』だ。欧州諸国で最も利用者の多い掲示板で、一日に数億ものスレッドが立ち、膨大な数の書き込みがおこなわれている。謂《い》わば、ウェブ世界のアンダーグラウンドだった。

『昨日の日中、ここに問題の書き込みがあった。これよ』

画面がズームアップし、一つの投稿に焦点が絞られる。

静かに戦慄した。


【知覚犯罪事件の容疑者イライアス・テイラーは、ユア・フォルマを使って人々の思考を操作している。電子犯罪捜査局はこの事実を知ったが、隠蔽した。

敵は強大だ。しかし、諸君らの智慧《ちえ》は必ず勝利をもたらす】

posted by E／12 hours ago

それは紛れもなく、約半年前、捜査局が闇に沈めた真実だった。

ユア・フォルマへのウイルス感染により、吹雪の幻覚と低体温症に襲われる——それが、昨年十二月に発生した知覚犯罪事件の全容だ。捜査を進めるうちに事件はウイルスではなく、拡張機能『マトイ』によるものだったことが明らかになった。犯人のイライアス・テイラーは、ユア・フォルマの開発元である多国籍テクノロジー企業『リグシティ』の相談役であり、彼はその立場を利用して、私怨《しえん》から犯行に及んだのだ。

逮捕の直前、テイラーはエチカにこう話した。

——『ユア・フォルマの最適化《パーソナライズ》を利用して、社員たちの思考を気の赴くままに操ってきた』

その後の捜査で、この発言は事実と裏付けられた。実際、リグシティ社員たちの一部に、大きな嗜好《しこう》の変化が生じていたのだ。ただ、最適化における広告表示等は履歴として記録されないため、直接的な因果関係を証明できたわけではない。だが、捜査局はテイラーが思考誘導を成し遂げたと考えている。

更には暴走したRFモデル・スティーブの一件も相まって、社会の平穏を重視した国際刑事警察機構は、知覚犯罪事件を重要秘匿案件に指定する決定を下した。

にもかかわらず——何故《なぜ》、半年以上も経《た》った今になって、こんなことが起こる？

『重要秘匿案件の捜査資料は、本部の保管庫で管理されているはずです』画面の中で、ベンノが言う。亜麻色の髪は相変わらず、身綺麗《みぎれい》に整えられていた。『とても外部の人間が出入りできたとは思えませんが……』

国際刑事警察機構本部の保管庫はオフライン下にあり、重要秘匿案件の捜査資料を始めとした機密が詰まっている。その性質から基本的には「開かずの間」で、入室には、最高権力者である事務総長の許可が必要だ。加えて、保管庫の解錠には生体認証が欠かせない。しかもシステムに登録されているのは総会役員だけで、うち二名以上の同時認証が不可欠という徹底ぶりだった。

『言うまでもないけれど』と、トトキ。『事務総長に、保管庫への入室許可申請は届いていない。もちろん、総会役員も協力していないわ。他に出入りする方法があるとすれば、停電時の非常解錠システムを利用することくらいだけれど……』

エチカは続きを拾う。「局内が停電すれば、当然全員が気付きます」

『その通りよ』

となれば、保管庫から直接捜査資料が盗み出された可能性は低い。

「であれば」ハロルドが口を開く。「知覚犯罪事件に関わった何《いず》れかの捜査官が、記憶を頼りに投稿をおこなった……こう考えるより他なくなります」

エチカも頷《うなず》く。「それかどこかの端末に情報が残っていて、クラッキングで盗まれたとか」

『端末の線は既に潰したけれど、誰かが書き込んだという疑いは消せないわね。ただ……ここであなたたち全員を電索にかけるのは、あまり賢くない。理由はこれよ』

スクリーンの画面がスクロールし、書き込んだ人物のハンドルネームを映し出す。

【E】


エチカはぴんときた――恐らく電子犯罪に携わる捜査関係者なら、知らない者はいない。

『捜査局《うち》では有名人ね。要するに今回の書き込みは、〈E〉の名前でなされているの』

〈E〉は約一年半前から、巨大匿名掲示板『TEN』に現れるようになった匿名ユーザーだ。

昨今では極めて悪質な陰謀論者として、たびたび捜査線に浮上している。

その身元は、未《いま》だに特定できていない。過去に何度か逮捕まで漕《こ》ぎ着《つ》けたものの、何《いず》れも〈E〉に便乗した所謂《いわゆる》『なりすまし』であり、本人を辿《たど》ることは容易ではなかった。

何故《なぜ》なら〈E〉の投稿はユア・フォルマではなく、端末を通じておこなわれている。それも複数の海外サーバーを経由するか、第三者の端末をボットウイルスで乗っ取り書き込むため、簡単には足取りを追えない。本部含め、各局のウェブ監視課と捜査支援課が合同捜査を続けているが、誤認逮捕に至りかけたことはあれど、尻尾を摑《つか》むのは困難というわけだった。

現状〈E〉の正体は、単独もしくは集団のクラッカー――システムへ不正侵入するなど、悪意を持って行動するハッカーの通称――という見方が有力だ。

その書き込みには、大きく二つの特徴がある。
一、投稿は決まって、偶数日の正午におこなわれる。（スレッドに予約投稿機能は存在しな

いため、事前に登録した内容をボットに自動投稿させているものと思われる）
二、投稿内容は、基本的に反テクノロジー主義に基づく陰謀論である。

具体的には、ユア・フォルマやアミクスなどのテクノロジー技術に対して、根拠のない陰謀論じみた主張を繰り返す。たとえば、『ユア・フォルマの導入手術は、遺伝子を密《ひそ》かに書き換える』『電索は表向きのパフォーマンスであり、電索せずとも、機憶は政府機関によって絶えず検閲されている』『職業適性診断用AIの診断結果は、運営元のリグシティと企業間の癒着によって決められている』等々――挙げればきりがない。

当初は、ありふれた消極思想のユア・フォルマユーザー――もともとは反テクノロジー主義だが、生活のために致し方なくユア・フォルマを搭載した人々のこと――の妄想だと笑われ、特に注目されていなかった。それこそ、面白半分で〈E〉になりすます投稿も散見され、陳腐さに拍車がかかっていたことも理由の一つだろう。しかし。

『〈E〉の書き込みが妄想ではなくなったのが、一年くらい前ね。珍しくテクノロジーとは無関係な政治家の汚職問題について書き込んで、後日それが事実だと判明した』

そこを皮切りに、〈E〉は一気に注目を集め始めた。その後も『当たり外れ』はあれど、投稿の多くは信憑《しんぴょう》性の高いものとなり――やがて高精度の陰謀論は、なりすましさえ寄せ付けなくなった。今や〈E〉は、推定数千万人もの信奉者を抱えている。その九割は、ユア・フォルマに肯定的ではない消極思想のユーザーだ。

そして信奉者たちは、〈E〉の投稿をもとに『ゲーム』をおこなう。

『今の〈E〉のやり方はこうよ。まず、いつものように陰謀論を投稿する。それから信奉者たちをけしかけて、彼らに事実関係を調べさせるの。今回も同じ』

トトキが再び、画面をスクロール——続く〈E〉の書き込みが、見て取れる。


【真実を追求せよ】


『〈E〉の投稿に踊らされた信奉者たちが、ゲームに乗じて犯罪に及ぶケースも目立ってきている。最近だと「英国宝石業界は、機械否定派《ラッダイト》の強制労働により採鉱された色石を流通網にのせている」という書き込みのせいで、無関係なジュエリーショップが信奉者の襲撃に遭った』

スクリーンに展開していたウェブブラウザが入れ替わり、事件を報じた記事を表示する。しかもなお悪いことに、のちに、強制労働が事実であることが明るみに出たようだった。

『さすがは、自称「思考を覗ける人間」ね』

電索官《ダイバー》のエチカにしてみれば眉唾物の響きだが、そうなのだ。

〈E〉は、「自分が真実を暴き出せるのは、天から授かった能力のお陰だ」と豪語している。

あらゆる人間の思考を距離や面識に関係なく感じ取ることができ、曰《いわ》く「人間は本来、ユア・

フォルマを介さずとも思考の波動を通して繋《つな》がっている。自分はそれを辿《たど》れるだけ」らしい。

もはやオカルトの類だ。この点に関しては信奉者の中でも意見が分かれており、心から信じる者もいれば、スピリチュアル的な発言には懐疑的だが、〈E〉が引き出す真実には信頼を置いている者まで様々だった。だが何《いず》れも、〈E〉こそユア・フォルマに支配された閉塞的な社会に風穴を空けてくれる存在、救世主だと熱狂している点においては、変わりない。

以前から、非常に危ういコミュニティだとは思っていた。

だが、まさか——知覚犯罪事件が標的になるとは。

「トトキ課長、〈E〉は本当に思考を覗《のぞ》けるのですか？」ハロルドは不可解そうだ。「信奉者たちを惹《ひ》きつけるためのキャッチフレーズでは」

『もちろん捜査局もそう考えているわ』トトキは腕を組み、『捜査支援課曰《いわ》く、冬頃からしばらく〈E〉の活動が止まっていた時期があったらしいの。けれど春に再開してからは、益々《ますます》過激な言動が目立つようになってきている』

不穏極まりない話だ。

『とにかくこの件に関して、知覚犯罪事件に関わったあなたたちに認知しておいてもらう必要があった。重要秘匿案件の取り扱いについては十分に理解していると思うけれど……今回の書き込みに関して、局内であっても決して事実と認めないように』

会議は、そこで散会となった。

退屈な色に戻ったスクリーンを前に、エチカはしばし茫然《ぼうぜん》とする——ここ数ヶ月、胃が痛くなるような事件とは無縁だったのだが、急にとんでもない話が降ってきた。

万が一、テイラーの思考誘導が事実だと知れ渡れば、世間は大混乱に陥るだろう。

「ひどいことになった」

「ええ。ですが、捜査資料は保管庫で管理されています。信奉者たちがゲームを始めたとしても、そこまで辿《たど》り着《つ》けるとは思えません」確かにそうかも知れないが。「電索官、そろそろ令状が届きます。仕事に戻りませんと」

「ああうん……」エチカは重い体を、椅子から引き剝がす。「そうだった」

ハロルドとともにミーティングルームを後にして、取調室へと向かう——当たり前だが、複雑な気分だった。捜査機密が漏洩《ろうえい》したというのもそうだが、そもそも知覚犯罪事件について、背徳的な隠蔽をおこなっているのは捜査局のほうなのだ。テイラーは既に死去しており、今や思考誘導の危険はない。だが、ユア・フォルマがそうした危うさを秘めていることは、本来なら公表して然《しか》るべきだろう。

正義のためにと言いながらも、結局は、不義に足を踏み入れているようにも思えて。

まあ——社会の平穏のため、などという大義さえないのに『秘密』を抱え込んでしまった自分と比べれば、捜査局はずっとマシかも知れないけれど。

「しかし」と、隣のハロルドが呟《つぶや》く。「何故《なぜ》〈E〉は、電子犯罪捜査局だけを標的にしたのでしょうか？」

「どういうこと？」

「知覚犯罪事件を糾弾したいのなら、リグシティも槍玉《やりだま》に挙げるべきでは？　事件の根本的な原因は、ユア・フォルマの拡張機能だったわけですから」

「確かにそうだね」エチカはこめかみを揉《も》む。やはり、今日は少し体調が悪い。「何にしても、捜査支援課の仕事だ。わたしたちは、今担当している事件について考えないと」

取調室に到着すると、四人の容疑者がそれぞれ簡易ベッドに横たわっていた。この取調室は支局の中で最も広く、ベッドが並列に並べられるようになっているのだ――容疑者たちはこちらを睨《にら》んだが、担当捜査官が目を光らせているためか、何《いず》れも無言のままだった。

エチカは担当捜査官に電索令状を確認して、普段通り支度を始める。まず、容疑者たちに鎮静剤を注射して回り――続けて、彼らと自分の接続ポートを〈探索コード〉で繋《つな》ぐ。最後に、挿し込んだ〈命綱《アンビリカルコード》〉のコネクタを、ハロルドへと手渡した。

「電索官、手がかりを覚えていらっしゃいますね？」

「フランスだ。マリアンヌの切手」

「健闘を祈ります」彼は、左耳のポートにコネクタを接続する。「いつでもどうぞ」

エチカは深呼吸して、容疑者の顔を一瞥《いちべつ》した。全員が、すっかり眠りに引き込まれている。全く問題ない、準備は万端だ。

深呼吸。

「……、始めよう」

ゆっくりと瞼《まぶた》を下ろす。

ずる、と電子の海に向かって意識が傾く感覚があって。

直後、

焼き切れるような熱が、うなじから脳天へと突き抜けた。

「────、ぅ」

ほとんど声にならない悲鳴が洩《も》れる──何だ。接続ポートがばちっ、と鮮明な音を立てたのが分かった。そのまま、視界が真っ白く飛んで。

一瞬、全ての音と感覚が消え去る。

「──ヒエダ電索官！」

我に返った時、ハロルドが切迫した表情でこちらを覗《のぞ》き込んでいた。彼の背後に、取調室の天井が見える。愛想《あいそ》のない照明と目が合って──天井？　エチカはぼんやりと、自分が床の上に倒れていることを理解する。

一体、何が起こった？

どこからともなく、靴音が近づいてきた。別室に移っていた担当捜査官が駆けつけたようだ。「病院」「救急車」そんなやりとりが飛び交ったと思う。回らない思考に沈みながら、ひどい既視感に襲われていた——自分はこの光景を、見たことがある。どこで？　どこでもだ。ハロルドと出会うまで、何度も遭遇した。

そう。

自分が焼き切ってきた補助官たちは、皆、こうやって。

「捜査官が救急車を呼びました」やっとこさ、ハロルドの声が聞き取れる。曖昧だ。浮いたり沈んだりする。「エチカ」彼の手が、多分、うなじの接続ポートに触れたと思う。「ああ、火傷《やけど》を……」

それきり、繭の中に閉じ込められたかのように、何も聞こえなくなった。

＊

「まあ端的に言えば、根本的な情報処理能力の低下ですねぇ」

小太りな男性医師は、エチカの検査結果を見るなり、のんびりとそう告げた。

ペテルブルク市内——ユニオン・ケアセンターの診察室は、わざとらしい清潔感で満ちている。エチカが腰掛けた丸椅子は心許《こころもと》なく、ぐらぐらと怯《おび》えるように揺れていて。

あるいは自分自身のめまいなのか、もう分からない。

今、何と言った？

「低下と言っても、ヒエダさんの場合はこれでようやく一般人と同等の数値なんですが」医師は暢気《のんき》な口ぶりで、「先ほど検査を受けていただいたと思いますが、ユア・フォルマを通して見た限り、特に脳梗塞などの異常はありません。脳波も正常の範囲内です。意識を失ったのは、一時的に脳の負担が増してオーバーヒートしたからかと——」

取調室で倒れたエチカが目を覚ましたのは、救急車内でのことだ。簡易診断ＡＩに依《よ》れば命に別状はないとのことだったが、念のためにと搬送され、脳神経内科で複数の検査を受けた。そうして今目の前で、検査結果が淡々と読み上げられている。

根本的な情報処理能力の低下。

電索官の能力が低下することは、ごく稀《まれ》に起こる。自我混濁と同様、所謂《いわゆる》『故障』に分類される症状の一つだ。同僚がそうした状態に見舞われたことも、過去に何度かあった。

だがまさか、自分が。

信じられない。

確かに、今日は体調が思わしくなかった。

けれど——あまりにも突然すぎる。

「その」エチカは何とか押し出す。「ユア・フォルマの不具合とか、ウイルスなんかは……」

「フルスキャンをかけましたが、問題は見当たりませんでしたよ。物理的な破損もなし。まあ強いて言うなら、うなじの火傷《やけど》くらいですかねぇ。接続ポートがショートした時に、火花が飛んだんでしょう」医師はタブレット端末を操作しながら、「こう言っては何ですが、たまにありますよ。こういうことは」

知っている。そんなことは。だが、

「何が」喉が張り付いて、言い直す。「原因は、何なんですか？」

「基本的には、ストレスなんかの精神的な影響が大きいと考えられていますね。そもそも情報処理能力は脳の活動に依存していますから、誰でも毎日変動があります。ただ今回のようなケースは振れ幅が大きいので、ちょっと元の数値には戻りにくいかなぁと」

上手《うま》く返事ができない。

「要するに、情報処理能力っていうのは視力と同じなんですよ。誰でも目を酷使すれば、自覚できないほど小さな範囲で視力が下がりますけどもね。疲れが取れれば自然と回復する。ただ電索官の方は、もともと突出しているものが一気に低下するわけなので——」

ほとんど耳に入らなかった——確かに原因があるとすれば、脳活動の変化なのだろう。だがきっかけは、どう考えても例の容疑者たちだ。彼らは、逮捕後に電索されることを知っていたのではないか？　機憶を覗《のぞ》かれるのを避けるために、ユア・フォルマに何らかの——電索官の脳にダメージを負わせるような仕掛けを施していたのでは？

可能性としては低いかも知れないが、ないとも言い切れない。

そのせいで、情報処理能力が低下したとは考えられないか？

「ですから、電索官の方にこんなことを言うのも酷な話でしょうが」医師は眼鏡を押し上げて、宙を眺める。「情報処理能力の数値は、不可逆です。どれだけ下がったとしても、治療でどうこうできる話ではないので……」

じわじわと、寒気が忍び寄ってくる。

「――転職も視野に入れられたほうがいいかと思いますね」

どうやって診察室を出たのか、よく思い出せない。


『ともかくヒエダ、重大な病気でなくてよかったわ』

ケアセンター一階のテレフォンブース――木製の椅子は硬くて、座り心地が悪い。エチカの正面に腰掛けたトトキのホロモデルは、どこか哀れむような表情を浮かべていた。

『あなたの能力は本当に卓越している』彼女の優しい口調が、焦燥を煽《あお》る。『だから私も局長も、どうしたって頼り切ってしまって……私たちが考えていた以上に、プレッシャーを与えてしまっていたんでしょうね』

エチカは奥歯を噛《か》み締《し》めた。まさかトトキまで、あの医師と同じように考えているのか。精神的な負担が原因で電索能力を失った、などと？

「課長」ねじれそうな声が出た。「容疑者たちのユア・フォルマを調べて下さい。何か細工がされていたのかも知れません、わたしの処理能力を奪うような……」

『ええ、私もそう考えて分析チームに調べさせたわ。もう結果は出ている』

「どうでしたか」

『何の仕掛けもなかった』彼女はかぶりを振る。嘘《うそ》だ。『実はあなたが搬送されたあとで、検証のために、他の電索官が一人ずつ容疑者に潜ってみたの。電索は成立した』

目の前が真っ暗になる——そんな、馬鹿な。

「その……何かを、見落としているということは？」

『私もそう思いたい。でも彼らの仕事は完璧だった、容疑者は今回の件とは無関係よ』トトキはふと、いつになく穏やかな面持ちになって。『ヒエダ、あなたはこれまで本当に頑張ってきた。いい？　不幸なことはいきなりやってくるし、こういう時は誰もが混乱するけれど——』

確かに容疑者がきっかけでないのなら、原因は精神的な不調と考えるしかない。

だが——そんなわけがない。

こんなことは、絶対にあってはならない。

だって。

「そんなに柔ではないつもりです」エチカは精一杯、気丈に振る舞おうとした。「そもそもわたしのストレス耐性は、平均よりもずっと高い。電索官としての適性の一つで……」

『でもストレスを感じないわけじゃない。あなただって人間なんだから』

「知覚犯罪の時を思い出して下さい。ユア・フォルマのフルスキャンを使っても、何も検出できなかった。今回も何か、仕掛けが隠されているに違いないんです」

『あの容疑者はテイラーやスティーブとは違う、そんなに高度な技術は持ち合わせていないわ』トトキはまるで、母親のように諭してくる。『ヒエダ、あなたはしばらく休暇を取ったほうがいい。今まで働きづめだったんだから』

「担当中の事件があります」

『もちろん仕事をしていたほうが気が紛れるのなら、早急に配属替えを検討するけれど……』

――配属替え。

つまりトトキはもう、電索が必要な事件をこちらに任せるつもりがないということだ。

職業柄、彼女もまた頭の切り替えが早い。けれど、待ってくれ。待って欲しい。

「課長、お願いします」エチカは堪《たま》らず、腰を浮かせていた。「わたしに容疑者を調べさせて下さい、次は絶対に潜れます。もう一度だけでも」

『ヒエダ』

トトキがぴしゃりと呼ぶ――その頬には、いつもの鉄仮面が戻っていた。じわりと、胸の奥に冷たいものが刺さる。エチカは歯噛《はが》みしながら、のろのろと椅子に座り直して。

トトキの凜《りん》とした瞳は、暗に言い聞かせていた。

現実を受け入れなければならない、と。

『安心してちょうだい、捜査局はあなたを解雇したりはしない』彼女の声が遠い。『職業適性診断に依《よ》れば、今のあなたには捜査官としての適性がある。もちろん、それが第一候補というわけではないけれど……ただ、能力の低下を理由にあなたを放り出したくはないの』

「…………、ありがとうございます」

『だからヒエダには、電索で得た経験を別の形で生かしてもらいたい。ただ――』

その言葉の続きが、両手の指の間を零《こぼ》れ落《お》ちていってくれたのなら、どれほどよかったか。

通話を終えてテレフォンブースを出ると、ささやかなクラシックミュージックが全身を包んだ。総合待合室にはずらりと長椅子が並んでいたが、外来の受付は終了しているためか、患者の姿はほぼなく――椅子から立ち上がった一人のアミクスが、こちらへと近づいてくる。どこにいても彼の容姿は目を惹《ひ》くな、と取り留めもなく思う。

突然、最悪の夢を見ているような気分だった。

「課長は何と仰《おっしゃ》っていましたか。やはり、容疑者がユア・フォルマに細工を？」

ハロルドは気遣わしげに問うてくる――彼はエチカが病院に搬送された時から、ずっと付き添ってくれていた。その上、何時間もかかる検査にまで付き合わせてしまった。

さすがに、肩身が狭い。

「容疑者は関係ないそうだ」声が震えないように注意した。「やっぱり単に、わたしの体調不良が原因だった。その、多分……白夜《びゃくや》の寝不足のせいかな」

「確かに、睡眠は人間の健康にとって重要です。しかし、それだけで情報処理能力がこれほど低下するというのは、論理的に無理がありますよ」

そんなことは分かっている。苦し紛れな言い訳をしていることも。

「その、早くきみを帰さないと」エチカはユア・フォルマの表示時刻を確かめる。午後八時を過ぎていた。「ごめん、ダリヤさんが心配するね」

「お気になさらず。捜査が長引いて遅くなると連絡してあります」

「……そう」

「ご自宅までお送りしますよ」ハロルドは慰めるように微笑《ほほえ》み、「あなたが検査をしている間に、支局からニーヴァを持ってきましたから」

「ありがとう。でもタクシーで帰るよ」

エチカは突っぱねて、足早にエントランスへと歩き出す。ハロルドは案の定、追いかけてきた。彼との歩幅の違いを考えれば、自分がどれほど急ごうと簡単に追いつかれてしまう。

「電索官」アミクスが隣に並んでくる。「お体が万全でない時くらい、どうか頼って下さい」

「きみはもう十分よくしてくれた。ダリヤさんのためにも帰ったほうがいい」

パートナーを放り出すわけにはいきません」

パートナー、か。

エチカは歩みを緩めないまま、建物の外へ出た——空は依然としてぼんやりと明るく、頬を撫《な》でる風は随分と重たい。ロータリーをするすると通り抜けていく車たち。テールランプは今にも溶け出しそうなほどに赤く、どこかグロテスクだった。

立ち止まる。

「……電索官？」

ハロルドの穏やかな声が降ってきて。

エチカは、下唇を舐《な》めた。どうしてか、半年前に一度、電索官の職を辞したことを思い出す——あの時、自分は本当に贅沢《ぜいたく》な選択をしたのだ。今ならば、それが分かる。

考えたこともなかった。

潜りたくても潜れない日が、くるなんて。

これが、ただひとつの取り柄だったのに。

「ルークラフト補助官」

——『電索で得た経験を別の形で生かしてもらいたい。ただ……ルークラフト補助官には、これからも電索補助官を務めてもらいたいと考えているわ。だから』

「きみはもう、」

夏にもかかわらず、喉が凍えそうだ。

「…………わたしの、パートナーじゃない」

ハロルドが、静かに瞠目《どうもく》する——ロータリーに、一台のタクシーが滑り込んでくる。モーター音が、やけに大きく響いて。その音色が、心臓を、丸ごと轢《ひ》き潰したようにも思えた。

気のせいだ。

彼の精美な唇が、開こうとして。

「——とにかく」エチカはうつむき、遮っていた。「また課長から詳しい連絡があると思う。今日は迷惑をかけて悪かった、きみも気を付けて帰って。それじゃ」

早口にまくし立てて、停車したタクシーへと逃げるように乗り込む——ハロルドは呼び止めたかも知れない。ずっと下を向いていたから、分からない。とにかく、一刻も早く一人になりたかった。でなければ、『秘密』のことさえも悟られてしまいそうで。

——情けなかった。

勝手に背負い込んで、勝手に思い詰めて、勝手に失って。

いつまで経《た》っても器用になれない自分に、うんざりする。

道中で一度だけハロルドから着信があったが、無視した。真《ま》っ直《す》ぐアパートに帰り、帰宅早々、脇目も振らずにベッドへと飛び込んだことを覚えている。そうしてすぐに、ビガからもらったカートリッジをうなじに挿し込んだ。

またたく間に、体を内側から突き破りそうな激情が、ふわふわと溶け出していって。

同時に、わけもなく瞼《まぶた》の隙間に貼り付いていた涙も、止まる。

夢は、見なかったはずだ。

3

翌朝。午前八時過ぎの空は、呆《あき》れるほどの快晴だった。

《本日の最高気温：二十三度／服装指数D：日中は薄手のシャツでも問題なし》

ハロルドはウェアラブル端末のウェザーアプリを確かめ、ラーダ・ニーヴァに乗り込む。フロントガラスにじりじりと照りつける初夏の日射《ひざ》しは、処理能力を圧迫する。この季節はあまり好きになれない――エンジンを掛けて、自宅マンションを出発した。

つい、昨夜の記憶《メモリ》を再生してしまう。

トトキが連絡を寄越したのは、例のロータリーでエチカと別れたあとのことだ。

『ヒエダがこうなったのは、精神的なことが原因だと担当医師も言っていたそうだけれど……最近、何か変わったことはなかった？』

ホロブラウザの中で、彼女は髪をくしゃくしゃと乱した。その表情は完璧に抑制されていたが、それでも少なからずショックを受けていると分かる――エチカの能力を一番高く買っていたのは、他ならぬトトキだ。当然の反応だろう。

正直、ハロルドにとっても想定外の事態だ。動揺していないと言えば、嘘《うそ》になる。

「特に思い当たる節はありませんが……」

『本当に？　どんな些細《ささい》なことでもいいのよ』

改めて、ここ数ヶ月を振り返る――エチカの様子に、特段の変化があったとは思えない。強いて挙げるのなら、以前よりも少し態度が丸くなったことくらいだろうか。やや気にはなれど、彼女とは今日までそれなりの時間を一緒に過ごしてきた。まあまあ心を許してくれた証《あかし》だと捉えていたが……。

ただ自分は、RFモデル関係者襲撃事件以来、エチカの観察に対して自信を削《そ》がれている。そのせいで、何かを見落としてしまったということはないだろうか？　たとえば彼女は、誤ってマーヴィンを撃ったことを今も悔いているとか……だが、あれは不可抗力だった。エチカも、そう受け止めているはずで。

あるいは――自分の神経模倣システムについて、知ってしまったのでは？

以前も打ち消した疑いが、再び首をもたげてくる。だがやはり、レクシーがシステムに言及するとは思えないし、仮にファーマンを介してエチカの耳に入ったとしても、彼女が信じる道理がない。仮に信じたのなら、すぐさま告発するはずだ。マトイと違い、エチカが自分のことを抱え込む理由などないのだから。

どうあがいても分からなかった。

もっと言えば、恐れもある。

迂闊《うかつ》に彼女のことを理解した気になれば、また以前のような失敗を犯すかも知れない、と。

『補助官？』トトキに呼ばれて、意識を引き戻す。『何か思い出した？』

「いえ……何も」

『そう』彼女は深いため息を吐《つ》いた。『まあ、こうしたケースはたまにあるから、驚きはしないけれど……』

「人間の情報処理能力は我々と違い、日夜変動するそうですね」エチカの検査が終わるのを待つ間、医療系ウェブサイトで読んだ記事にそう書かれていた。「電索官や電索補助官の場合、一度数値が落ちてしまうと、元には戻らないとありました」

『そうね。情報処理能力に関しては、治療法がないから』

曰《いわ》く、実際に治療が不可能というわけではないようだ。だが、強制的に処理能力を引き上げる処置は、患者の脳に大きな負担をかける。一時《いっとき》は可能でも長い目で見れば持続せず、最終的には後遺症で本人の健康を脅《おびや》かしかねない。治療がおこなわれていた時代もあったようだが、昨今では法律で明確に禁じられているらしかった。

『忘れがちだけれど、電索官という職業はトラブルと隣り合わせなのよ。自我混濁なんかもいい例ね』彼女はあくまでも冷徹にそう続け、『捜査局の方針では、能力を失った電索官は適性に応じて、別の部署に異動させている。ヒエダについても……恐らくはそうなるでしょう』

ハロルドは茫然《ぼうぜん》と、耳を傾けるしかない。

エチカが、電索課から異動する？

システムの処理が一瞬、滞って。

「では、私はどうなるのでしょう？」

『もちろんあなたには引き続き、別の電索官と今の事件を担当してもらうわ』

かすかに眉を動かしてしまう。初耳だ――だが、エチカを抜きに電子ドラッグの国際売買ルートを追うとなれば、そうせざるを得ないだろう。事件はこちらの事情を慮《おもんぱか》ってはくれない。

『安心して。新しい電索官もとても優秀だから』トトキはハロルドを見ない。どこか後ろめたく感じている証拠だった。『本部の電索課に所属している子よ。最近どんどん処理能力が向上していて、定期的に補助官を交代させなければいけなくなっているの。もちろんヒエダには及ばないでしょうけれど……あなたの演算処理能力が無駄になることはない』

「新しい電索官は、いつこちらに？」

『明日にはペテルブルク支局に着くわ。ヒエダがこうなった以上、次はあの子がうちのエースになるでしょうから……上手《うま》く付き合っていってちょうだい』

ハロルドは静かに、メモリの再生を終える。ステアリングを握る感触が戻ってきて――システムの負荷を計測した。かなり数値が高い。邪魔なタスクを幾つか終了させる。

新しい電索官。

トトキが期待するほどに優秀な存在。

しかし――当然、エチカには届かないはずだった。
フロントガラスの向こうに、支局の建物が見えてくる。

電索課のオフィスに到着すると、慣れ親しんだ喧噪《けんそう》がハロルドを迎えた。並んだ数十人分のデスクは、思い思いに散らかっている。自然と、エチカのデスクに目が向かう――彼女は自分のスペースを飾りたがらない。そこは昨日まで、内蔵ＰＣ用の周辺機器以外に何もなく、ひどく殺風景だった。

今朝は、違っていた。

ブランドのバッグとともに、飲みさしのタンブラーが置かれている。有名なコーヒーチェーンのそれで、空港で買ったものだろう。かすかに香る香水――若い女性だ。ファッションや嗜《し》好品《こう》に投資することを惜しまず、友人関係も良好。煙草《たばこ》は吸わない。香水の種類からして性格は……。

エチカは今頃、どうしているだろうか？

不意にそんな疑問が湧き上がってきて、よそう。

だが思考回路は尚《なお》も、彼女についてタスクの処理を続ける。エチカに関するメモリを開いて、その心理状態を予測しようとする。電索は、彼女にとって体の一部のようなものだ。恐らく、実質的なアイデンティティの喪失に等しい——一体何がエチカを追い詰めたのか？　自分は何故未《ぜいま》だに、それに気付くことができていないのか。

やめるべきだ。

確かに、何《な》れ解決しなければならない疑問だが、今はその時ではない。

直後、オフィスに見慣れない女性が入ってきた。目鼻立ちは、多くの人間が『魅力的だ』と評価するであろう出来映えだ。褐色に近いダークブロンドの髪が、上品に細い肩を覆っている。シャツとタイトスカートから、すらりと長い手足が伸びていた。目が合う——その頬に、好意的な微笑が浮かぶ。

こちらへとやってくる歩き方一つをとっても、エチカとはまるで違う。

「トトキ課長から聞いてはいたけれど、あなたみたいに素敵なアミクスは初めて見るわ」

どうやら、彼女が新しいパートナーのようだった。

「初めまして」ハロルドは微笑《ほほえ》み、手を差し出した。「ハロルド・ルークラフト補助官です」

「ライザ・ロバン電索官よ、よろしく」

彼女——ライザは、ためらうことなく握手を返してくる。指の爪は桜色で、よく手入れがなされていた。

いつもならば、人間の手はあたたかいと感じるのだが、今日はどうにも冷たく思える。

「災難だったみたいね、あなたの前のパートナー」

「ええ、全く残念に思います」

「この仕事の嫌なところは、自分がどれほどショックを受けていようと、そんなのはお構いなしに捜査を続けなきゃならないってことよ」ライザは哀れむように眉をひそめる。些細《ささい》な動作一つを取っても、自分の見せ方をよく理解している女性だ、と思う。「行きましょう、容疑者が待っているわ」

その通りだ、仕事を始めなければならない。

ライザとともに、ハロルドはオフィスを後にする。取調室に向かって歩きながら、隣の彼女をそれとなく観察した。歩調に合わせて揺れる髪。耳に、控えめなデザインのイヤリング。

「あなた方電索官にとって、情報処理能力の低下は頻繁に起こり得ますか？」

「年に数回は聞くかしら。電索は、心にも脳にも負担がかかる仕事だから……」彼女の視線が、ちらとこちらに投げられた。「ただ、ヒエダ電索官がそうなったのは驚いたわ。彼女は本当に、怖い物なしの天才だと思っていた」

「ヒエダ電索官と面識が？」

「本部で何度かすれ違ったくらい。電索官で彼女を知らない人はいないわよ」ライザはそこで首を竦《すく》める。「まあ……あっちは私のことなんて全然分からないでしょうけれど」

「次はあなたがエースになると聞きましたよ。とても素晴らしい電索能力をお持ちだとか」

「トトキ課長は私に期待しすぎているわね」

やりとりは宙に浮いているように、どこか空虚だ。

取調室に入ると、昨日と寸分たがわない構図が出迎える——電子薬物捜査課の捜査官と、簡易ベッドに横たわる容疑者たち。ライザは担当捜査官と軽く話をして、容疑者へと順番に鎮静剤を注射していく。

そうか、つまり。

「……並列処理が可能なのですね？」

「ええ、つい最近できるようになったの。まだ不慣れなんだけれど」

そうして彼女は〈探索コード〉と〈命綱〉を取り出し、髪を掻《か》き上《あ》げるようにして、うなじのポートに接続した——感情エンジンが、得も言われぬ何かを吐き出す。だがそれが何だったのか、ハロルド自身にも解《げ》せない。

解《げ》せない感情が増えたのは、いつからだろうか？

「——情報処理能力が向上し続けることは、やはりよく起こることなのですか？」

「過去に何例かあるみたいだけれど、しょっちゅうではないわね。私も、自分がそういう体質だって知らなかったからびっくりしてる」

「それこそ『天才』と言えるのでは？」

ライザは慰めるように笑った。「無理せず、素直に前の相棒のことを悲しんでいいのよ」

一瞬、処理に手間取った。表情の制御は完璧だ、要するに単なる気遣いなのだろうが——自分は、悲しんでいるのか？

そうして彼女が〈命綱〉のコネクタを差し出してくるので、これまで通り、左耳をずらして接続ポートに押し込む——ライザは驚いたようだったが、すぐさま楽しそうに頬を緩めた。

「あなた、素敵なところにポートがあるのね」

「ええ」気持ち悪い、とは言われないようだ。「アミクスと潜ることにご不安は？」

「全然ないわ、子供の頃からあなたたちが大好きなの。むしろ光栄よ」

友人派とは幸いだ。「私としても非常に嬉《うれ》しいお言葉です、ロバン電索官」

「ライザでいいわ、ハロルド」

少なくとも、エチカは数えるほどしか自分を名前で呼ばなかったな、と思って。

一体、いつまで彼女のことを考え続けるつもりだ？

「では、ライザ」穏やかな自らの声音が、どこか奇妙だった。「いつでもどうぞ」

ライザは頷《うなず》いて、そっと瞼《まぶた》を下ろす。ボルドーのアイシャドウが、滑らかに煌《きら》めく。

言葉はない。

その沈黙こそが、合図だった。

まもなくライザの落下が始まり、システムの処理が加速する。彼女を通して、熱を持った機憶が次々と流れ込んできて——エチカでなくても電索が成立している。当たり前だった。彼女が仕事から離れていた時期も、自分は別の電索官と潜っていたではないか。

今更だ。

ライザの落下速度は、驚くべきことにエチカのそれとほぼ同等だった——渡される機憶に、システム内で優先順位をつけてタブで管理する。一つずつ、緻密に分析して閲覧していく。自分の演算処理能力を以《もっ》てすれば、焦《あせ》らずとも全てをじっくり調べるだけの余裕はある。

記憶はどれも、電子ドラッグ関係者らしい暗澹《あんたん》たるものばかりだ。ナイトクラブでの取引。飛行機での密輸入。例のダーチャでは、プログラマを雇ってドラッグの大量生産をおこなっていたようだった——あらゆる機憶に、人間たちの感情は付随しない。ただ起伏のない映画を眺めるような感覚で、淡々と処理していく。必要と思われるものにタグを付け、残りは全て破棄して。

不意に、ノイズが走った。

映像がぶっつりと途切れ、

——逆流。

ライザをちらと見たが、彼女はしっかりと目を閉じていて、微動だにしない——通常、逆流は互いの処理能力が釣り合っている時にしか起こり得ない。エチカも、自分と潜り始めて間もない頃は、頻繁な逆流に苦しめられていた。

だが、ライザは穏やかな表情のままだ——すぐに、トンネルから抜け出る。再び、機憶が放り投げられてきた。飽きもせず、電子ドラッグと金の束に執着する容疑者たち。機憶を確認しながらも、思考を他事へと振り向けている。

今し方の逆流を見るに、ライザの情報処理能力は、やはりエチカにほぼ匹敵する。

つまり、ソゾンを殺した犯人への近道になり得るという点では、ライザは彼女と何ら変わりないのだ。

なるほど。

それならば——何の問題もない。

自分の目的は、ソゾン殺害の犯人を探し出すことだ。そこに支障が生じない限り、相手がエチカだろうと別の電索官であろうと、やるべきことは一つである。懸念《けねん》があるとすれば、またゼロから信頼を築き直さなければならないことだが——それすらも、いっそ好都合かも知れなかった。

何せ、エチカはともかく扱いづらかった。

読みきれない部分が多すぎて、ほとほと手を焼いていたのだ。

なのに、システムの負荷はまだ下がりきらない。合理的な思考ができていない、と感じる。

動揺しているのだろうか？　動揺？　何故《なぜ》？

やがて、パリの街並みが流れてきた。容疑者たちと接触する、フランス人の男が見て取れる。これが例のマリアンヌの切手と繋《つな》がるのかも知れない。彼らが入っていく建物の特徴を、しっかりと焼き付けた。周囲の景色と照合すれば、住所を割り出すことは可能だろう。

もう、十分だ。

ライザの〈探索コード〉に手を伸ばし——見計らってから、引き抜いた。

がくりと、彼女の体が傾《かし》ぐ。

突然のことで、危うく反応が遅れるところだった——ハロルドはとっさに、倒れかかったライザの肩を支える。彼女の瞼《まぶた》が痙攣《けいれん》し、持ち上がった。睫毛《まつげ》の長さが、はっきりと分かる距離で。

「ライザ？」少なくとも、エチカはふらつかなかったのだが。「大丈夫ですか」

「ああ……ごめんなさい、いつもこうなの」ライザは曖昧に微笑《ほほえ》んだが、まだこちらの手を払いのけようとはしない。「主治医からは、処理能力が向上し続けている副作用みたいなものだって言われていて……あなたにぶつかっていない？」

「全く。ご気分は？」

「平気よ。何ともないわ」

「逆流の影響もありませんね？」

「ええ、それもよくあることだから……」

ライザはやんわりとハロルドの手を退《ど》かして——当たり前のように、こちらの接続ポートから〈命綱〉を取り外していく。まじまじと見つめたせいか、彼女は我に返ったようだった。

「やだ、もしかして失礼だったかしら？」

ライザは本当に、アミクスを好意的に思っているのだろう。

それは、喜ぶべきことのはずだ。

「構いませんよ」ハロルドは、彼女を安心させるために笑顔を見せた。「ともあれ、これからはあなたを転ばせないのも私の仕事ということになりますね」

「転ばせたっていいのよ？　あなたたちの敬愛規律が許さないかも知れないけれど」

〈敬愛規律〉——人間を尊敬し、人間の命令を素直に聞き、人間を絶対に攻撃しない。

「その通り。あなたが転ぶのをただ眺めているのは、極めて難しいでしょう」

「紳士ね」ライザはコードを束ねながら、「電索の成果だけれど、容疑者たちの仲間がパリに拠点を持っているみたい。本部に戻ることになりそうだわ」

「ええ。しかし折角ペテルブルクにいらしたのに、また母国にとんぼ返りとはお忙しい」

ライザはふと手を止める。「……私、フランス人だってあなたに言ったかしら？」

「お名前はもちろん、顔立ちや発音で分かりますよ」じっと、彼女を撫《な》でるように視線を動かす。「ご自宅のアミクスは女性モデルですね？　休みの日は、一緒に散歩を楽しんでいる」

ライザはにわかに目を見開く。その瞳孔がわずかに縮んで——はにかむように笑った。

「課長から聞いていたけれど、本当に見ただけで色々なことが分かるのね？」

「もちろん全ては把握できません。この程度が限界です」

「だとしてもすごいわ。素敵よ！」

努力をせずとも気に入られるのなら、これほどやりやすいこともない。そうだろう？

4

アルバート通りは、モスクワ随一の繁華街だ。クラシックな街路灯がぽつぽつと並ぶ歩行者天国には、土産物屋やファストフード店などがずらりと軒を連ねる。行き交う観光客たちに、街頭に立つミュージシャンや画家の姿——エチカはチェーンレストランのテラス席から、ぼんやりとその光景を流し見ていた。敷地《しきち》を取り囲むように植えられたペチュニアは、ほとんど萎《しお》れかけている。

テーブルの向かいでは、

「セドフ捜査官、スイバのオムレツくらい家でも作れるだろ。何でわざわざここで頼む？」

「健康アプリのアシスタントAIが、今ここでこれを食えと言っているんだ」

「出たよ、毎日ユア・フォルマの言いなりだな」

「ちなみにフォーキン、お前が食おうとしているそのパンケーキのカロリーだが……」

「おいよせ。人の朝飯を台無しにするな」

並んで腰掛けた若いロシア人男性二人が、他愛もないやりとりを繰り広げていた——どちらも、電子犯罪捜査局ペテルブルク支局捜査支援課に所属する捜査官だ。捜査支援課は主に、電索官の導入に至らない段階の事件を担当している。だが基本的には、局内で人手が必要とされている案件なら何でも引き受けるため、時折『雑用課』と揶揄《やゆ》されていた。

つまり――目の前の二人は、エチカの新しい『先輩』である。

「ヒエダ捜査官。本当にそれだけでいいのか？」

細身のフォーキン捜査官が、パンケーキにナイフを入れながら問うてくる。〈イヴァン・ルキーチ・フォーキン。二十六歳……〉――如何《いか》にも快活そうな面立ちに、パーマのかかった暗褐色の髪がよく似合う青年で、捜査官らしい堅苦しさとは無縁だ。

「十分です」エチカは、手許《てもと》のカップを引き寄せた。大量生産のシナモンアップルティーが、うっすらと揺れる。「張り込み中ですよ、暢気《のんき》に食べていられません」

「お前にも彼女くらいの緊張感が必要だろうな」大柄のセドフ捜査官が言う。無精髭《ぶしょうひげ》が特徴的な彼は、フォーキンよりも年上だそうだ。「フォーキン、たまには新人の頃を思い出せ」

「堂々とオムレツを食ってるあんたに言われたくないな」

「健康アプリを信じてる。こいつは誰より俺のことを分かってるよ」

「だが〈E〉に言わせればこうだ。『健康アプリの運営元とこの喫茶店は、密《ひそ》かに共謀している』」フォーキンはパンケーキを口に放り込んで、「たとえば一部のチェーンレストラン業界が、健康アプリの運営元を買収していたとしよう。アプリを通して自分の店を健康志向だとアピールできれば、客は高確率で入店する。関係者全員が、巡り巡って得をする」

「思っていたんだが、陰謀論ですらないな。慈善事業じゃないんだ、それなりの癒着はある」

「だとしても、信奉者たちにとっては関係がない。要するに、自分たちの不満をぶつけられる尤《もっと》もらしい理由があれば、それでいいわけだ」

「まあ、詐欺に遭うのが得意な人間も一定数いるからな」セドフはオムレツを飲み下しながら、

「で……いつになったら肝心の信奉者様は現れるんだ？」

そう――張り込みの目的は、〈E〉の信奉者に接触することだった。

昨晩、エチカは改めてトトキ課長からホロ電話を受け取った。

『ヒエダ。会議の結果、あなたの新しい配属先は捜査支援課に決まったわ』トトキは、臨時総会で決定づけられたという内容を簡潔に話したのち、『実は捜査支援課は今、〈E〉の事件に本腰を入れているの』

先日、知覚犯罪事件の関係者を集めて開かれた緊急会議を思い出す――〈E〉により、捜査機密が匿名掲示板のスレッドに書き込まれたことも。

【知覚犯罪事件の容疑者イライアス・テイラーは、ユア・フォルマを使って人々の思考を操作している。電子犯罪捜査局はこの事実を知ったが、隠蔽した】

『各局の捜査支援課は、これまでも〈E〉の捜査に取り組んできた。けれど捜査局が標的にさ

れた以上、一刻も早い成果が期待されている。信奉者たちは遅かれ早かれ、「ゲーム」を始めるでしょうから、早急に〈E〉の正体を暴いて逮捕に持ち込みたい』

確かに、電子犯罪捜査局が信奉者の被害に遭う可能性は、十分に考えられる。

だが幸いにして、今のところめぼしい動きはないようだった。信奉者らのSNSでは、捜査局という『強敵』にどう挑むべきか盛んに議論が交わされているようだが、実害はまだ生じていない。せいぜい、数名の素人《しろうと》が捜査局にクラッキングを試みて、弾《はじ》き飛《と》ばされたくらいだ。

——しかし、〈E〉が知覚犯罪の真相を握っているとなれば、悠長にはしていられない。

エチカは問うた。「捜査支援課は、思考誘導の真偽について知らされていますか？」

『いいえ、向こうも暗黙の了解で訊《たず》ねてはこないわ。ただ、多くの捜査官は信じていないでしょう。前にも念を押したと思うけれど、この件は他言無用よ』

喜ばしくない形で巡ってきた仕事とはいえ、知覚犯罪に携わった自分にとっても重要な事件だ。体調も幾分ましになりつつあるし、大人しく休暇に入らなくてよかった、と思う。

エチカは思考を現実へと引き戻し——手にしていたカップを、ソーサーに置いた。

「捜査官。本当に、このレストランに信奉者がやってくると思いますか？」

「まず間違いなく」フォーキンは、ユア・フォルマの資料を確かめたようだ。「このチェーンレストランは、モスクワ市内に五つ店舗を出している。よそでは昨日から信奉者の目撃情報が相次いでいるが、この店はまだだ。次に現れるとしたらここしかない」

信奉者たちの外見には、分かりやすい特徴がある。誰もが決まって、『E』と書かれた私物を身につけているか、体のどこかにタトゥーを刻み込んでいることが多い。彼らにとって、自身が〈E〉を信仰していることは自己表現であり、忠誠でもあり、何より誇りらしい。

「ただ信奉者に接触したとして、そこからは？」エチカは素直な疑問を投げた。「信奉者はあくまでも信奉者ですよね。〈E〉の正体は知らない。事件を解決するには、〈E〉が何者なのかを突き止めるのが重要だと思うんですが……」

フォーキンとセドフは、何とも言えない表情で目配せし合う。

先に開口したのは、フォーキンだ。「ウェブ監視課が、奴《やつ》の投稿から身元を割り出せない以上、捜査支援課の俺たちにできることは限られてくる。現状は信奉者をついて、〈E〉への手がかりが摑《つか》めれば幸運ってところだ」

「それで進展があったことは？」

「答えを聞きたいか？」と、セドフ。「もっといい方法があるなら、是非とも提案してくれ」

エチカは結局何も閃《ひらめ》かず、口を噤《つぐ》むしかなかった――実際、匿名掲示板の投稿が当てにならなければ、現実世界で足取りを追うのは不可能に近い。投稿自体がユア・フォルマを介しておこなわれていれば特定は容易だが、〈E〉は端末、しかもボットウイルスを侵入させた他人のそれを経由している。かといって、信奉者たちは〈E〉の正体など知らない。

改めて考えると、非常に厄介な相手だ。

「そもそも」と、フォーキン捜査官がフォークを振る。「奴《やつ》は何であそこまで、精度の高い陰謀論を投稿できる？　外れの投稿がなければ、もはや陰謀論とすら呼べないぞ」

セドフが答えた。「そりゃクラッカーだからだろう。この世のあらゆる情報は盗み出せる」

「なら、〈E〉の雇い主は反テクノロジー主義者か？」

「そっちの線はもう辿《たど》った。何の手がかりも摑《つか》めなかっただろ」

「目星の付け方を間違えているかも知れない。そもそもクラッカーじゃないとかな」

あれこれと議論を交わすフォーキンとセドフを眺めながら、エチカはカップを傾ける。二人と食事をしているこの状況が、どうしても違和感の塊のように、喉に引っかかっていて。

ケアセンターのロータリーでハロルドと別れてから、既に二日が経《た》った。

無視してしまった彼の電話には、結局、折り返していない。

自分でもよく分からない戸惑いと恐怖で、かけ直す気になれなかったのだ。

だって、一体何を話せばいい？

——余計なことを考えている。

集中しなくては。

待ち望んでいた信奉者たちは、約一時間後に現れた——二十代と思《おぼ》しき若者二人だ。何《いず》れも『E』と刺繡《ししゅう》されたキャップをかぶり、テラスを横切って店の中へと入っていく。どちらも怪しげな雰囲気ではなく、服装からしてどこにでもいるスポーツファンを連想させた。

セドフが立ち上がる。「ヒエダはここで待機だ。他の信奉者がやってきたら連絡を」

「分かりました」

「フォーキン、立て。いつまでパンケーキを食ってる？」

「ああくそ、まだ半分以上残ってるのに」

「おかわりするからだろう。言おうと思ってたんだが、お前いつか絶対太るぞ」

セドフとフォーキンは軽口を叩《たた》き合いながら、テーブルを離れていく――エチカは座ったまま、ぼうっと見送った。彼らは店の中に入るなり、早速、信奉者たちに声を掛けている。

ただやはり、このやり方で手がかりを摑《つか》めるとは思えない。

何か他に妙案はないものか。考えながら、何となしにテラス全体を見渡して――ふと、隅の席に腰掛けている客に気付く。十代後半と思《おぼ》しき青年で、ひどく瘦せていた。着古したシャツから覗《のぞ》く腕は、やけに青白い。どうやら一人のようだ。

彼は確か、自分たちが入店した時から席に着いていたように思う。

青年の前には、少しも中身の減っていないコーヒーカップ。

その手はそわそわと落ち着かなさそうに、首元に触れている。

――首元に？

ふとエチカの脳裏に、いつぞやのハロルドの言葉が蘇《よみがえ》ってきて。

――『首に触れるのはストレスを宥《なだ》めるための非言語行動《ノンバーバル》です』

たとえば彼はユア・フォルマで友人とやりとりをしていて、喧嘩《けんか》になったのかも知れない。あるいは、これから何か予定が入っていて緊張しているのでは？　理由は幾らでもあるはず。

だが、どうも気に掛かる。

青年の目線がちらちらと、店内を窺《うかが》っているからか？

エチカは考えた末に、席を立った。こういう時は、自分の勘を信じるべきだ。

「すみません」

声を掛けると、青年はびくっと肩を震わせた。張り詰めたような瞳がこちらを向いて——本来ならポップアップするはずのパーソナルデータが、表示されない。

ユア・フォルマ非搭載の機械否定派《ラッダイト》。

機械否定派の生活圏は技術制限区域であり、基本的にユア・フォルマユーザーとは交わらない。稀《まれ》に事情があって行き来することもあるだろうが——彼の態度からしても、やましいことがないとは言い切れなさそうだ。

「電子犯罪捜査局です」エチカはIDカードを掲げて、「何か、身分を証明するものを——」

瞬間、青年の手がカップを摑《つか》んだ。

避ける暇もない。

エチカめがけて、思い切りコーヒーがぶちまけられる。幸いにして既に冷め切っていた。だが、降りかかった液体が目に入る。思わず数歩後ずさって——何をやっているんだ！

無理矢理に瞼《まぶた》をこじ開けると、青年は店内めがけて突進していくところだった。その手には一体どこから取り出したのか、小型のフォールディングナイフが握り締められていて。

狙いは――カウンターの店員か。

「捜査官！」

ほとんど反射的に叫ぶ――フォーキンのほうが、先に反応した。彼は、走ってきた青年を食い止め、流れるように腕を捻《ひね》りあげる。ナイフが取り落とされた。そのまま、相手を床の上へとねじ伏せ――店内の客から悲鳴が上がる。尋問されていた信奉者たちも、ぎょっとした様子で立ち尽くす。

危ないところだった。

セドフが、はやばやと青年に手錠をかけている。エチカは安堵《あんど》して、肩の力を抜き――ようやく、左胸が激しく脈打っていることを自覚した。何とか、腹の底から息を吐く。

そうしながらも、コーヒーに濡《ぬ》れた顔を掌《てのひら》で拭う。ひどくべたついていて、最悪だ。全く。幸先《さいさき》のいい船出と言えるのか、そうでないのか。

ものの数分で、アルバート通り全体が騒然となった。歩行者天国には警察車両が乗り上げ、到着した地元警察の警備アミクスが、レストランの入り口にホロテープを引いている。客たちは続々と店の外へ誘導され、駆けつけた警察官たちの質問に答えていた。どこから嗅ぎつけたのか、報道機関の記者までうろついている。

エチカはその様子を遠巻きに眺めながら、ミネラルウォーターのプラスチックボトルを開けた。今し方、近くの店で買ったものだ。とにかく顔を洗い流したい。

重たい気分に任せ、頭上でボトルを逆さまにする。

「おいおいおい、豪快すぎるだろ」

睫毛《まつげ》から滴《したた》る水を払いのけて、面を上げる——フォーキン捜査官が、呆《あき》れ顔《がお》でこちらへと歩いてくるところだった。彼の背後では、例の青年と信奉者二人が、電子犯罪捜査局の捜査車両へと連行されていく。

「あの二人の信奉者は無関係では？」エチカは袖で顔を拭う。髪までびしょ濡《ぬ》れだったが、まだ日は高いし、風邪をひくということもあるまい。「青年の仲間だったんですか」

「恐らく違うが、念のために任意同行を要請した。何せ、あの青年も〈E〉の信奉者だ」

何だって？「一般人かと思いましたが……確認を？」

「ああ。足首に『E』のタトゥーがあったよ」

レストランのテラスでは、地元警察官とセドフ捜査官がやりとりを交わしている。彼らの傍《かたわ》らでは、警備アミクスが指示を待つように突っ立っていた。その完璧なまでに穏やかな表情を見ると、何となく、胸がざわつく。

嫌でも、ハロルドの柔らかな笑顔を思い出してしまって。

「……あの青年は機械否定派《ラッダイト》でした」エチカは努めて冷静に言った。「オンラインに接続するすべは持っていないはずです。なのに、どこで〈E〉のことを？」

「まだ話そうとしない。ただ〈E〉が、捜査局が認知していないやり方で機械否定派にも支持を広げているのは間違いないだろうな」

だとすれば、捜査が前進するかはさておき、これまでにない収穫ではある。

「彼はロシア人ですか？」

「いや。所持品のパスポートを見る限り、ノルウェーのオスロからお越しみたいだ」フォーキンはそこでふと、興味深そうな眼差《まなざ》しをこちらに投げてくる。「しかし……ヒエダ捜査官、何であいつが怪しいと分かった？」

エチカは図らずも、返答に詰まった——彼の丸い瞳は、純粋な好奇心で満ちている。いつだったか、自分もハロルドに同じような質問をしたことがあった。

まだ信じられない。

もう、電索官に戻れないことが。

何より——気付かないうちに、あのアミクスにここまで影響されていただなんて。

「ただの……勘です」

「元電索官としての？」フォーキンの問いかけが、心臓に食い込む。当然ながら彼は、こちらが一昨日まで電索課に所属していたことを知っている。「人の頭の中に潜るってのは、俺には想像がつかないが、色んな人間の感情を体験したんだろ？」

「……ええ、まあ」

「だったら顔を見ただけで、そいつが考えていることくらい分かりそうなもんだ」

「そうかも知れませんね」エチカは唇の裏側を舐《な》めた。ひどく居心地が悪い。「わたしは先に支局に戻ります。セドフ捜査官はまだ時間がかかりそうですし……」

とにかく、この話題を続けたくなかった。エチカは足早に、フォーキンの前を横切ろうとして——やんわりと、彼に腕を掴《つか》まれる。びっくりして振り返った。

「悪い」フォーキンは一転、ばつが悪そうな表情を浮かべているではないか。「あんたの気に障《さわ》ることを言ったみたいだ」

え？　エチカは、すぐには理解が追いつかなくて——少なくとも自分にとって、『天才電索官』が嫌悪《けんお》や好奇の対象になるのは、当たり前だった。だからいつの間にか自分自身も、それを普通のこととして受け入れていたのだ。

わざわざ謝罪して欲しいだなんて思わないし、何も求めてなどいない。

だが。

「噂《うわさ》は色々と聞いたよ」彼はエチカの腕を放して、「『天才』も大変だったみたいだな」

「いえ」同情されている？「何で……」

「俺は別に、あんたに頭を焼き切られる心配もないんでね」フォーキンはおどけたように首を竦《すく》めてみせ、「まあ捜査支援課《うち》は、よくも悪くも適当な連中ばかりだ。気楽にやってくれ」

もう電索の話はしないでおく、と彼は言い足してから、さっさと歩き出す。セドフ捜査官のいるレストランのほうへと――エチカはまだ、その場に立ち尽くしていた。

よく分からないが、フォーキンはこちらの気持ちを汲《く》み取ってくれた。

何のために？

まさか――何のためでもなく、そうなのか？

手の中のプラスチックボトルが、ぐしゃ、とわずかに凹《へこ》む。

電索を失うことの意味を、今初めて、理解したような気がする。

そうか。

これが、『普通』になるということなのだ。

5

「どこで〈E〉を知った？　奴《やつ》は機械否定派の中にもコミュニティを持っているのか？」

ペテルブルク支局の取調室――マジックミラーの中では、先ほどレストランで拘束された機械否定派の青年と、セドフ捜査官が向かい合っていた。青年は、テーブルの下で膝を握り締めている。痩せた手首にかかった手錠が、物静かに光っていて。

「パスポートによれば、十八歳だそうだ」と、エチカの横でフォーキンが言う。彼はぎいぎいと、古めかしいパイプ椅子を揺らしていた。「高等学校を卒業したばかりだろうな」

エチカは立ったまま頷《うなず》く。「職業は？」

「教えてくれることを祈るしかない」

言いながら、二人はマジックミラーへと目を戻す。

「答えないよ」青年はぶっきらぼうに吐き捨てたところで、「僕は正しいことをしただけだ」

セドフは表情を変えなかった。「何の罪もないレストランの店員を襲おうとすることが正しいのか」

「奴《やつ》らは悪人だ。〈E〉は全部知ってる」

「何でそう思う？　〈E〉が間違っているかも知れない」

「間違っているもんか、実際ユア・フォルマは全部を台無しにしてる」青年の目の下には、暗い隈《くま》が溜《た》まっている。「あんたらは知らないだろうが、僕らみたいな機械否定派はあの糸のせいで、仕事だってもらえない」

エチカとフォーキンは互いを見交わした。要するに、それが動機というわけか。

「なるほど」セドフは冷静だった。「だが、就労支援を受けることもできる」

「『糸人間』が運営するプログラムだし、ＡＩが使われてる」彼は、ユア・フォルマユーザーの蔑称を口にして、「ユア・フォルマを搭載するかどうか、選ぶのは個人の自由だって言われてる。僕はそれを信じて、高等学校まで機械否定派としてやってきた。なのに、いざ卒業してみたらこの有様《ありさま》だ」

「君の苦労は理解できるが、人を襲う言い訳にはならないな」

「言い訳じゃない、ただ話しているだけ」

「住んでいるオスロは、確か『共生地域』だったか」セドフは資料を閲覧しながら、「ユア・フォルマユーザーと同じ都市に暮らしていれば、必然的に機械否定派に回ってくる仕事も少なくなるだろう。町を出ようとは考えなかったのか？」

「僕が悪いって言うのかよ？」

共生地域――端的に言えば、ユア・フォルマユーザーと機械否定派が一つの都市で生活している区域のことだ。ノルウェーは世界的に見ても技術制限区域の割合が高い。機械否定派の国民のために、首都オスロは『共生地域』として生活圏の重複を認めている。だが一方で、ドローンやアミクスに恵まれた都市圏で機械否定派が仕事を見つけるのは、容易ではない。

「そういう事情か」フォーキンが頬を掻《か》く。「信奉者のエピソードとしては、ありがちだ」

エチカは訊《たず》ねた。「これまでにも信奉者の取り調べを？」

「それなりにな。〈E〉に傾倒しているのは、根っからの反テクノロジー主義者や反社会的な思想の持ち主が多いんだが、就職やら何やらで人生に問題が起きた若者も目立つんだよ」

取り調べは続いている。青年は今やうつむき、自らに言い聞かせるように吐き出していた。

「僕は必ず〈E〉の正しさを証明する。仲間は沢山いるんだ……」

「そのお仲間を、是非とも俺たちに紹介してもらいたいが」

「これ以上話すことはない」彼はセドフをうっすらと睨《にら》んだ。「あんたらは僕を電索できない。こっちが黙ったらお手上げだろ？ ざまあみろ」

皮の剝《む》けた唇が、一つ一つ、呪詛《じゅそ》のように紡《つむ》ぐ。

「……僕は〈E〉を信じてる。世界は、もっとマシになるべきなんだ」

以降、青年は頑《かたく》なに口を閉ざした。セドフが優しく訊《たず》ねようが、鎌を掛けようが、それとなく脅そうが、てこでも動かないと言わんばかりだ。

——これ以上は無理か。

「オスロが『共生地域』なら、機械否定派とユア・フォルマユーザーは接触できますよね。容疑者はそこから〈E〉を知ったとして……」エチカは顎に手を触れる。「『仲間』と言っている以上、大規模なコミュニティがあると見ていいように思います」

「もちろん探す必要があるだろうな。ただ」フォーキンは嘆息して、「生憎《あいにく》、あっちには支局すらない。地元警察の腰が重くないことを願いたいが」

「確かに」頷《うなず》きながら、閃《ひらめ》いた。「そう……地元警察以外にも、当てがあるかも知れません」

恐らく——彼女《かのじょ》ならば、その手の事情には詳しいはずだ。

頼る価値はある。

取調室を後にしたエチカは、その足で五階の電索課へと向かった。見知った顔と何度かすれ違ったが、誰も声は掛けてこない。むしろ、妙なよそよそしささえ感じる――そのまま電索課長のオフィスへ行き、民間協力者を駆り出す許可を取り付けた。

あまり長居したくない。さっさと捜査支援課に戻ろう。

そう思って、オフィスを後にしたところで――つい、固まってしまう。

通路の奥に、見覚えのあるアミクスの姿が見えたのだ。くすみのないブロンドの髪が似合う、芸術作品のようなカスタマイズモデル――ハロルドは、見知らぬ女性と親しげにやりとりしていた。遠目からでも分かるほどの美人だ。すらりとした体躯《たいく》は血統書付きの猫のようで、今すぐファッションサイトのトップを飾れそうなほど、品格がある。支局では見たことのない顔だが、本部から派遣されてきたのかも知れない。

あまりにも、画になる二人だった。

まさか、彼女が後任の電索官か？

エチカは何ともいたたまれなくなり――丁度、ハロルドと女性が会話を切り上げて別れる。何となしにこちらを向いた彼と、はっきり目が合った。

ハロルドの瞳に、かすかな驚きがよぎって。

――しまった。

エチカは逃げるように、彼に背を向けていた。今はまだ、上手《うま》く話せる自信がない。足早にその場を離れて、エレベーターホールへと直行する。ありがたいことに、エレベーターは到着したばかりだった。迷わずに大急ぎで乗り込んだのだが、

「失礼」

ドアが閉じきる前に、あろうことか、ハロルドが身を滑り込ませてくるではないか。

追いかけてくるな。エチカは思わずそう口にしかけて、呑《の》み込む。彼だって、階下に用事があるだけかも知れない。落ち着け。

焦《あせ》りすぎだ。

ドアが完全に閉まってしまうと、息もできないほどの沈黙が押し寄せる。

まともに顔を見られない。

のろりと、エレベーターが動き出して。

「斬新ですね」ハロルドの口調は、どこかよそよそしかった。「コーヒーの香水ですか？」

どうやら、まだ匂うらしい。「……ちょっとした事故だ。悪いけれど我慢して」

エチカは自らの腕にしがみつくような格好で、エレベーターの隅へと体を寄せる――ハロルドは、こちらを見ているに違いない。視線が全身に突き刺さり、嫌な汗が滲《にじ》み出す。

何か、言わなければいけないのに。

「――何故《なぜ》、私の電話を無視なさったのです？」

エチカは自分の腕に、爪を立てた。感情の泡が一気に弾《はじ》けそうになり、しかし、どれも言葉に換わらないまま消えていく——だが彼にとっては、それで十分だったらしい。

ハロルドは、鼻から薄く息を洩《も》らした。もちろん、その呼吸は擬似的なものだが。

「あなたのショックの大きさは理解しているつもりです、だからこそ心配していました。なのに、お出にならない」

「少し……一人になりたかったんだ、自分が」エチカは唇の裏を嚙《か》んだ。みじめだった、とはさすがに言えなかった。「その……きみなら、見透かしていると思った。いつも通り何でも」

自分の弱さを笑われたくなくて、誤魔化すために、心にもないことを言っている。

ハロルドは淡々と答えた。「以前も申し上げた通り、あなたに関しては頻繁に推測を外しますので」

「わたしを観察するのをやめたということ？」

「どのみちもう、そうした必要もなくなってしまいましたね」

「……無視してごめん、怒らせたのなら」

「怒ってはいません。我々は敬愛規律に基づき、いつでもあなた方を尊敬しています」

敬愛規律——エチカは思わず、顔を上げてしまって。

即座に後悔した。

ハロルドは自分が想像していたよりもずっと、近くに立っていた。しかも温度のない眼差《まなざ》しを、真《ま》っ直《す》ぐこちらに沈めている。凍った湖の瞳は、記憶の中よりも完璧な形で。

彼を失いたくない一心で、秘密を背負い込んだ。

だが――もはやパートナーですらなくなった今、あれは果たして、何のために。

結局、
自分が守りたかったのは、彼のことですらなかったのでは？

ずっと恐れていた、ぞっとするほど汚い何かを、心の底に見つけてしまった気がして。

「あの」今すぐに何かを言わなければ、多分死んでしまう。「何だ……新しい電索官とは、上《う》手《ま》くやっているの」

「お陰様で」

「さっきの人？」

「ええ。ライザ・ロバン電索官です」

「そう……電索官でいるのが勿体《もったい》ないくらい、綺麗《きれい》な人だ」

「全くそう思います」

「わたしも上手《うま》くやってる、捜査支援課で」苦しい。吐きそうだ。「皆、親切だよ。びっくりするくらい」

「何よりです」彼はかすかに目を細め、「私は明日から、ライザとフランスに行きます」

エレベーターがゆるゆると減速し、二階に到着する。ドアがもたつきながら開いていくが、エチカはまだ、その場に留まっていた。

「――フランス？　リヨンの本部にいくということ？」

「はい。所属は支局のままですが、当分はあちらを拠点にするかと」

「ダリヤさんは」

「一時的なものですので、了解しています」

「そう……何でわたしに、そんなことを話す？」

「確かに」ハロルドは目線を外し、首を傾けてみせた。「もう、あなたに報告する必要はありませんでした」

「その通りだ」

一体何なんだ？　突然、苛立《いらだ》ちのような悲しみのような、わけのわからないものがこみ上げてきて――だがこれ自体、的外れな感情だと分かっていた。喉の奥で押し潰す。

「まあ、その……とにかく頑張って。それじゃ」

エチカは今度こそ、エレベーターを降りる。彼に言わなければならないことが山ほどあるはずだが、頭の中がぐちゃぐちゃだった。まとまりそうにない。

だから立ち去ろうとしたのだが、

「ヒエダ電索官」

ハロルドはなおも、呼び止めてくる――エチカは、ぎこちなく振り返った。

「……もう、電索官じゃない」

「ではエチカ」

「ヒエダ捜査官だ。ファーストネームで呼ぶなって何度言ったら分かるの？」

「何度も言われたとは記憶していませんが」

「エレベーターごと上に押し戻されたい？」

「春に、あなたは私と対等なパートナーでいたいと仰《おっしゃ》いましたね」彼の両目はどこか責めるように、こちらを縫い止めていて。「電索能力を失うほど何かに悩んでいらっしゃるのなら、どうして相談して下さらなかったのです？」

エチカは指先を握り込む——そうか、彼はそのことに腹を立てているのだ。確かに、対等な関係性を要求したのは自分なのだから、尤《もっと》もな怒りだろう。素直に、申し訳なく思う。

ただ——打ち明けられるわけがない。

そもそも、悩んですらいないつもりだった。罪悪感や不安は全て、カートリッジで完璧に制御できていたのだ。白夜《びゃくや》で眠れなかったのは事実だが、それ以外で体調に支障を来す要素すら思い当たらない。

未《いま》だに、腑《ふ》に落ちないことだらけだ。

あるいは、自分がそんなに脆《もろ》い人間だったと、認めたくないだけなのかも知れないけれど。

「何も悩んでいない」エチカは虚勢を張った。「本当に……わたしだって、どうしてこうなったのか分からないんだ」

「何故《なぜ》いつも、そうやって隠そうとするのですか」

「隠していない」

「エチカ」

「だからヒエダ捜査官だ！」

裂けそうな声が、エレベーターホールに響き渡る。幸い、周囲にひと気はなく——もう駄目だ。ここ一日、上手《うま》く抑え付けることのできていた何かが、濁流のように溢《あふ》れ出《だ》す。

「きみに……ちゃんと説明しなかったのはわたしの落ち度だ。不誠実だった、ごめん。ただ本当に、何も悩んでなんかいない。でも、別に」

ひどく余計なことを言おうとしている、という自覚はあって。

「別にパートナーがわたしじゃなくても、きみにとって支障はないはずだ。ロバン電索官は優秀なんだろうし、だったらきみの目的にも見合う。彼女と一緒にやっていれば、今度こそ、ソゾン刑事を殺した犯人を見つけられるかも……」

「——誰からそれを？」

エチカは口を噤《つぐ》む。明らかに喋《しゃべ》りすぎた。だが、もともと隠しておくことでもない。単に、伝えるタイミングを見失っていただけで。

「確かに私は、あなたにソゾンのことを話しました」ハロルドの瞳は、熱を失ったガラスのようだった。冷たく透き通ったまま固まって、もう二度と溶けることが叶《かな》わなくなった目。「ですが、犯人を見つけるためにあなたの補助官を引き受けた、とは一言も言っていません」

つまり彼にとって、それを知られることはあまり喜ばしくなかったわけだ。こちらが、『利用されている』と解釈してしまいかねないから？

だとしたら、今更だった。

「ダリヤさんから直接聞いた。もう半年以上も前だ」突っぱねるように吐き出すのが、精一杯で。「だから……知覚犯罪事件のあとにきみが言っていた、『一緒にいれば、落ち着かない気持ちにさせられた答えが分かるかも知れない』というのも、建前だったって分かってる」

「建前ではありません」

「どっちにしても、そこまで重要な理由じゃない」

彼は何を思ったのだろう。アミクスは感情を抑制するのが得意だ、表情からはまるで読み取れなくて——これ以上はもう、耐えられない。

「色々と迷惑をかけてごめん」エチカは、恐れに任せてまくし立てていた。「その、きみには感謝している今までありがとう。ソゾン刑事の事件が解決することを願ってるよ。じゃあ」

今度こそ、素早くきびすを返す。半ば小走りになりながら、その場を離れた。

どくどくと、破れそうなほど心臓が胸を打っていて。

ソゾン刑事の事件が解決することを願う、だって？

よく言えたものだ。

彼はその時、犯人を——人間を、殺《あや》めるかも知れないのに。

だが、自分が止められるわけじゃない。そうだ。始めから何ができるわけでもないのに——ただ、しがみつく子供のように『秘密』を共有する道を選んでしまった。恐らく誰のためでもない、自分のために。

少しは成長できたはずだった。なのに——結局、マトイを握り締めていたあの日から、何も変わっていないのだろうか？　彼に対するこの感情さえ、醜い『執着』に過ぎなかった？

——『でも……それでも他人を理解したいと思ったのは、きみが初めてなんだ』

もはや、自分でも分からない。

自分自身を、信じられない。

ハロルドはもう、追いかけてはこなかった。

第二章——交錯する夜

1

「やあビガ！　父さんに頼まれて、新しいカートリッジを届けにきたんだけど」

ビガが玄関扉を開けるやいなや、ハンサ少年は大きな声でそう言った。慌てて人差し指を立てる――彼ははっとしたように、自らの口を片手で覆う。ビガはちらと、家の中を振り返った。幸い、父たちが姿を見せる気配はない。

「昨日からお父さんが帰ってきてるの。知られちゃまずいんだから」

「ごめん」ハンサは冴《さ》えない男の子で、ビガよりも二歳年下だ。「これ、君の友達に送るやつなんだって？　クラーラの時にあれだけ叱られたのに、まだ懲りてないんだ」

「おじさんに伝えて。ちゃんとお金は払ってるでしょって」

「いや父さんというか、僕が個人的に心配しているだけなんだけど……」

ビガはおろおろとしているハンサから、医療用ＨＳＢカートリッジが入った紙袋を受け取った。もう少ししたら、梱包《こんぽう》してエチカに送らなければ――などと考えながらハンサを見て、目をしばたたく。彼の首に、青い布きれが巻かれていたのだ。

「ハンサ、まさか『儀式』を終えたの？」

「ああうん。昨日ね」彼は得意げに、首の布に触れる。「一週間は取っちゃだめらしい。これで、僕も一人前のバイオハッカーだよ」

「……そうなんだ」

自分はまだなのに――ビガはきゅっと唇を噛《か》む。近所に住んでいるハンサとは、幼い頃から家族ぐるみで付き合いがある。彼は弟みたいなもので、一緒にバイオハッカーとしての道を歩み始めた時も、きっと自分のほうが先に『儀式』を終えると思っていた。

「おめでとう、ハンサ」

「ビガも早く一人前になってさ、父さんたちみたいに、僕らも一緒に仕事へいこうよ」

ビガは曖昧に頷《うなず》き、ハンサと別れた。玄関扉を閉めて、ふうと息を吐く。

一人前に、か。

紙袋を自分の部屋に置いてから、キッチンに戻った――テーブルを囲んでいるのは、昨日山から戻ってきたばかりの父ダネルと、従姉妹《いとこ》のクラーラ・リーだ。二人は、夕食のフルーツスープを啜《すす》っていた。父が帰宅する日の定番料理である。

「――それで、エドたちがしばらく群れの面倒を見てくれるんだが、今年はトナカイアブが多くて気が重いって話だ」

「アブが湧かないようにできないんですか？」と、リーが問うている。

「冬のうちに卵を産み付けていくもんだから、どうにもならなくてな」

父は言いながら、スープを口に運ぶ――先ほど、久しぶりに髭《ひげ》を剃《そ》り落《お》としたばかりだからか、顎にぽつぽつと赤い点が散っていた。同じように伸びた栗色《くりいろ》の髪は、後ろで一つに束ねられている。そのうち散髪を手伝わないとな、とビガは思う。

母が死んでから、今年で十年になる。

父も、もう若いとは言えない年だった。

ビガが席に着くと、リーがこちらを見る。「ビガ、誰だった？」

「ハンサ。貸してた本を返しにきてくれたの」それとなく嘯《うそぶ》いておく。「お父さん、しばらくこっちにいるの？」

「いや、また明日には出かけるよ。依頼者を往診しないといけない」

「えぇ？」ビガはつい、口を尖《とが》らせた。「一緒に魚釣りにいこうと思ったのに……」

「ちょっと。私じゃ不満なの？」

「クラーラはすぐ餌をとられちゃうでしょ」

「これでも大分上手《うま》くなったわよ。この間までは踊ることしかできなかったんだから」

ビガとリーの応酬をよそに、父は、テーブルに載せていたタブレット端末を操作し始める。

彼はバイオハッカーとしての仕事を、この端末を通じて請け負っている——昔は、トナカイの牧畜だけでも辛《かろ》うじて生計を立てることができていたらしい。それが次第に、第一次産業の副業を必要とするようになり、全てがロボットに取って代わられてからは、『闇医者』を営むより他なくなったと聞く。

とはいえビガにとって、生まれた時から父はバイオハッカーだった。だからあまり、ぴんとこない——窓の外を一瞥《いちべつ》する。沈むことを諦めた太陽が、寂れた町並みを見下ろしている。

「ねえお父さん。その往診の仕事だけど、あたしも何か手伝えない？」

「ビガは家にいなさい」父は端末に目を落としたままだ。「どうせ休めるのは夏のうちくらいなんだから。秋になったらまた、スッスおばさんのところでドゥオッチ作りが待ってるぞ」

「クリスマスに、オスロまで売りにいくんですか？」と、リー。

「観光客がこっちにまで来てくれればいいが、難しいからな」

七月を迎えたカウトケイノは、昔ならば観光シーズン真っ盛りだったらしい——つまり、ユア・フォルマが普及するよりも以前の話だ。機械否定派の生活圏が技術制限区域に指定されてからというもの、観光客の出入りはほぼ途絶え、収入源としては機能しなくなった。

ビガは食事の手を止める。

ドゥオッチ作りも、留守番も、もちろん嫌いではない。

でも。

「……ハンサが、『儀式』を終えたんだって」

「そうなのか」

「あたしも早く一人前になって、家族を支えたい」

押し出した言葉は本心のはずなのに、どうしてか、胸がじくりと痛んで。

「お前の気持ちは嬉《うれ》しいよ。だが、今は考える時期だ」父は、ビガによく似た緑の瞳を細める。「クラーラのことから、まだ半年しか経《た》っていないんだから」

ビガは、ぎゅっと両手を握り合わせた——父は、自分がリーに筋肉制御チップを施して以降、ずっとこの調子だ。彼なりに、娘を反省させようとしているのは分かる。

でも——本当のところは違うのではないかと、時々疑ってしまう。

父は、自分が電子犯罪捜査局の民間協力者になったことに気付いているのではないか、と。

恐らく、杞憂《きゆう》なのだろうけれど。

時間を与えられれば与えられるほど、どうしたって余計なことまで考える。

一人前のバイオハッカーになりたいのは、本当だ。けれどこれは、正しい生き方とは呼べないはずで。ただ、見て見ぬふりをしなければならないものが存在することも、理解している。

母も、きっと同じように言うのだろう。

ビガはぼんやりと、フルーツスープの中で揺らめく灯《あか》りに、亡《な》き母の面影を重ねた。

＊

〈ただいまの気温、二十度。服装指数D、長袖のシャツ一枚でも過ごせます〉

オスロ・ガーデモエン国際空港から市内めがけて、高速列車《フリートーゲ》はひた走る——車内はそれなりに混雑していた。磨かれた車窓を、大地を半分ずつ吞《の》み込んだ青空と耕作地が飛び去っていく。

エチカは頰杖《ほおづえ》をつき、刻まれたトラクターの轍《わだち》を眺める。

ペテルブルク支局でハロルドと顔を合わせてから、一晩――ビガのカートリッジを使用しているお陰か、特に大きな気分の落ち込みはなかった。皮肉な話だ。最初は、彼の観察眼を誤魔化すために使い始めたというのに。

ハロルドはもう、フランスに向けて出発しただろうか？

――やめよう。

今は、〈E〉の事件について考えなければ。

モスクワのレストランで拘束した信奉者の供述が確かなら、〈E〉は機械否定派にも支持を拡大している。もともと〈E〉が投稿する陰謀論は、テクノロジーに対して否定的な見方をしているものばかりだ。機械否定派とも思想が一致するため、浸透するのは不思議ではないが――問題は、どのように〈E〉の存在が広まっているのかだった。

信奉者たちが独自のコミュニティを築き始めているのなら、突き止めるべきだ。

エチカがユア・フォルマで捜査資料を展開していると、

「フォーキン。健康アプリ曰《いわ》く、ノルウェーはサーモンやトナカイが美味《うま》いらしい」

「セドフ捜査官。そのAIは、本当にあんたを健康にする気があるのか？」

「心の健康も大事にしてくれるんだ」

「物は言い様だな。ちなみに俺はワッフルが食いたいんだが、お勧めの店は？」

「お前、甘い物以外に興味あるか？」

通路を挟んだ座席から、まるで緊張感のないやりとりが聞こえてくる——フォーキンはともかく、セドフはノルウェーを訪れるのが初めてらしい。だが、これは観光ではなく捜査だ。

「もう少し気を引き締めて下さい」エチカは口を酸《す》っぱくしてしまう。「〈E〉や信奉者たちに、何か動きはありましたか？」

「ない」フォーキンはあっさりと答え、「今日は奇数日で〈E〉の投稿は休みだし、信奉者どものSNSも平和なもんだ。特にフランスの連中なんて、花火の話題で持ちきりさ」

花火——そういえば、フランスはもうすぐ革命記念日か。毎年、パリの軍事パレードに始まり、各地が花火やコンサートで盛り上がるのだ。自分がリヨンで暮らしていた頃も、例に漏れずお祭り騒ぎだった。

「彼ら、陰謀論以外の話もできたんですね」

「それより」と、フォーキンが身を乗り出す。「ヒエダ捜査官、あんたは何が食いたい？」

巻き込もうとするな。「栄養ゼリーを持ち歩いているので、特に必要ありません」

「あんなので腹が膨れるとか、冗談だろ」

「ゼリーが何だって？　甘いものならあるぞ」セドフが口を挟んでくる。「このカフェなんかよさそうだ。糖質に配慮したメニューを提供していて、最近人気が——」

　エチカはぐったりとシートに寄りかかる。早く目的地に着いて欲しい。

　ノルウェーの首都オスロは、オスロ・フィヨルド湾の最奥《さいおう》に位置する国内最大の都市だ。とはいえ、周囲を丘や山に囲われていることもあって、街中でもどこか牧歌的な雰囲気が漂う。

　オスロ中央駅の駅前広場は、スーツケースを引きずる人々で賑《にぎ》わっていた。駅舎の壁には、馴染《なじ》みのMR広告がくるくると閃《ひらめ》く。更にはユア・フォルマが解説を始め、〈オスロは画家エドヴァルト・ムンクの出身地であり、市庁舎では毎年十二月にノーベル平和賞の授賞式がおこなわれます――〉エチカは、親切なアナウンスを早々に打ち切った。

　フォーキンが問うてくる。「ヒエダ、例の民間協力者はもう到着しているのか？」

「約束の時間は過ぎていますから、恐らくは」

　フォーキンたちとともに、広場の階段を下りていく。大きな虎の銅像に、多くの観光客が群がっていて――それを遠巻きにしている、小柄な少女を見つける。栗色《くりいろ》の長い三つ編みに、清《せい》楚《そ》なワンピース。小さな両手が、重たそうな革のトランクケースをぶら下げていた。

「ビガ」

　エチカが声を掛けると、ビガはぱっと顔を上げて――すぐさま怪訝《けげん》そうな目つきになった。こちらに連れ添っている、フォーキンとセドフに気が付いたのだ。

「ヒエダさん、えっと……」

「フォーキン捜査官とセドフ捜査官だ。今回の事件を担当している」

ビガにはまだ、電索能力を失った件について伝えていない。もちろん、ハロルドとパートナーを解消したことも――どのみちエチカが電索課を離れた以上、民間協力者である彼女も何《いず》れは知ることになる。さっさと話さなければならないが、気が重かった。

「その、ビガです。初めまして」

ビガは戸惑いを拭えない様子で、フォーキンやセドフとそれぞれに握手を交わす。

「早速だが」セドフが口を開き、「〈E〉について、そちらが持っている情報を知りたい」

「何もありません」ビガは困ったようにエチカを見て、「〈E〉の存在自体、ヒエダさんからの連絡で初めて知りました。ただオスロには年に何度か来るので、機械否定派とユア・フォルマユーザーが接触しそうな場所は分かります」

エチカがビガに協力を要請した目的は、つまるところそれだ――オスロは共生地域だが、ユア・フォルマユーザーと機械否定派の居住区を始め、職場や学校、利用可能な店舗までもが明確に区別されている。国際社会の中には人権への配慮を疑問視する声もあるそうだが、政府はあくまでも「双方の生活様式が異なるが故の対策だ」と押し通しているらしい。市内で両者が顔を合わせるのは、せいぜい公共交通機関くらいだそうだ。

だが中にはルールに反して、ユア・フォルマユーザーと機械否定派を隔たりなく受け入れている『共生店舗』も存在するという。

「共生店舗のほとんどが、個人経営の飲食店です」と、ビガは言った。「カフェとかバーとか……生活圏の隔たりを、区別じゃなくて差別だって捉えている人たちが取り組んでいて」

「地元警察は？」エチカは訊《たず》ねた。「規制しようとしないの」

「今のところは、把握もせずに放置してるって聞いています。あたしは詳しくないんですけど、国際的に色々センシティブな問題があるそうで……とにかくこういう共生店舗なら、ユア・フォルマユーザーを通して機械否定派が〈E〉のことを知る機会もあるはずです」

「〈E〉の信奉者がコミュニティで集まったりもできる？」

「多分」

「ところで」セドフがうなじを掻《か》いて、「念のために訊《き》くが、あんた自身も〈E〉の信奉者ということはないな？」

「ありません」ビガはむっとしたようだった。「初めて知ったって言ったじゃないですか」

「悪いな、疑《うたぐ》り深《ぶか》いところが玉に瑕《きず》なんだ」フォーキンがセドフを視線で制し、「ビガ。把握している範囲でいいんだが、あんたが知っている共生店舗を全て教えてくれ」

「いいですけど……あたしが知らないお店はどうするんです？」

「経営者伝いに情報を仕入れて回るさ」

彼が、取り出したタブレット端末をビガに渡す――オスロ市内の広域マップが表示されている。ビガは指先で画面をズームし、慣れた手つきでマッピングを始めた。

「えっと、ざっくり西側と東側に分かれています。西はユア・フォルマユーザーの居住区で、東は機械否定派の居住区……共生店舗自体がそこそこの数ですから、大変ですよ」

「確かに」フォーキンが頷《うなず》く。「手分けしたほうがよさそうだな」

相談の末、二手に分かれることになった。フォーキンはセドフと西側を、エチカはビガと東側の共生店舗を、それぞれ調べて回ることに決まる——実のところビガは最初、セドフと行動するはずだった。だが彼女が嫌がったため、この組み合わせに落ち着く。

エチカとビガはフォーキンたちと別れ、連れ立って駅前広場を出た。

「わがまま言ってすみません」ビガは頬を膨らませっぱなしだ。「でもあのセドフっていう人、機械否定派に対して偏見を持っていそうだったから」

「そう？」自分は何も感じなかったが、ビガが言うならそうなのかも知れない。「まあ、こんなことを言うのは何だけれど、捜査官は大抵無礼だから」

「初対面の時のヒエダさんを思い出しました」うん？「あと、さっきから訊《き》きたかったんですけど」

ビガの澄み切った瞳が、不安げにこちらを仰ぎ見てくる。

「……ハロルドさんはどうしたんですか？」

——もはや、話さないわけにもいかなかった。

エチカは順を追って説明した。言葉を重ねるうちに、彼女がどんどんと同情的な表情に変わっていく。ひょっとしたら自分自身も、ひどい面持ちになっていたかも知れない。

短い顛末《てんまつ》を語り終えた時、エチカたちは交差点に立っていた。古くさい電信柱に、ＭＲ広告に出資できないインディーズバンドのポスターが、べたべたと貼り付けられている。

「……ヒエダさんのトラウマ、カートリッジでも補えなかったんですね」

ビガはすっかり顔を曇らせていた——彼女に『秘密』を明かすわけにはいかない。だからやはり、「事件後の心的外傷《トラウマ》が悪化した」と言う他なかったのだが、信じてくれたようだ。

信号が変わり、二人は通りを横断した。路面電車《トラム》の線路が、真昼の日射《ひざ》しを目一杯跳ね返している——ユア・フォルマのホロマーカー曰《いわ》く、東側の居住区まではもうしばらく歩かなければならなさそうだ。

「ヒエダさんのこと、ハロルドさんはどう受け止めてるんですか？」

「え？」反射的に喉が詰まった。「いや。……どうって？」

「心配してるとか動揺してるとか、こう、あるでしょ？」ビガはもどかしそうに片手を動かし、

「だって相棒ですよね？　ずっと一緒にやってきたのに」

「ずっとじゃない、まだ半年だ」

「屁理屈《へりくつ》はいいんです」屁理屈《へりくつ》ではない気もするが。「そもそもヒエダさんがここにいて、電索官じゃなくなってるのに、ハロルドさんはどうしてるんですか？」

彼女の疑問は当然だが、そのことまで話さなければならなくなるとは。

エチカは彼の新しいパートナー、つまるところライザ・ロバン電索官について教えたのだが――案の定、『美人電索官』というキーワードを聞かされたビガは、血相を変える。

「な、何ですかそれ！　こんなところで油売ってる場合じゃないじゃないですか！」

「いや油は売っていない、ちゃんと仕事中――」

「駄目ですそんなの無理！　勝てない！」ビガは一人で頭を抱え始める。取り落とされたトランクケースが、ばたんと路上に倒れた。「あたし背も低いし、そんなにスタイルよくないし……何で？　何で美男は美女を引き寄せるんです？　世界の摂理おかしくないですか？」

「ビガ、落ち着いて」

「無理です！　ハロルドさんがわけのわからない美女に弄ばれるかも知れないのに！」

「いやそんな話は全然してない。二人はただの同僚で」

「そういうところですよヒエダさん！」

ビガはがっしりとエチカの両肩を掴《つか》み、がくがくと揺さぶる。通行人が、迷惑そうにこちらを睨《にら》みながら通り過ぎていく――ああもう何なんだ！

「いいですかとぼけないでください！」声が大きい！「あたし気付いてるんですからね、ヒエダさんも結構ハロルドさんのこと気に入ってるでしょ！」

「ビガちょっと、酔うから、やめ」

「でも多分ヒエダさんは大丈夫なんです、色気もへったくれもないし！」は？「けどその美女はだめです絶対だめだと思います、ううっもう嫌な予感がすごい、ねえどうしましょうヒエダさ——顔色悪いですよ大丈夫ですか？」

「誰のせいだと思ってる……」

ビガが慌てて手を離してくれたので、エチカはようやく解放される。まだ頭がふらふらしていて——言わなければよかった。まさか、彼女がここまでヒステリックになるとは。

「あの、えっと、すみません……我を忘れてました……」

「忘れすぎだ」エチカは額を押さえる。しかし。「きみが彼のことを好きなのは分かってたけど、ここまでだとは思わなかった」

「そ、それは！」ビガは今更、恥じ入ったようだ。頬を染めて、もじもじとうつむく。「好きというか、憧れというか、その……」

「何がいいの？　顔？」

「ヒエダさんはそろそろ言葉を選ぶことを覚えて下さい」ごめん。「確かに容姿も素敵ですけど、優しくて紳士じゃないですか。推理も鋭くて、それに……何ですかその目！」

「いやううん何でもない」

ビガはハロルドの本性を——目的のために他人を利用することを厭《いと》わない、機械としての冷たい一面を知らないのだ。上辺の態度に騙《だま》されている。尤《もっと》も、これはハロルドの秘密でもあるから、自分が彼女に忠告するわけにはいかないのだが……。

ただ——彼には彼なりの良心があることは、エチカも分かっている。

だから安易にも、心を許してしまった。マトイに縋《すが》り付《つ》くことしかできなかった自分を理解し、その上で背中を押そうとしてくれたのは、彼が初めてだったから。

でも。

でも、これはきっと、またしても自分の弱さの塊で。

「ヒエダさんはどう思ってるの？」ビガはいつの間にか、どこか悲しそうに眉尻を下げていて。

「もし電索官に戻れるなら、また……ハロルドさんと一緒に仕事をしたいですか？」

電索能力が回復したら。

それはもはや、希望的観測ですらない。

「その………」エチカは唇を湿らせる。「情報処理能力は、不可逆だから」

「治せるとしたら？」

一瞬、耳を疑った。「え？」

「すみません、言おうか迷ったんですけど」ビガは気にしたように、ちらちらと周囲に注意を配る。そうして声を落とし、「バイオハッキングの中には、情報処理能力をいじる技術があるみたいなんです。あたしはまだ詳しくないんですけど、でも調べれば……」

エチカはつい、苦笑いを浮かべてしまった。ビガがこちらを励まそうとしてくれているのは分かるし、『闇医者』であるバイオハッカーたちにそうした技術があるのも不思議はない。

だとしても。

「違法行為だ。今送ってもらっているカートリッジだって、怪しいところなのに」

「あれは非正規品ですけど、一般の医療機関で処方してもらうのとほとんど同じです。違法じゃありません！」ビガはそこで、はっとしたようだった。「いえ……すみません、急に変なことを言って……ヒエダさんは捜査官なのに、そんなの駄目ですよね」

トラムが、滑るように走り抜けていく。ゆらゆらと揺れるパンタグラフの影が、地面に色濃く落ちていた。

——ビガが考えているほど、自分は真っ当じゃない。

今だって、彼女に隠し事をしている。

息を吸うほどに、肺が腐っていくようで。

「……心配してくれる気持ちは嬉《うれ》しい。ありがとう」

「いいえ」ビガは、どこか後ろめたそうだった。「あたし、ヒエダさんとは前より仲良くなれたと思っていて……あなたの力になろうとしたのは、もともとはハロルドさんのためでしたけど、今は単純に、その」

「分かってるよ」

「出過ぎたことを言いました。忘れて下さい」

確かに、彼女とは以前よりも親しくなれた。それはエチカにとっても喜ばしいことだ。だが、きっかけは例の医療用HSBカートリッジ――つまりは、自分の嘘《うそ》で。

本当は、心配してもらう資格さえないのかも知れない。

「実は」ビガは目を逸《そ》らしたまま、「あたし……バイオハッカーとしてはまだ半人前なんです。だから、本当に多分、カートリッジくらいでしかヒエダさんの役に立てなくて」

曰《いわ》く、彼女は『修業中』の身らしい。同じバイオハッカーである父親から、一人でこなせるような仕事も任されているが、技術的にはまだ未熟なのだそうだ。筋肉制御チップや動作抑制剤など、注入するだけの簡単な施術ならばおこなえるものの、複雑なガジェットの製作や薬品の調合、依頼者への手術などは全く未経験なのだという。

エチカは特に驚かなかった。ビガの年齢からして、一人前だというほうが無理がある――そう言うと、彼女は困ったように笑うのだ。

「あたしより年下でも、独り立ちしている子はいるんですよ」

「そうなの？」

「はい。だから、あたしも頑張らなくちゃいけないんですけど……最近、父は何も教えてくれなくなってしまって」

「どうして」

「リーのことがあったから」彼女の眼差《まなざ》しは、町並みをぼんやりと辿《たど》っている。「あの子にあたしが筋肉制御チップを使ったことは、ヒエダさんも知ってると思いますけど――」

クラーラ・リーのことは、既に懐《なつ》かしい——リーはビガの従姉妹《いとこ》で、知覚犯罪事件の被害者の一人だ。当時、彼女はペテルブルクのバレエアカデミーに通う、将来有望な生徒だった。しかし、その技術はバイオハッキングによる筋肉制御チップに下支えされたもので、最終的にリーは自主退学を選んだのだ。

その後、彼女は実の両親からも勘当され、今はビガたちと暮らしていると聞いている。

「リーにチップを入れたのは、実は、あたしの独断で」ビガの声はいつの間にか、雑踏に埋もれそうなほど小さい。「前にも言いましたけど、間違っていました。どんなに頼まれてもやるべきじゃなかった。父にも叱られて……」

「勝手なことをしたから？」

「そうです。それに、リーは後ろ暗いことを抱えるような子じゃなかったのに」彼女の微笑《ほほえ》みは不器用で、砕けそうだ。「なのにあたし、今もまたヒエダさんにあんなこと言っちゃいました。情報処理能力を治せるかも知れない、なんて…………本当、馬鹿ですよね」

ひりつくほど乾いた風が、ビガの髪を撫《な》でていく。髪飾りの上で、光が跳ねて。

「——誰かの力になってあげたいと思っても、結局、こういうことしか知らないんだから」

その無垢《むく》な瞳の奥に、彼女の抱えているものが見え隠れしたような気がした。

2

オスロ市内東部——機械否定派の居住区では、こぢんまりとした色鮮やかな建物が身を寄せ合っている。行き交う通行人の多くは、国外からの移民のようだった。町中にもかかわらず、パーソナルデータもMR広告もポップアップしない光景は、少々異様に思える。それでいて、配達ドローンなどは徘徊《はいかい》しているのだから、ますますちぐはぐだ。

エチカたちは片っ端から共生店舗の小さなレストランやカフェを巡り、経営者に聞き込みをおこなった——十軒近く回り終える頃には、二人ともすっかり疲れ果てていた。

「手がかりなしだ」エチカはぐったりと言う。「まあ、そう上手《うま》くはいかないか……」

経営者たちは口を揃《そろ》えて、〈E〉を布教する客を見かけたことはないと答えた。もっと言えば、〈E〉の存在すら初めて聞くという人々ばかりだったのだ。

「そもそも空振りだったらどうしましょう」ビガもへとへとだった。「それにもし〈E〉のことを知っていたとしても、嘘《うそ》を吐《つ》かれたら分かりませんよね。電索もできないし、ハロルドさんもいないし……」

「確かに」こういう時、彼の観察眼は役立っていたのだな、と痛感する。「フォーキン捜査官たちにメッセージを送っておくよ。もしかしたら、向こうで何か成果があがっているかも」

「そうですね。次、行きましょうか……」

そうして疲れた足を引きずって訪れたグロンランド地区のカフェで、初めて収穫があった。

「アーケル川近くのバーが、いつも妙な集会をやってるよ」ノルウェー人男性の店主は、エチカが掲げたＩＤカードを物珍しそうに見ていた。「俺も誘われたことがあるんだが、断った。反テクノロジー運動だとか病気が治るとかなんとか言っていたが……」

エチカは訊《たず》ねた。「勧誘してきた相手は、ユア・フォルマユーザーでしたか？」

「どうかなあ、接続ポートがあるかどうかは見えなかったけど」彼は胸元を示して、「何人かいるんだが、全員ここに『E』って書いたシャツを着てるんだよ。いつもあのあたりで、通行人に声を掛けている連中さ」

エチカとビガは顔を見合わせる――これは、当たりを引いたのではないか。

「丁度、バーが開き始める時間です」ビガは、フォーキンから託されたタブレット端末でマップを確認している。「その集会に行ってみませんか？　ここからそんなに遠くない」

「もちろんそのつもりだ」

斯《か》くして、問題のバーはアーケル川を越えた先――ささやかな繁華街にあった。赤茶色に塗装された建物の一階が、丸ごと店舗になっているようだ。表には看板を出していない上、ユア・フォルマのマップにも店舗情報が登録されていない。入り口に取り付けられた赤い常夜灯だけが、ちかちかと危なっかしく明滅している。

カフェの店主の話とは違い、街頭で勧誘をおこなっている人間は見当たらなかった。

ただ、

「入っていきますね、あの人たち」

「あれほど分かりやすい信奉者も中々いなさそうだ」

エチカたちが遠目に観察していると、確かに、『E』と書かれたTシャツやキャップなどを身につけた若者が吸い込まれていく。見る限り、機械否定派とユア・フォルマユーザーが入り乱れているようだ。信奉者たちのコミュニティと考えて、ほぼ間違いないだろう。

一日中、歩き回った甲斐《かい》があった。

「フォーキン捜査官から連絡はきました？」

「まだだ、でも電話をかけてみる。ビガは店を見張っていて」

エチカは彼女に背を向けて、フォーキンにコールした。やるせない呼び出し音がだらだらと続く——まさか本当に、ノルウェー料理やらワッフルやらを堪能《たんのう》しているんじゃないだろうな？　などと苛立《いらだ》ちを覚え始めた頃。

やっとこさ、通話が繋《つな》がった。

「フォーキン捜査官、ワッフルの味はどうですか？」

『よせ、お喋《しゃべ》りな店主に捕まってただけだ』フォーキンは早口に言い、『メッセを見た。今手に入れた情報なんだが、アーケル川の近くに信奉者の集会所と思われるバーが……』

「わたしたちも丁度、そのバーの近くに到着したところです」

『マジかよ』彼は嘆息した。『先を越されたな』

「とにかく、合流しましょう。ビガと一緒に待っていますので――」

エチカは言いながらビガを振り返り、
ぎょっとした。

先ほどまでそこにいたはずの彼女が、忽然《こつぜん》と姿を消していたのだ。

いや違う、消えたのではない――ビガは今まさに、勇ましい足取りでバーへと向かっていくところだった。あっという間に、店の中へと入っていってしまう。戸口ですれ違った信奉者が、訝《いぶか》しげに彼女を振り返っていて。

エチカは唖然《あぜん》となる。

一体、何をやっているんだ？

『ヒエダ捜査官？』フォーキンの声で、はっとした。『どうかしたのか』

「いえ、今、ビガが一人でバーの中に」

『何だって？』

「すみません、わたしも追いかけます。あとで落ち合いましょう」

彼はまだ何かを言っていたが、エチカは急いで通話を終了する――ビガは何故《なぜ》、急に勇み足になったのだろうか。どんな連中が集まっているかも分からないのに、一人で乗り込んでいくだなんて、どうかしている。

戸惑いを隠せないまま、店へと急ぐ。

思い切り、入り口の扉を押し開けた――足を踏み入れた途端、むんと鼻の奥を刺すようなアルコールの香りが抜ける。きつい紫色の照明が目を焼く。フロアやカウンターは、多数の信奉者でごった返していた。外観から想像していたよりも広く、奥行きがある。壁にはストリートアートを思わせるイラストがびっしりと躍り、巨大なスクリーンが垂れ下がっていた。フレキシブルではない、一昔前の代物だ。

エチカは一瞬、その場で固まった。

映し出されていたのは、これまでの〈E〉の投稿だったのだ。数々の陰謀論が、ポップな音楽とともに溢《あふ》れては流れ去っていく。まもなく画面に、『注目の未解決ゲーム!』の一文が描き出された。

続いて、

【知覚犯罪事件の容疑者イライアス・テイラーは、ユア・フォルマを使って人々の――】

例の投稿が表示された途端、信奉者たちが一斉にブーイングを上げた。誰かが大声で、電子犯罪捜査局を罵倒する。続けざまに割れんばかりの拍手と口笛が飽和し、エチカは顔をしかめた――異様な空間だ。すぐにでもビガを連れ出さなくては。

だが、肝心の彼女の姿が見当たらない。

エチカは信奉者たちの間を縫うようにして、店の奥へと進んでいく。幸い東洋系の人々も交ざっているからか、悪目立ちせずに済む――信奉者たちのやりとりが、波のように押し寄せてくる。「やっぱり〈E〉はすごいよ」「政府よりもずっと当てになる」「一生ついていくつもり」「知ってるか？〈E〉の正体は慈善家の大富豪らしい」「だから色々な薬を用意できるの？」「超能力があるんだって」「使者様は今日も来てるのか」「奥にいるよ、さっき見た」

――『使者様』？　何のことだ？

ユア・フォルマが、執拗《しつよう》にフォーキンからの着信を知らせている。今は待ってくれ。

そうしてエチカがビガを見つけたのは、テーブル席が並んだ円形フロアだった。頭上に張り巡らされたワイヤーに、南国を思わせる造花がこれでもかと巻き付けられている。あまりのチープさに辟易《へきえき》してしまうが、信奉者たちは気にせず酒を酌《く》み交《か》わしていて。

ビガは、壁に作り付けられた窓から、奥の小部屋を窺《うかが》っていた。

「ビガ。何してるんだ、すぐに外へ……」

エチカは言いながら、彼女の頭越しに小部屋を見やる。

まず最初に、壁に描かれた不格好な向日葵《ひまわり》が飛び込んできた。室内はうら寂しく、革張りのソファとローテーブルしかない。ソファには黒っぽい服装の男が三人腰掛けていて、向かいに年老いた母子がいた。こちらは信奉者らしく、腕に〈E〉のタトゥーが入っている――二人は陶酔したように、男たちを見つめていた。やりとりが漏れ聞こえてくる。

「ありがとうございます、使者様。いただいた薬のお陰で、母の具合もよくなりました」

「ユア・フォルマユーザーの電波はめまいを誘発しますから」と、男の一人が答える。「〈E〉はいつでもあなた方の味方です。何かあれば、またご相談下さい」

なるほど。あれが、先ほど信奉者たちが言っていた『使者様』か――他の信奉者と違い、それらしきものを一切身につけていない。見たところ、信奉者の駆け込み寺のような役割を担《にな》っているようだが……〈E〉の布教活動の一環だろうか？　だとすれば、スピリチュアルな〈E〉のイメージに近い、カルトじみたやり方と言えるが。

「あの男たちには話を聞く必要がありそうだ。〈E〉と繋《つな》がりがあるかも知れない」

エチカが呟《つぶや》くと、ビガもようやく口を開く。「繋《つな》がりはないはずです」

「何でそう思う？」

「だって」彼女の目は、窓に釘付《くぎづ》けだった。「だって――あれは、あたしの、父ですから」

エチカは一瞬、理解が追いつかなかった。

……何だって？

「さっきここに入っていく父が見えて、どうしても気になって追いかけたんです」ビガの声は小さいが、震えていた。「人違いだと思ったのに……何で、こんなところに……」

エチカは改めて、三人の男を観察する。言われてみれば、右端の男の髪は栗色《くりいろ》で、鼻の形がビガとそっくりだった。ほっそりとした体躯《たいく》だが、筋肉質かつ小柄――他の二人は、単なる機械否定派だろうか？　何故《なぜ》こんな真似《まね》をしている？

「とにかく」エチカはビガの肩に触れた。「一旦外に出て、フォーキン捜査官たちを待とう。もしも正体がばれたら危険――」

だが、ビガは既に聞いていなかった。

「どういうこと、お父さん！」

彼女はエチカの制止を振り切って、小部屋へと突撃してしまう――入れ替わりに出てきた母子が、驚いたようにビガを見つめていた。いや、母子だけではない。席に着いていた他の信奉者たちも、一斉にこちらに注目しているではないか。

これはまずい。

「ビガ？　どうしてお前がここに……」

小部屋の中では、右端の男――ビガの父親が、ソファから立ち上がったところだった。仲間の二人も、驚嘆したように顔を見合わせている。

「依頼者の往診にいくって言ったのに、何してるの！」ビガが父親に詰め寄る。「まさか、お父さんも〈E〉の信奉者？」

「お前こそ、どこでこの場所を」

「質問してるのはあたしよ、ちゃんと答えて！」

「おいダネル」男の一人が、ビガの父に呼びかける。「まずいぞ、例の……」

彼らの眼差《まなざ》しが、同時にエチカへと向けられ――恐れるように見開かれた。

待て。こちらの正体を知っているのか？

だが、動くいとまもない。

「電子犯罪捜査局の捜査官だ！」突如、男の一人が叫ぶ。「その女を捕まえろ！」

――最悪だ。

エチカは振り返り、全てが手遅れなことを知る。

テーブルに着いていた信奉者たちは、文字通り弾《はじ》かれたように立ち上がっていた。彼らは取り憑《つ》かれたような表情で、一様にこちらを見定め――エチカはとっさに、手近なテーブルを引き倒す。体当たりしてきた男が引っかかり、盛大に転ぶ。別の方向から女が現れ、思い切り腕を摑《つか》まれた。誰かが全身でぶつかってくる。鈍痛。足がもつれて。

踏ん張れない。

エチカは信奉者たちを振り払うこともできず、もみくちゃにされる。そのまま崩れ落ちて――とっさに脚の銃を抜こうとするが、届かなかった。うつ伏せのまま、床に押しつけられる。どこかから伸びてきた手が、襟首を摑《つか》む。びり、とうなじの火傷《やけど》を覆っていた保護ガーゼが、引き剝がされて。「ポートが二つある！」「電索官か」「この悪魔め……！」次々に降ってくる罵声に、ぞっとする。

――殺される……！

血の気が引いた瞬間、

「全員そこを動くな！」怒号が響き渡った。「両手を頭の後ろに！」

しん、と水を打ったような静けさが戻る。

エチカはどうにか首をもたげ――中庭の入り口に立つ、フォーキンとセドフの姿が見えた。

どうやら間に合ったらしいと、安堵《あんど》したのも束の間で。

信奉者たちの雄叫《おたけ》びが全てを打ち砕く。彼らはあろうことか、烈火の如《ごと》くフォーキンたちへと立ち向かっていく。銃声が何発が谺《こだま》して、きいんと鼓膜が痺《しび》れた。その奥から、冷徹なサイレンが近づいてくる。地元警察のそれだろうか。

大騒動の中、どうにか解放されたエチカは、這《は》うようにして小部屋を覗《のぞ》き込む。

ビガと父親たちは、跡形もなく消えており――裏口へと続く扉だけが、吹き抜ける風にきいきいと揺れていた。

ああくそ、逃げられた！

＊

「放してお父さん！　放してってば！」

ビガは父親のダネルに担《かつ》ぎ上《あ》げられ、ほとんど無力のうちにシェアカーのワゴンへと押し込まれた——後部座席だ。続けざまに放り投げられたトランクケースが、足許《あしもと》にがしゃんと着地する。ワゴンが息を吹き返す。見れば仲間の男二人が、運転席と助手席に陣取っていた。

「出してくれ」

ダネルが隣へと乗り込んでくる。まもなく、車は滑らかに発進して——ビガは思わず、ウィンドウに額を押しつけた。バーの建物が、あっという間に後方へと押し流されていく。ドアを無理矢理こじ開けて飛び降りようかとも思ったが、さすがに危険だ。

最後に見たエチカの姿が、頭を掠《かす》めた。彼女は信奉者たちに取り囲まれていて——ああ、どうか無事でいてくれますように。

そう願いながらも、こみ上げる激情と疑問が爆発しそうだった。

どうしてこんなことになっているのか、さっぱり分からない。

「ビガ、何故《なぜ》ここにいる?」父が問《と》い質《ただ》してくる。「あの電索官に協力させられていたのか」

——それだ。

「何でヒエダさんのことを知ってるの? お父さん、もしかしてずっと前に気付いて……」

「ダネル、途中で別れるぞ!」運転席の男が怒鳴ってくる。「車はお前にやる、俺たちはムルマンスクへ戻る。それでいいな?」

「ああ頼む。とにかくあの捜査官たちを撒《ま》かないと……」

ビガは混乱しながら、父の横顔と運転手を見比べる——何《いず》れも知らない男たちだ。サーミ人ではない。どこかで知り合った機械否定派なのだろうが、ああでも、どうして。

やっぱり、民間協力者であることに気付かれていた。

エチカの容姿すらも、調べられていたのだ。

「お父さん、」

「ビガ」父の手が、宥《なだ》めるように肩に触れる。「いいか、お前を責めるつもりはない。色々と事情があったんだろう。悪いのは、お前の優しさを利用したあの電索官たちだ」

ビガはどうにか、かぶりを振る。怒濤《どとう》のような出来事の連続で、ついていけない。

「捜査局は〈E〉を追っているのか？」

「ねえ待って」

「例の投稿のせいだろうな。図星を突かれて焦《あせ》っているんだろう」父は何も聞こえていないようだ。「だが彼らがどうあがこうが、今までのように真実が勝つ。ビガ、〈E〉は必ず私たちを救ってくれる。だから安心しなさい」

「分からない」ビガは息も絶え絶えに言った。本当に分からなかった。「〈E〉の信奉者なの？協力してるのね、どうしてそんな」

ダネルの瞳がこちらを見た。かすかに充血して、瞳孔が開いている。見知った父の顔なのに、まるで別人のように感じられて。

「……黙っていてすまない」

その声色は、ひどく硬い。

「だが、これはある種の抗議なんだ。〈E〉は真実を証明してくれる。ユア・フォルマの闇を暴いてくれる。私たちの声が大きくなれば、今のあり方が見直されるようになるかも知れない」肩に置かれたままのダネルの手に、力がこもる。「上手《うま》くいけば……バイオハッカーの仕事をせずとも、生活できるようになるんだ」

──一体何を言い出すんだ？

ビガは、底知れない絶望と恐怖がこみ上げるのを感じた。そんな夢物語があるわけがない。自分は世間を知っているとは言いがたいが、それでも分かる。ビガたちが今の生活を強いられているのは、とてつもなく複雑で容易にはほどけない事情のせいなのだ。〈E〉が暴れたとして、そもそも陰謀や暴力に訴えたところで、何も変えられない。

でも、父は違う。

「この矛盾を捨てられる日がくるんだよ、ビガ」ダネルは尚《なお》も続ける。「私たちはバイオハッキングだなんていう、忌々《いまいま》しいテクノロジーに手を染めなくてもいい。ただ昔のように、機械否定派として静かに暮らして、トナカイを追う生活に……」

「本当にそう信じてるの？」

ビガは嚙《か》みつくように問いかけていた──ダネルの手を払いのける。運転席側の二人がこちらを振り向くのが分かったが、構わず父の両腕を揺さぶった。

「お願い目を覚まして」恐ろしかった。自分の知っている父が、尊敬すべき父が、得体の知れない狂信的な男という何かに上書きされたような気がして。「〈E〉はただの陰謀論者なのよ、社会を変える力なんてない！　なのにこんな」

「今のお前には分からないかも知れない、だが」

「いつだって分からないわよ！　ねえバーに戻って、ちゃんとヒエダさんに事情を話して！」

「ビガ、落ち着きなさい」

父は強引に、ビガの手を引き剝がす。真《ま》っ直《す》ぐに目を覗《のぞ》き込んできて——幼い頃、自分を真剣に叱る時もこうだった。ビガはその度に、どんなに小さな失態でも素直に反省したものだ。

だが、今は。

「——これはお前のためでもあるんだ」

言い聞かせるように紡《つむ》がれる言葉は、到底理解できない。

＊

バーの前には、歩道に乗り上げるようにして複数の警察車両が詰めかけていた。繁華街が騒々しさに包まれる中、地元警察官に取り押さえられた信奉者たちが、次から次へと車両に押し込まれていく。真っ青な警光灯がぎらぎらと閃《ひらめ》き、あらゆる色を押し潰す。

「セドフ捜査官、ここは任せた。俺たちはビガを追う」

「あとで合流しよう、フォーキン」

「ああ」フォーキンはセドフの肩を叩《たた》き、「ヒエダ、一緒に来てくれ」

ジャケットを翻《ひるがえ》したフォーキンが歩き出すので、エチカも続く——先ほど信奉者にもみくちゃにされたせいで、体中がぎくしゃくと痛んだ。だが、四の五の言っていられない状況だ。

「フォーキン捜査官、ビガは機械否定派です。位置情報は取得できない」エチカはフォーキンの隣に並ぶ。どこかで唇を切ったらしく、喋《しゃべ》るだけで口の中に錆《さび》っぽい味が広がる。「どうやって居場所を割り出すんです？」

「彼女は、俺が預けたタブレット端末を持っているか？」

「多分ですが」現場に、ビガのトランクは残されていなかった。荷物も、父親たちが一緒に運んでいるとみていい。「つまり、端末の位置情報を取得すればいいわけですね」

「捜査支援課長に連絡して申請する、パーキングロットで車を用意してくれ」

「了解しました」

フォーキンと別れ、エチカはマップを頼りに、近くのパーキングロットへと行き着く。シェアカーを見繕い、ドイツ製のSUVに乗り込んだ。ユア・フォルマを使ってユーザー認証をおこない、手続きを済ませる。モーターが始動し、ぶうんと車体が震えた。

エチカはステアリングにもたれる——ビガのことが気がかりだ。とはいえ、彼女を連れ去ったのはあくまでも父親である。実の娘を傷付けるということはないだろうが、しかし……。

あの父親は、『使者』を自称していた。

例の三人は、〈E〉と繋《つな》がっているのだろうか？

何にせよ、捕まえれば分かることだ。ここで逃がすわけにはいかない。

ややあって、運転席のドアが開く――フォーキンだった。彼は手振りで、エチカに助手席へ移るよう促してくる。従うと、待ちわびたように飛び乗ってきた。

「ビガの位置情報が分かった」ユア・フォルマが、彼からのマップデータを受信――展開。「E6を時速百二十キロで走行中。ルートからして恐らく、空港を目指していると見ていい」

「機械否定派が、どうやってシェアカーの認証を突破したんですか？」

「共生地域だぞ。奴《やつ》らのためのシェアカーもある」そういうことか。「裏目に出たな、全く」

フォーキンが車を発進させる。

エチカは、ビガの位置情報が表示されたマップを眺めた。E6の道路はゆるやかに北上していて、道なりにいけばオスロ・ガーデモエン国際空港に辿《たど》り着《つ》く。飛行機で逃亡するつもりだろうか？　だが、もし彼らがそうしても、こちらはカウトケイノに先回りするだけだ。

「ほら」

不意に、フォーキンが片手で何かを差し出してくる――ハンカチだった。エチカは眉を寄せてしまう。彼の意図が、すぐには分からなかったので。

「だから、その口だよ」フォーキンはまどろっこしそうだった。「放っておくつもりか？」

「ああ」唇の傷に触れる。「平気です、このくらい。そのうち血も止まります」

「……コーヒーの時も思ったんだが、あんた、結構無頓着だな？」

エチカはつい、息を詰めてしまう。

――『思うに電索官、無頓着なところがありますね？』

出会って早々に、こちらのことを無頓着だと言い当てたアミクスを、思い出してしまって――導火線に火が付いたかのように、記憶が噴き出す。そうだ。自分がファーマンに誘拐されて怪我《けが》を負った際も、彼はひどく心配してくれた。つい先日、潜ることができずに倒れた時だって……。

だが、今となっては、何となく分かり始めている。

差し出されたハンカチと、フォーキンの顔を見比べて。

――きっと、優しい人間ならば、どこにでもいるのだ。

ただ、自分はあまりにも狭い世界で生きてきたから、それに気が付かなかっただけで。

「……ありがとうございます」エチカはハンカチを受け取った。「洗ってお返しします」

「要らないよ。捨ててくれ」

「だったら新品を」

「無頓着なのか律儀《りちぎ》なのか分からないな」フォーキンはからかうように言って、「あんたがそのくらいの怪我《けが》で済んでよかったよ。同僚の死体を見るのは、どんな理由でも御免だ」

「……ええ。助かりました」

ハンカチを唇に押しつけると、知らない洗剤の匂いがした。

そう――優しい人なら、どこにでもいる。実際、こうして信頼できる同僚が現れた。フォーキンもセドフも、悪い人間じゃない。不真面目なところはあるが、二人ともいい先輩だ。

あの時、自分がハロルドを受け入れてしまったのは、彼にしがみつこうとしたのは、とてつもなく孤独だったから。

親切に、愛情に、飢えていたから。

だから、受け入れられる環境に身を置いている今――もう二度と電索ができなくても、ハロルドと顔を合わせることがなくても、平気だ。平気なはずだった。だって、『優しくしてくれる人』は手に入った。あのアミクスに、執着する理由がない。

なのに。

どうしてこんなに、全てが空っぽのように感じるのだろう？

エチカはハンカチの下で、唇を嚙《か》む――これは、マトイの時とは違うのだろうか。自分は、自分の感情を誤解しているのか？　彼に対するこの感覚は、『執着』じゃない？　あるいは『執着』だとしても、もっと別の何かなのか……。

ただ分かるのは、秘密を共有してしまった責任感では決してない、ということで。

でも——だとしたら、自分は一体何に押し潰されたんだ？

何で、電索能力を失ったんだ。

空港まであとわずかというところで、異変が起こった。追跡していたタブレット端末の位置情報が、突如として途絶えたのである。どうやら意図的に電源を切られたらしい。

「気付かれたな」フォーキンが舌打ちする。「この先に分岐がある。空港に向かうと見せかけて、スウェーデン側に逸《そ》れるつもりかも知れない。向こうから飛ぶ気か？」

「可能性は低いと思います」エチカはユア・フォルマを操作し、周辺の空港をリストアップした。「スウェーデンに逃げても、一番近い空港はローカル線です。単なるブラフで、素直にオスロ側の国際空港へいくのでは？」

「名推理かもな。空港側に連絡できるか？　奴《やつ》らの搭乗手続きを食い止めたい」

「試してみます」

数十分後——エチカたちはオスロ・カーデモエン国際空港へと到着する。フォーキンは駐車場を行き過ぎて、直接ロータリーへと乗り付けた。互いに競い合うようにして車を飛び降り、ターミナルの建物へと直行する。エチカは素早く、警備室と情報を共有した。

「チェックインカウンターで、特徴の一致する客を食い止めているそうです」

「朗報だ。急ぐぞ！」

エチカとフォーキンは、どちらからともなく駆け出す。

出発ロビーに入ると、霧雨《きりさめ》のような喧噪《けんそう》が降ってきた。天井には木製の柱が流れるように架かり、大理石めいた灰色の床には、利用客の影が無数に散っている。エチカはフォーキンを追って、行き交う人間やアミクスの間をすり抜けていく。

やがて、チェックインカウンターが見えてくる――警備アミクスたちに囲まれているのは、ビガと父親のダネルだった。ダネルは、アミクス相手に押し問答しているようだ。一方のビガは父に腕を摑《つか》まれたまま、怯《おび》えたように縮こまっていて。

周囲には、珍事に注目した利用客の人集《ひとだか》りができている。

「捜査局だ、道を空けろ！」

フォーキンがＩＤカードを掲げて、人垣を掻《か》き分《わ》けていく。エチカもそれに続き――ビガがこちらに気付く。

「ヒエダさん……！」

とっさに駆け出そうとしたビガを、ダネルが食い止めるように羽交い締めにした。そのまま、大きな手で娘の口を押さえつける。ビガはもがくが、びくともしない――まさか殺すつもりはないだろう。だが、彼が追い詰められて混乱しているのは、傍目《はため》から見ても明らかだ。

「ここまでだ、両手を頭の後ろに！」

フォーキンとエチカは揃《そろ》って銃を差し向ける――ダネルはビガを押さえたままで、従わない。

照明の下で見る彼の肌は、うっすらと日に焼けている。細かく刻み込まれた皺《しわ》には、フィヨルドから吹き付ける風の匂いが溜《た》まっているようで。

ビガの視線が、エチカに訴えかけてくる。

父を撃たないで、と。

フォーキンが鋭く問う。「他の仲間はどうした？」

「とっくに逃げたとも」ダネルは歯をこすり合わせるように言い、「私たちはあの場所で、病気に苦しんでいる人々を救っていただけだ。何故《なぜ》放っておいてくれない？」

「あんたが〈E〉とは無関係で、うちの捜査官を襲わせたりしなければ放っておいたさ」

「〈E〉のことは知らない。私たちは単に名前を借りていただけで」

「二度目だ、手を頭の後ろに」

「先に娘を巻き込んだのはそっちだろう！」

ダネルの燃え立つような怒声が、天井に吸い上げられる――エチカは全身がこわばった。彼の、ビガとよく似た緑の瞳が、刺し貫くようにこちらを睨《にら》んで。

やはり気付いていたのだ――自分の娘が、捜査局の民間協力者であることに。

エチカは、グリップを握る手に力を込める。

「あなたはわたしの顔を知っていた。どこで調《しら》べた？」

「エチカ・ヒエダ電索官」彼は答えず、目を眇《すが》める。「あんたは娘に、私たちを裏切らせた。この子はここを出ては生きていけない、なのに、永久に一族から軽蔑されるような真似《まね》をさせて……」

フォーキンが遮る。「バイオハッカーの看板を引っ提げておいて、どの口が言う」

「黙れ」ダネルの手は、今にもビガを窒息させそうだ。「あんたらには分からないだろう。守るべき文化も持たないような、誇りの意味すら知らないようなユア・フォルマの操り人形には……機械の糸に魂を売った人間には……」

彼は続けざまに、サーミの言葉で何かを吐き捨て——同時に、フォーキンが発砲した。轟《とどろ》いた銃声に、野次馬たちがどよめく。弾丸は、ダネルの足許《あしもと》を鋭く抉《えぐ》って。

「三度目はないぞ！」

彼が一喝する。

残響は、静かに染《し》み渡《わた》っていき。

ダネルはしばし、じっとフォーキンを睨《ね》めつけていた——一分は経過しただろうか。やがて敵《かな》わないと悟ったのか、そのたくましい腕からビガを解放する。指示に従い、頭の後ろで慎重に手を組み合わせてみせて。

賢明な判断だ。

エチカはわずかに、胸を撫《な》で下《お》ろす。

フォーキンがすぐさま距離を詰めて、ダネルを床にねじ伏せた。その腕を背中に回し、即座に手錠をかけている——傍《かたわ》らで、ビガがへたり込む。

「ビガ」

エチカは銃をしまい、急いで彼女に駆け寄った。膝をついて覗《のぞ》き込むと、ビガは青白い唇を噛《か》み締《し》めている。こちらには見向きもせず——ただ引き寄せられるように、父親を仰ぐ。

その眼差《まなざ》しは、容易に声を掛けられないほど切実で。

ダネルは、フォーキンに無理矢理引っ張り立たされたところだった。

「お父さん」ビガの声はぐらぐらと揺れていたが、しかし、芯が通っている。「確かにあたしたちは、このままじゃだめだと思う。でも、お父さんが〈E〉の仲間でもそうでなくても……こんなやり方は、間違ってる。何の意味もない……」

エチカの脳裏に、彼女の不器用な微笑《ほほえ》みが蘇《よみがえ》ってきて。

——『誰かの力になってあげたいと思っても、結局、こういうことしか知らないんだから』

「ビガ」ダネルが眉をひそめる。「お前は分かっていないだけだ。いいか、捜査局の言うことに耳を貸すんじゃない。彼らはお前を騙《だま》して——」

「あたしが望んで協力したの」

ダネルが、かすかに瞠目した。「何を……」

「だって」

ビガの小さな顎が、はっきりと震える。

「だって——あたしがクラーラの人生を台無しにしたのよ！」

張り裂けるような叫びだった。これまでの彼女からは聞いたこともないほど、悲痛な響きで

――ビガは嗚咽《おえつ》し、うずくまる。

「お、お母さんだって、助かったかも知れない。機械を否定することに、誇りに固執しなければ……ちゃんとした治療さえ、受けられれば……なのに、なのにあたしたちは、誰も……」

長い三つ編みが床に垂れて、悲愴《ひそう》な模様を描く――エチカは何も言えず、ただ、ビガの背中に手を置いた。浮き出た背骨の感触が、ひどく儚《はかな》くて。

父親は娘の絶叫をどう受け止めたのか、口を閉ざしている。

「……行くぞ」

フォーキンが、彼を促す。

そうして、一歩目を踏み出した瞬間だった。

突然、ダネルの体が、傾く。

――え？

エチカは茫然《ぼうぜん》と、あっけなくフロアに吸い寄せられるダネルを見つめていた。叩《たた》き付《つ》けられた肩がかすかに跳ねて。フォーキンもまた、すぐには反応できずに。

待って。

顔を上げたビガが、壊れそうなほど目を見開く。

「お父さん……！」

一体、何が起きた？

3

ライザの電索は、たとえるのなら豪速で突っ走る列車のようだ、とハロルドは思う。一歩間違えれば線路から外れて脱線するのではないか、と思わせる危なっかしさで、次から次へと機憶を投げ渡してくる——エチカとは別物だ。彼女の場合は、泡一つ存在しない水中に下りていくかのように、静かで迷いがなかった。生まれつき、泳ぎ方を知っている魚に近い。同じ電索でも、こうも違いが出るのだ。アミクスに置き換えて考えるのなら、世代やモデルによって演算処理能力が異なるようなものだろうか？

——などと余計な思考に処理を割いているうちに、目的の機憶が見つかった。

ハロルドが〈探索コード〉を外すと、ライザはやはり大きくふらつく。こうして彼女を支える動作にも慣れてきた——まだ、数回しか潜っていないのに。

「電子ドラッグ売買の元締めは、パリ十一区にいるみたいね。住所も突き止めた」

ライザは言いながら、取調室の簡易ベッドに横たわった容疑者を一瞥《いちべつ》した。昨晩、自分たちの電索結果をもとに本部の電子薬物捜査課が逮捕した、バイヤーの一人である。思った以上に、多くの情報を握っていた。

「ここからは、電薬課に任せることになりますね」

「そうね。私たちには現場に乗り込んで銃を撃ちまくる能力はないから」

ともあれ、半月以上に及んだ捜査も、これでようやく一段落したというわけだ。

二人は電索結果を電薬課と共有し、事務的な手続きを済ませて、一日の業務を終える——リヨン本部はペテルブルク支局と比べて格段に広く、勤務している捜査官の数も桁違いだ。とはいえ当然ながら、自分以外にアミクスの捜査官はいない。物珍しさもあってか、何度か好奇の目を向けられた。

そうして駐車場に出ると、太陽は傾きつつあった。建物を振り返る——電子犯罪捜査局本部を有する国際刑事警察機構《インターポール》は、ガラス張りの風体に褪せ始めた空を映し返している。ローヌ川を渡ってくる風は、やや冷たい。

時刻はそろそろ午後八時に差し掛かる。

「ハロルド」肩を並べていたライザが話しかけてくる。「あなたさえよければ、このあと少し時間をもらえないかしら？　楽しいものがあるの」

「もちろん構いませんよ」ハロルドは微笑《ほほえ》み返した。彼女はパートナーなのだ、親しくする努力はしておかねばならない。「楽しいものとは何です？」

「リヨンは初めて？」

「本部には何度か来ていますが、観光は全く」恐らく、ライザが望んでいるであろう言葉を付け足す。「あなたに案内していただけるのなら、とても嬉《うれ》しいのですが」

「フルヴィエールの夜にお連れするわ」彼女は芝居がかった仕草で、車のドアを開けた。「さあどうぞ」

リヨンは、フランス南東部のローヌ・アルプ地方に位置する。ソーヌ川とローヌ川が滔々《とうとう》と流れるこの街は、中世に開かれた定期市によって発展を遂げ、十六世紀頃になると絹織物《きぬおりもの》の交易によって栄えたらしい――今では、パリに次ぐ第二の都市として君臨している。

ハロルドにとっては、エチカが自分と出会うまで暮らしていた場所だ。こちらに来てから何度か、そのことを想像した。柔らかな色合いで統一された街中を、一人で散策する彼女を――鴉《からす》のような出《い》で立《た》ちのエチカならば、絵画に落ちた染《し》みのように印象的だったはず。

どれほど封じようとしても、彼女のことが漫然と湧き出してくる。

もはや考えを止めることすら、諦めつつあった。

ライザとハロルドは、フルヴィエールの丘に向かった。街全体を一望できるリヨンの象徴であり、バジリカの大聖堂や美術館などを有している――訪れたのは、丘の一角にある古代ローマ劇場だ。紀元前十五年頃に作られたという円形劇場の遺構は、今なお野外イベント施設として活用されているらしい。人工的なライトに照らされたステージを中心に、すり鉢状に石造りの座席が設けられている。既に、多くの観客が集まっていた。

「間に合ってよかった。開演まであと十分よ」

ライザと並んで、ハロルドも腰を下ろす。席はステージからやや離れていたが、自分の視覚デバイスを以《もっ》てすれば大した問題ではない。

「てっきり、あの大聖堂を見せて下さるのかと思いました。とても有名ですから」

「確かにあれは素晴らしいわ。でも今夜の主役じゃない」ライザは惜しみなく微笑し、「素敵な劇があるのよ。アミクスも出演している」

ハロルドは柔らかく訊《たず》ねた。「あなたは演劇に造詣《ぞうけい》が深いのですね？」

「そんなに大層なものじゃないけれど、見るのも演じるのも好きね」

「演技の勉強をなさったことが？」

「学生の頃に。でも全然向いていなかった。どんなに憧れていても、色々な意味でやめておいたほうがいいことってあるでしょ？」

「確かに。私も捜査官らしく銃を持ち歩きたいと思ったことがありますが、諦めました」

「可愛《かわい》い夢ね」ライザはおかしそうだ。ジョークだと思われたらしい。「トトキ課長は詳しく教えてくれないけれど、でもよく分かる。確かに、あなたは次世代だって」

「私がお気に召しましたか？」

「ええすごく。何《いず》れ、全部のアミクスがあなたみたいになって欲しいわ」

「本当に？」

「もちろん。だって――」ライザは髪に指を通しながら、ふと眉をひそめる。「やだ……あなた見た？　このニュース」

　彼女のユア・フォルマから、ハロルドの端末にリンクが送られてくる――ホロブラウザで展開した。配信されたばかりのニュース記事の見出しが、暗闇にぱっと躍る。

《ノルウェー・オスロ／〈E〉信奉者と警察官らが衝突、負傷者多数》

　オスロ市内のバーで、〈E〉信奉者を自称する集団と地元警察が銃撃沙汰になったらしい。原因や詳しい状況は分かっていないようだが――〈E〉と聞けば、自然とシステムが反応した。先日の、知覚犯罪事件にまつわる書き込みを反芻《はんすう》する。

　捜査局は〈E〉の捜査を進めているのだろうが、その後の経過は不明だった。尤《もっと》も局内であっても、担当捜査官以外には情報を秘匿するのが常なので、実際は何かしら進展があるのかも知れないが――少なくとも今のところ、信奉者が捜査局を標的にしたという話は聞かない。

「彼らはアミクスの進化も、そんなに歓迎しないでしょうね」ライザが横から、ハロルドのホロブラウザを打ち消した。「ごめんなさい、共有しないほうがよかったかも」

「いいえ。こういったことはあまり気にしませんので」

「そう……そういえば、局内でも噂《うわさ》になっているわね。例の〈E〉の書き込み」

　ライザは知覚犯罪事件とは無関係な立場だが、誰かから聞いたのだろう――そもそも〈E〉

の投稿自体、自由にアクセス可能な匿名掲示板上で公開されているのだ。噂《うわさ》が広がるのは必然と言える。

「存じていますよ。騒ぎになっているのですか？」

「騒ぎというほどではないけれど」ライザはそこで、何かに思い至ったようだ。「あなたの功績のことをすっかり忘れていた。確か、知覚犯罪事件の捜査を担当したのよね？」

「ええ。厳密に言えば、担当はヒエダ電索官ですが」

「あなたの活躍だってすごかったんでしょう。当時はその話で持ちきりだったんだから」彼女はじっとこちらを見つめて、「……あの書き込み、本当なの？」

「〈E〉の投稿ですか？」ハロルドが首を傾けると、ライザは頷《うなず》く。「重要秘匿案件について口外することは禁じられています。どちらにしても、あまりよく覚えていませんが」

「それもジョークね。アミクスの記憶力は完璧なはずよ」彼女は失笑して、舞台に目を戻した。

「あ、そろそろ始まりそう」

照明の色がゆるやかに変わり、まもなく拍手が沸き起こる——やがて再び静寂が満ちると、ステージに二人の演者が現れた。一人は人間で、もう一人はアミクスだ。二人は、垂れ下がった紗幕《しゃまく》を隔てて向き合う。

アミクスが演劇に出演することは、昨今ではあまり珍しくない。ただし九割九分、アミクスは人間役ではなくアミクス役なのだが——彼らは基本的に脇役として登場し、台詞《せりふ》さえ与えられていないことも少なくなかった。だが、今回は違うようだ。

ライザが耳打ちしてくる。「数学者とアミクスのお話なんですって。数学者のほうは、アラン・チューリングをモデルにしているみたい」

「チューリングは、アミクスが生まれるよりもずっと前の時代の人物では？」

「別の時代に繋《つな》がるコンピュータを通して、二人が出会うという設定らしいわ」

つまりファンタジーか。ハロルドはシステムに命じて、現実的な整合性を求める作業を放棄した。哲学的な命題を分析する方向へと切り替えて——間もなく、数学者役の演者がアミクスに語りかける。

『本当に別の時代と繋《つな》がっているのか？　君は何者なんだ？』

『あなたと同じ人間です』アミクスが答えた。『ご不安なら、テストをなさって下さい』

二人のやりとりが、チューリングテストを示唆していることは明らかだった。

チューリングテスト——数学者アラン・チューリングが一九五〇年に発案した、「機械が人間のような知能を持つか否《いな》か」を調べるためのテストだ。方法はシンプルで、審査員が画面を通して、相手とテキストで会話をする。被験者の一人は人間で、もう一人は機械だ。機械がその正体に気付かれなければ、知能があると認められ、テストに合格したと見なされる。

舞台の上で、数学者はアミクスを人間だと信じ込み、素直に交友を深めていく——ハロルドは、人間が作り出す芸術が嫌いではない。絵画も、音楽も、演劇も。何れ《いず》も鑑賞するたび、システムに潤滑油を与えられたような心地になる。

それとなく、隣のライザを確かめた。

彼女は、真剣に舞台に見入っていた。その眼差《まなざ》しはどこか焦がれるように、ステージを見つめ続けている。長く繊細な睫毛《まつげ》が、照明に色づいて。

気付けばまた、エチカの顔を反芻《はんすう》していた。

先日、支局で出くわした時のそれだ。エレベーターを降りた彼女の、どこか自信なさげな、けれど真《ま》っ直《す》ぐにこちらを見つめていた瞳。声の震え方まで、はっきりと記憶している。

――『別にパートナーがわたしじゃなくても、きみにとって支障はないはずだ』

その通りだった。

実際ここにエチカがいなくても、何一つ問題なく、上手《うま》くいっている。きっと誰とでも同じなのだ。ソゾンを殺した犯人を見つけるだけなら、エチカでもライザでも――同じような能力を持っている電索官なら、大して変わりはない。彼女の主張は正しい。

だから、こんな風にエチカのことばかり思い出すのは、もうやめなければならない。

なのに、どうあがいても制御できない。

何度閉じても、思考回路の処理がそちらに振り向けられようとする。

何故《なぜ》だ？

感情エンジンが、あの正体不明の感覚を疼《うず》かせて――かすかな苛立《いらだ》ちも交じっている。最初に対等になりたいと言ったのは、エチカのほうなのだ。自分は努力しているつもりでいた。なのに頼られるどころか、彼女は一人で抱え込んでしまって。心配もさせてくれないまま、一方的に別れを告げられた。

だが一番腹立たしいのは、彼女の悩みを読み取れずにいる自分自身だ。

演劇は終盤に差し掛かり、数学者はアミクスの正体が機械だと知る。彼は、自らのテストが真実を暴けなかったことにショックを受け、アミクスを突き放す。

心を閉ざす数学者に、機械はこう投げかけた。

『あなたのテストの価値が失われたのではありません、我々が人間に近づきすぎたのです』

本当に人間に近づいているのなら、もっと容易に、エチカのことを理解できるはずなのに。

舞台が終演したのは、午後十時頃だった。

あたたかな雨のような拍手に見送られ、ステージの照明が落ちていく――観客らが帰り支度を始める中、ライザとともにハロルドも立ち上がった。依然として、システムのどこかに処理できない何かがわだかまっていたが、演劇自体は楽しめたと思う。

「あのアミクス、ほとんど主役だったわね」ライザは興奮も覚めやらぬ様子だ。「それに、お芝居もとっても上手だった。あの子も次世代かしら？」

「そうかも知れませんね」台詞《せりふ》の抑揚と場面ごとの表情を学習するのは、さして難しいことではない。だが、彼女の夢を壊さないであげたほうがいいだろう。「誘っていただいてありがとうございました、ライザ」

「あなたが楽しめたのなら嬉《うれ》しいわ。そうだ、また今度――」

ライザが歩き出した、その時だった。

不意に、一段上の座席から伸びてきた腕が、彼女を突き飛ばす。

あまりにも突然のことで、とっさに反応できなかった――支える暇もなく、彼女は下の座席へと転げ落ちる。幸いにしてそこは無人で、周囲の人間を巻き込むことはなかったが。

「ライザ！」

ハロルドは急いで段差を降りた――ライザは地面に手をついて、どうにか身を起こしている。暗がりでも分かるほどはっきりと、剝《む》き出《だ》しの肘が擦《す》り剝《む》けていて。

「何？」ライザは茫然《ぼうぜん》と顔を上げる。「今、誰かが……」

ハロルドもそちらへ視線を向けた――人混みに紛れて、二人の若者が立ち去っていくところだった。視覚デバイスをズームする。二人の首に入った、小さなタトゥーを認識。

『E』

暗闇も相まって、恐らくライザには見えなかっただろうが。

「追いかけましょう」

「待って」彼女が呻《うめ》く。「ごめんなさい、立てないの。足をひねったみたい……」

ハロルドは一瞬逡巡《しゅんじゅん》して――敬愛規律を優先するアミクスとしては、ライザをこの場に置いていくことはしないだろう。気がかりではあるが、ここは追跡を諦めて留まるべきだった。

致し方なくそう判断し、彼女に手を貸す。慎重に助け起こして、座席に座らせた。ライザは脱げたパンプスを手繰り寄せて、履き直している。膝にもうっすらと血が滲《にじ》んでいた。

「手当が必要です」

「見た目よりは痛くないわ。平気よ」ライザは強がっているが、やはり動けないようだ。「私を押した相手の顔を見た？」

「ええ、〈E〉の信奉者でした」

彼女は驚いたように、今一度、彼らが消えた方向を振り返る。

「こんなところにまで現れるなんて……あなたを連れていたから、私を狙ったのかしら」

「どうでしょうか。他にもアミクス連れの観客はいたはずですが」

それ以前に、反テクノロジー主義の信奉者が、アミクスが出演する演劇を鑑賞したがるとは考えにくい――どちらかといえば、ライザ自身が狙いだったのではないだろうか？　何せ彼女は、電子犯罪捜査局の人間だ。知覚犯罪事件とは無関係だが、信奉者が例の書き込みを受けて、とうとう『ゲーム』に乗り出したと解釈することもできる。

だとしても――一般人は通常、個人のパーソナルデータを閲覧できない。

先ほどの二人は、どうやってライザが電索官であることを知ったのだろう？

「ライザ。今夜はどちらに？」

「アパルトマンに帰るつもりでいたわ。もう三日も空けているから……」

「では、ご自宅までお送りしますよ」

「ありがとう」ライザはばつが悪そうに、捻《ひね》った足首をさすった。「その言葉に甘えるしかなさそうね。申し訳ないけれど」

「とんでもない。あなたを守れなかったのは私なのですから」

「……それって、あなたたちの敬愛規律？」

ハロルドは微笑《ほほえ》み、黙って彼女に肩を貸した。ライザは大人しく、体重を乗せてくる。

＊

ライザの自宅は、ソーヌ川に面したピエール・シーズ通り――こぢんまりとしたアパルトマンの三階にあった。

「本当に悪いわね。ここまでしてもらって……」

リビングに入ると、ふわりと柑橘《かんきつ》系のアロマの香りが漂う。色調は、爽やかなアップルグリーンに統一されていた。観音開きのフランス窓からは、眼下のソーヌ川がよく見える。街明かりが水面に照り返し、幻想的に揺らめいていて――ハロルドはライザを、ソファに腰掛けさせた。彼女はすぐに、家政アミクスを呼ぶ。

「クレー」

「医療用キットをお持ちしました」

量産型の女性モデルがやってきて、ライザの手当を手伝い始めた。傷を消毒し、捻《ひね》った足首には消炎作用のあるコールドスプレーを吹き付けて――クレーの髪は丁寧に編み込まれていて、可愛《かわい》らしいバレッタが留めてある。ライザはこのアミクスを溺愛しているようだ。

ハロルドは改めて、それとなく部屋を見回した。片付いていて、装飾にも抜かりがない。ただ、一人暮らしにしては些《いささ》か広いように思える。クレーにも自室を与えているのだろうか？

「ハロルド、座って」ライザはクレーの手許《てもと》を見守っている。「まだ帰っちゃだめよ」

「もちろん。あなたを突き飛ばした例の二人組について、課長に相談しなければなりません」

「そうね。それと、お礼もさせて欲しいわ」

ふとキッチンのほうから、かすかな音がした。クレーが、何かを火にかけたままにしているようだ――ハロルドはライザたちの目を盗み、そちらへと歩いていく。

キッチンはよく磨かれていて、こちらも整頓してあった。ＩＨ調理器の上で、ステンレスケトルの湯が沸騰している。ドリッパーやコーヒー粉が準備されていたことから、クレーはライザにコーヒーを用意しようとしていたらしい。

ハロルドはＩＨ調理器の電源を切って、マグカップを取り出そうと棚を開ける。食器の数はあまり多くない。カップや皿、フラットウェアはそれぞれ二人分ずつ揃《そろ》えてある。ついでに、ダストボックスの中身もちらと覗《のぞ》き見た。

やはり彼女には、クレー以外の同居人がいるようだ。

それも、数ヶ月は帰っていないと見た。

ハロルドがコーヒーを淹《い》れてリビングに運ぶと、ライザは分かりやすく驚愕《きょうがく》した。彼女は丁度処置を終えたところで、クレーが医療用キットを仕舞っている——アミクスはこちらを見たが、無言でさっさと立ち去った。

「彼女の仕事を奪ってしまいました。気を悪くしていないといいのですが」

「クレーなら大丈夫よ」ライザは、ハロルドが差し出したマグカップを受け取る。「ありがとう、優しいのね」

「怪我《けが》の具合はいかがです？」

「大分痛みも引いたわ」彼女はコーヒーに口を付けて、「もう何ともない、明日になれば歩けると思う」

「くれぐれも無理はなさらないで下さい」

「本当に平気よ、最近の医療キットってすごいんだから……」

何となしに会話が途切れる——ライザが、マグカップをテーブルに置く。彼女の長い足は、パンプスではなくスリッパに収まっていた。クレーが履き替えさせたのだろう。膝の傷には、きちんと縫合テープが貼り付けられている。

ハロルドは、インテリアと化した暖炉へと視線を流して。

「同居人の方は、随分と長く留守にしていらっしゃるのですね？」

ライザが静かに瞠目《どうもく》する——正解か。

「どうして分かったの……なんて、あなたに訊《き》くのは滑稽かしら？」

「推理でも何でもありませんよ。食器棚に、同じマグカップが二つありましたから」言いながら、彼女へと目を戻す。「恋人ですか？」

「兄よ」ライザは、ためらいがちな笑顔を作った。何か事情がありそうだ。「すごく仲が良かったんだけれど、色々と問題があって……今は、別のところに住んでいるわ」

「お寂しいでしょう」

「ええ。でも、クレーがいるから」彼女は言葉少なに答えて、再びマグカップを引き寄せる。コーヒーを一口含んで、気持ちを切り替えたようだった。「そう、さっきの話だけれど……私を突き飛ばした二人の顔を見た？」

「はい、まだ若い男でした」

「もしあなたの記憶《メモリ》に残っているのなら、トトキ課長に画像を送れないかしら。ユーザーデータベースと照合すれば、身元を割り出せるはずよ」

なるほど。手っ取り早い上、確実だ。「お役に立てるのなら、是非」

「クレー、端末とケーブルを持ってきてくれる?」

ほどなくして、クレーがタブレット端末とUSBケーブルを手に現れた——ハロルドはそれを受け取って、ライザの隣へと腰を下ろす。ふわりと、ダマスクローズの香水が香った。

「ねえハロルド」彼女はふとこちらを見て、「あなたの左耳をずらしてみてもいいかしら?」

思わぬ提案に、微笑《ほほえ》んでしまった。「クレーの治療はよく効いたようですね?」

「最初に見た時から、すごく興味があるの」

「もちろん構いませんが、壊さないでいただけると嬉《うれ》しいです」

「私、これでも結構器用なのよ?」

ライザのあたたかな指が、そっとハロルドの左耳に触れた。慎重にずらす。確かに器用だが——彼女は現れたポートにケーブルを接続し、膝の上のタブレット端末と繋《つな》ぎ合《あ》わせた。メモリシステムが外部に呼び出され、ハロルドの管轄下を離れる。

程なくして、先刻の記憶が静止画としてずらりと表示された。

「あったわ、これね」

ライザが選択した一枚の画像——ローマ劇場を背景に、例の信奉者二人が写り込んでいた。どちらも有り触れた容姿のフランス人で、年齢は二十歳に届かないだろう。首に『E』のタトゥーを入れていること以外、服装にも際立《きわだ》った点はない。

「二人とも学生みたい。先月国家試験《バカロレア》に合格して、大学への進学が決まったばかり」ライザはユア・フォルマを使って、彼らの人相をユーザーデータベースで検索したようだ。「〈E〉のために人生を棒に振るなんて……どうかしているわね」

「ライザ。彼らは、あなたが電索官だと気付いていたと思いますか？」

「え？」彼女は怪訝《けげん》そうだ。「どういうこと？」

「先ほども話題に上りましたが、〈E〉が投稿した知覚犯罪事件の陰謀論です。信奉者の標的は電子犯罪捜査局ですが、今日まで目立った事件は起こっていない。しかし」ハロルドは一呼吸置いて、「彼らが、『ゲーム』のためにあなたを襲ったのだとしたら？」

　ライザは、初めてその可能性に思い至ったようだった。綺麗《きれい》に色づいた唇を開き、一度閉じて――ようやっと紡《つむ》ぐ。

「でも……私は、知覚犯罪事件とは関係がないわ」

「ええ。しかし彼らの標的が電子犯罪捜査局なら、十分に巻き込まれる可能性があります」

「だとしても、信奉者たちはどこで私の素性を知ったの？」

「分かりませんが、想定通り〈E〉がクラッカーならば、情報を盗む手段には事欠かないでしょう。もしくは、ご自身を売り渡すような知人にお心当たりは？」

「ないわ、ないに決まってる。いえ……」彼女の表情が、はっきりと陰った。「ごめんなさい、今、あなたに嘘《うそ》を吐《つ》いた。私、知覚犯罪事件とは無関係じゃないかも知れない」

　ハロルドは眉を寄せる。「どういうことです？」

「その……」

ライザは迷ったように、唇の内側を軽く噛《か》む。これまでの堂々とした振る舞いとはまるで違い、どこか弱々しささえあって――キッチンで、かすかな物音が立つ。クレーだろうか。

静寂が戻る。

遠くで、車の短いクラクションが響く。

急に、ライザの腕がハロルドへと伸びた――そのまま、絡《から》みつくように抱きついてくる。柔らかな体がはっきりと押しつけられ、ダークブロンドの髪がこちらの頬を撫《な》でた。かすかなヘアオイルの匂いが、嗅覚デバイスを占領して。

いきなりだったが、特に驚きはしない。

「ライザ」一秒足らず考えて、彼女にやんわりと抱擁を返す。「……どうなさったのです？」

ライザは打って変わり、思い詰めたように呼吸を細くしていた。

「多分、〈E〉は……兄さんのことを知っているんだわ」

「というと？」

「兄も――私と同じで、電索官だったの」

耳許《みみもと》で呟《つぶや》かれるそれは、ひどくひりついていて。

「兄さんは、そう、知覚犯罪事件の捜査に協力していて……パリの感染者を電索したの。疲れが溜《た》まっていて体調がよくなかったのに、一刻を争う事件だからって無理を強いられて……本当はとても、潜れるような状態じゃなかった。だから」ライザは唾を呑《の》んだ。苦しげに。「だから――」

ハロルドは宥《なだ》めるように、彼女の背中をさする。

何ヶ月も戻ってきていない兄。

意味するところは、一つだった。

「お兄さんは、『故障』してしまったのですね？」

ライザの腕に、ぎゅっと力がこもる。

「ええ」ほとんど吐息だった。「自我混濁を起こして……、もう会話も成立しないのよ」

自我混濁――電索官の故障の一つとされる症状だ。疲労によって情報の処理がままならなくなるなど、許容範囲を超えた負荷がかかることで起こり得る。電索対象者の機憶と自分の記憶が混ざり合い、果たしてどれが己の体験だったのか、分からなくなってしまうらしい。重度の場合は人格が崩壊することさえあるそうで、分類としては精神疾患に当たる。

つまり寛解はしても、完治は難しい。

「きっと、罰《ばち》が当たったんだわ」ライザは本気でそう信じているようだった。「私だけ、健康にのうのうと仕事を続けているから……こんな軽い怪我《けが》じゃ、罰なんて言えないかも知れないけれど」

「非論理的です」

「もちろん分かってる。でも、そう思わずにもいられないの」

ハロルドは、兄弟を想《おも》う人間の心に共感できない。少なくとも、自分の抱く兄弟愛は全く別の形をしている――だが、理屈としては十分に理解できた。ライザの絶望も感じ取れる。

「お兄さんとは仲が良かったと、そう仰《おっしゃ》っていましたね」

「ええ、年も一つしか違わなくて……うちは、両親があんまり上手《うま》くいっていなかったから」

ライザは縋《すが》るように、ハロルドの肩に顔をうずめる。「いつも、兄さんとクレーと三人で協力して、色々乗り越えてきたの」

「今、あなたのお兄さんはどちらに?」

「療養施設よ。こんなことを言うのは辛《つら》いけれど……私とクレーだけでは、十分に面倒を見てあげられないから」

「あなたの思いはお兄さんも分かっていらっしゃるはずです」彼女の髪に指を通した。子供を慰めるように、頭を撫《な》でる。「毎日一人でお辛《つら》いでしょう。可哀想《かわいそう》に」

「大丈夫……兄にも、二日に一度は会いにいっているの」ライザは気持ちを落ち着けようとしているのか、深呼吸をして。「兄さんは……もともと、電索官の仕事が好きじゃなかった。でも今は、適性診断に逆らって別の仕事に就けるほどたやすい世の中でもないでしょう?」

「私たちアミクスやロボットのせいですね」

「違うわ、そういうことじゃない。兄もあなたたちのことは大好きだった。だから本当は」彼女は何かを押し込めたようで。「……適性だけじゃなくて、ちゃんと才能もあればよかったのよ。多分、ほとんどの電索官がそう思ってる。天才だったらよかった、って」

天才だったら。

適性だけで押し上げられて、使い潰されるのを待つだけの駒ではなく、本物だったのなら。

「ヒエダ電索官のように？」ハロルドが囁《ささや》くと、ライザはかすかに肩を震わせた。「ですが、天才と謳《うた》われた彼女ですらも転落しました」

「………ええ、そうね。私は間違っているのかも」

「ライザ。あなたはどうかご自身を大切になさって下さい」

「ごめんなさい、動揺しすぎね」彼女はこちらの胸を押《お》し退《の》け、今度はタブレット端末を抱きしめた。「……あなたたちは優しいから、すぐに甘えちゃう。駄目なところだわ」

「本望ですよ。人間を支えるためにこそ、我々は存在するのですから」

ハロルドは安心させるように微笑《ほほえ》んで、ライザの麗《うるわ》しい顔をじっと見つめる――彼女が、壊れそうな眼差《まなざ》しを返してくる。焦げた瞳は透き通り、睫毛《まつげ》の下でぐらぐらと揺れていて。

こちらから、彼女の手に触れた。端末にしがみついている片手をそうっと剝がして、やんわり握る。もう、冷たいとは感じなかった。人間らしい、あたたかな手だ。

「ハロルド……」

「ライザ、もしも私の推測が間違っていたら訂正していただきたいのですが」彼女の指から、かすかな緊張が伝わってくる。「あなたは、あの知覚犯罪事件の投稿が真実かどうかを、知りたいのではありませんか？　だからこそ、先ほど話題にしたのでは」

ライザは一瞬、息を詰めたようで。

「あれはただの雑談よ。思考誘導なんて有り得ない、オカルトじみているもの」

「ここに人間はいません。アミクスにさえ素直になれませんか？」

「…………捜査局のことは信じているわ」

ライザは端末をきつく胸元に押しつけて、うつむく。その掌《てのひら》は薄く汗ばんでいて。

「〈E〉の投稿は事実無根です、知覚犯罪事件に関わった私が保証します」

「もちろん私もそう思ってる。兄が命を賭けた事件は、何も隠蔽なんてされていない」

彼女はどこか自分に言い聞かせているようで——もちろん、ハロルドの主張は嘘《うそ》だ。知覚犯罪事件において、テイラーの思考誘導は実在した。だが、知らずにいることで守られる心の平穏があるのなら、真実よりも嘘《うそ》を優先すべきだ。

アミクスとしての『良心』がそうさせたのかも知れない。

どちらにせよ、どこまでライザに届いたのかは分からなかったが。

「理不尽なことが起きると何かに理由を求めてしまうのは、人間の悪い癖よね」彼女は端末のケーブルを引き抜く。「トトキ課長に、今の画像を送っておくわ」

「ええ、お願いします」

「ハロルド」

ライザの手が、こちらのポートに挿し込まれていたコネクタを取り外す――彼女がわずかに伸び上がった。その唇が、ハロルドの頬に触れる。

「……ありがとう」

ライザは恐らく、彼女自身が思っているよりも不器用だ。

4

ビガにとって、母との一番の思い出は、真冬の凍《い》てついた夜空だった。

「ほらビガ、あれがサーミの祖先の息子たちよ」

まだ幼い頃――冬は毎晩のように、母の膝に座って満天の星を眺めた。群青《ぐんじょう》色の記憶は今なお、しんと染《し》み込むようなしじまとともに蘇《よみがえ》ってくる。

「この間のお話を覚えているかしら？」母があかぎれをこしらえた指で、オリオン座の三つ星を示す。「むかしむかし、太陽の子息がわたしたちの大地に舞い降りてきて、お嫁さんを見つけました。それから？」

「二人のあいだには三人のむすこが産まれました！」

ビガが元気よく答えると、母は柔らかく髪を撫《な》でてくれた。「よくできました」

「あのね、あの子たちはナイフと、おなべと、矢をもっているのよ」ビガはもっと褒めてもらおうと、先日の母の話を思い出しながら、空を指差す。「それから太陽のしそくはね、うーんと、どの星だっけ……？」

「じゃあ、夜空の留め具《ボアフィ》は？」

「あれ！」

ビガは小さな足をばたつかせて、母の膝から立ち上がる。北極星《ボアフィ》を仰ぎ見ながら、くるくると踊るように円を描き——思い切り目を回してしまって、尻餅をついた。さらさらの雪が、ふわっと舞い上がる。

「あなたはお転婆さんねぇ」

母は仕方なさそうに、ビガの手を取って立ち上がらせてくれるのだ——指先から伝わるほのかなぬくもりが、大好きだった。ビガは嬉《うれ》しくなって、ぎゅっと母に抱きつく。母がそっと、抱きしめ返してくれる。ずっとこうしていて欲しい。

けれど。

「本当に、甘えん坊なんだから」

ふと、微笑《ほほえ》む母の肩越しにそれが見える。

夜を伝い落ちていく、一筋の光。

「あ……」

ビガは小さく息を呑《の》んだ。

自分たちサーミにとって、流れ星は『終わり』の象徴だ。もっと昔の人たちは、星が落ちた場所から風が吹くと信じてやまなかったそうだが――ビガはわけもなく怖くなり、しがみつく腕に力を込める。そうしなければ、今すぐ母が星に連れ去られてしまうような気がして。

少し前から、母は具合が思わしくない。

先週末、父は母をカウトケイノで一番信頼できる町医者のもとに連れていった。帰ってきた二人は、留守番をしていたビガに「何の心配もない」と話したけれど、知っている。夜な夜な、父と母が話し込んでいるのを聞いてしまったのだ――町医者は母に、技術制限区域の外にある病院を受診するよう勧めたらしい。

『ここを出たくないわ』と、母は言っていた。『外の病院にいって、糸人間たちの技術で穢《けが》されるくらいなら、トナカイたちのいるこの場所で静かに眠りたい……』

『まだ決まったことじゃない』父が母の手を握る。『エドたちを頼ってみよう。皆、優秀なバイオハッカーだ。お前を治す薬だって作れる』

『やめて、あの技術は好きじゃないの。仕事だから諦めているけれど、でも本当は――』

会話を盗み聞いたことは、もちろん二人には伝えていない。幼心に、触れてはいけないことだと理解していた。

「ビガ、そろそろ家に入りましょうか。タペストリーの続きを作らないと」

優しくビガの手を引く母は、流れ星には気が付いていない。

「……あのタペストリーも、オスロにうりにいくの？」

「あれはお家《うち》に飾るのよ。丈夫な染め糸で刺繍《ししゅう》を入れるから、ビガが大人になっても色褪《いろあ》せないわ」

「あたしもうおとなだもん！」

「はいはい」

ビガは母の手をぎゅうっと握り締める——母は慈《いつく》しむように、ヨイクを口ずさむ。まだまだ小さくて可愛《かわい》い、私のたった一人の娘。即興の歌声が、白銀の夜気に溶けていく。

季節は一巡し——ビガが九歳の冬、母は息を引き取った。

あの夜も、窓の外を流れ星が滑り落ちていた。冷たくなった母の手はこわばり、頬も骨に貼り付いたみたいに固くなってしまって。大好きなぬくもりは、全部どこかへ流れ去っていて。

制限区域の外にいけば、治るはずの病気だった。

だが母も父も、周囲の誰も、それを選ばなかった。選ばせようともしなかった。

だから、ビガ自身もずっと、言えなかったのだ。

——『機械を否定することに、誇りに固執しなければ、お母さんは助かったかも知れない』

できれば口にしたくないほど、最低な言葉だ。母だって、きっと悲しむ。

でも、もう、目を背けたくない。

＊

「あたしたちバイオハッカーは、一人前になる時に『儀式』を受けるんです」

オスロ大学病院の病室には、消毒剤の匂いが行き渡る——エチカはビガとともに、窓辺のソファに腰掛けていた。時刻は既に深夜に差し掛かり、院内は静まりかえっている。時折、通りがかった掃除ロボットのモーター音が響くくらいだ。

ベッドでは、ビガの父親——ダネルが眠っている。

空港にて拘束された直後、ダネルは突然、意識を失った。

あれから、現場には救急隊員が駆けつけた。簡易診断AIは、彼の全身の酸素濃度が低下していると判断し、オスロ市内の大学病院へと緊急搬送されたのだ。

ビガ曰《いわ》く、原因は『儀式』にあるという。

エチカは困惑を隠しきれない。「儀式って？」

「簡単に言えば、仮死状態になるためのチップを首に入れることです」ビガは深くうつむいている。その手には、執刀医がダネルから摘出したという四角形の極小チップが収まっていた。

「たとえば大きな怪我《けが》をした時に延命したり、それこそ捜査局に捕まったら逃げ出せるように……仮死状態って言っても、せいぜい数時間が限界なんですけど」

何でも、体内の酸素結合を意図的に置き換えて、代謝を一気に下げることで仮死を実現するのだという——効果は二時間程度しか持続しないそうだが、神経障害などを患《わずら》うことなく意識を回復できる『魔法の技』らしい。ただし、上手《うま》くいくとは限らない。

「かなりの確率で失敗するみたいなんです。だから実際に使うことは滅多になくて、ほとんど形だけみたいなもので……」彼女はとっくに泣いていた。「まさか、お父さんがここまでするだなんて思わなかった」

エチカは、ダネルへと目を向ける——彼は、乾燥した瞼《まぶた》をじっと閉じている。手術は先ほど終わり、あとは目覚めるのを待つだけなのだが、今のところ意識が戻る気配はない。

主治医曰《いわ》く、容態は安定しているそうなのだが。

「そもそも、あまりにも危険だ。医療機関でもそんなやり方は聞いたことがない」

「バイオハッカーたちが独自に研究して、開発した方法なんです。あたしも、単なる自殺行為だと思います」ビガはチップを握り込んで、「でも……それでも皆、ユア・フォルマユーザーに捕まるよりはましだと思ってる。もし失敗して死んでしまっても、それが天命だろうって」

皮肉ですよね、と彼女は自嘲するように笑って。

「そこまでしてユア・フォルマを拒むのに、自分たちも同じようなテクノロジー技術で生き延びるしかないんだから……」

不意に、ダネルが発した怒声が思い起こされた。

──『この子はここを出ては生きていけない』『あんたらには分からないだろう』『機械の糸に魂を売った人間には……』

エチカは知らず知らずのうちに、奥歯を軋《きし》らせてしまう。

ビガを民間協力者に引き入れたのは、自分とハロルドだ。正直、彼らの矜持《きょうじ》を深く把握していたとは言いがたい──しかしダネルたちがバイオハッカーとして為《な》していることは、明確な犯罪だ。その存在自体が、裏社会組織の勢力を増長している側面もあるとすら言われている。

一方で、真っ当な仕事にさえ恵まれれば、サーミ族はすぐにでもバイオハッキングから手を引くだろう。しかし、かつて彼らが副業としていた第一次産業は、とうにロボットやアミクスの仕事に取って代わられている。人件費や作業効率など様々な観点から、政府も企業も現在のあり方を逆行させたいとは考えていない。

つまり、これは一朝一夕には解決できないほど複雑な問題で。

「今更ですけど……勝手なことをして、すみませんでした」ビガは弱々しく言う。「あたし、自分のことしか考えていなくて……そのせいで、ヒエダさんに怪我《けが》を」

あの時、一人で信奉者たちのバーに乗り込んでいったことを言っているのだ、と気付く。

「大したことない」エチカは唇の傷に触れてみせ、「あの状況なら、誰でも動揺する」

「だとしても、馬鹿でした、本当に」

「いいから」何とか励まそうと、その背中をさする。「ビガが民間協力者になったって、ダネルさんはいつから気付いていたんだろう？」

「分かりません、でも知覚犯罪のすぐあとには勘付いていたのかも……まさか、ヒエダさんのことまで調べているなんて」

「それだけきみを心配していたんだ、きっと」

ビガの目は、はっきりと赤い。もう何時間も、ずっとすすり泣いているせいだ。そうしてまたしても、涙がじわりと滲《にじ》み出すのが見えて。

無情なほどに優しい静けさが、互いを蝕《むしば》む。

「あたし、バイオハッカーは皆の役に立てるすごい仕事だって思ってきました」ビガの視線は、爪先に落ちている。「両親もそう言っていたし、自分でも信じていて……でも大きくなるにつれ、何だかおかしいって気付き始めて」

「それは、リーのことがあったから？」

「決定的なのはそうかも。でも、本当はもっと前から」彼女はしゃくり上げて、「子供の頃……母が、癌《がん》で死んだんです。腫瘍が見つかった時、すぐに大きな病院でちゃんとした治療を受ければ、治るはずでした。でも、母は技術制限区域を出るのを嫌がって」

父も母の意志を尊重した、とビガは言った。二人は、命よりも誇りが大切だったのだと。

「あたしには理解できない。確かに誇りは大事だけど、でも、お母さんが死ぬことのほうがずっと辛《つら》い……けど、皆はそんな風に思っていないみたいで。あたし、誰にも言えなくて。自分が、間違ってるんじゃないかって」

エチカは黙って、ビガの肩を抱き寄せる——そうすることしかできなかった。むしろ自分には、彼女の痛みを理解できないことのほうが辛《つら》い。ビガはそれだけ、親から愛されて育ったのだ。母が死んで悲しいと思えるほどに、家族を愛していた。

だが幸せだった分、別れの痛みも膨れあがる。

「ダネルさんに、今の話をしたことは？」

「ないです」彼女は目許《めもと》をこすった。「意識が戻ったらちゃんと……話さないと。それから、本当に〈E〉に協力していたのかどうかも、聞かなくちゃ……」

バイオハッカーのダネルが〈E〉に傾倒するのは、機械否定派同様、思想の観点からも理解しやすい。ただこれまで〈E〉自身が、『使者』を名乗る協力者に言及したことはない。

ダネルは、「〈E〉の名前を借りただけ」と主張していたが。

不意にユア・フォルマが、無遠慮な通知をポップアップ表示する——フォーキン捜査官からのメッセージだ。彼はセドフ捜査官とともに、逃走中のダネルの仲間二人を追っていた。どうやら無事に身柄を確保して、ひとまずオスロ市内の警察署に連行したらしい。

文末にこう書き添えてあった。

〈今、病院の駐車場に着いた。顔を出せるか？〉

「ごめん、少し行ってくる」エチカはやんわりと、ビガから離れた。「一人で平気？」

「大丈夫です。フォーキン捜査官ですか?」

「うん。他の二人も捕まったらしい」

「そうなんですね……あたしは平気ですから、気にしないで」

ビガは気丈に頷《うなず》いてみせる。当然心配だったが、しかし、自分がここにいても寄り添うことくらいしかできない。彼女のためにも、捜査を進めるべきだろう。

エチカはソファから立ち上がり、そのまま病室を出ようとして――戸口で立ち止まった。

「ビガ」迷いながらも、振り返る。「その……民間協力者を辞めたい時は、言って欲しい。簡単なことじゃないけれど、でも、わたしも力になることはできるから」

そもそも、ビガを引き込んだのは自分なのだから、という言葉を嚙《か》み潰して。

彼女はどう思ったのだろうか――赤い目を押さえたあと、硬い笑顔を作ってみせるのだ。

「逆ですよ、ヒエダさん」

無理に、明るい声を絞り出そうとしているかのようで。

「……逆?」

「あたしが辞めたいのは、多分……民間協力者じゃなくて」ビガは一瞬、涙を吞《の》み込もうとして。「でもそれは、お父さんたちと一緒にいられなくなることだから……」

もう少しよく考えなくちゃ、と呟《つぶや》いて、彼女はぎこちなく手を振るのだ。

エチカは今度こそ、病室を後にした。

わけもなく、胸が苦しい。

だがこれは、あくまでもビガ自身が解決しなければならない問題だ。

だから――自分たちが彼女の生活を壊したと考えるのは、とてつもなく傲慢だろう。


駐車場に出るなり、夏とは思えないほどひやりとした夜風が吹き付けた。

フォーキン捜査官は、SUVのルーフに寄りかかっていた。髪はぼさぼさで、ジャケットには泥のような汚れがついている。かなりの死闘だったようだ――エチカが近づいていくと、彼は気怠《けだる》げにこちらを向いた。

「ひどい顔だなヒエダ、腹でも減ったか？」

「捜査官こそ鏡を見て下さい」エチカもフォーキンに倣い、車に背を預ける。「お疲れ様です。例の二人は、どこで捕まえたんですか？」

「スウェーデンの国境沿いだ。どうやら端末の位置情報を切った時に、二手に分かれたらしい。スウェーデンとフィンランドを横断して、故郷のムルマンスクに戻るつもりだったとか」

エチカは眉根を寄せてしまう。

「ダネルは飛行機に乗ろうとしていました。つまり……わたしたちの追跡を逃れるために、それぞれ別の経路で逃げるつもりだった、ということですか？」

「いや、ダネルだけは他の仕事が控えていたらしい。あのバーを出たあとは、もともと別行動を取る予定だったと」

「何か証拠が？」

「これだ。ダネルの所持品から出てきた」

彼がポケットから取り出したのは、証拠品の保管袋だった。中には、滅多に見なくなった紙の搭乗券が入っている。機械否定派が航空機を利用する際のそれだ。

あの時、ダネルはチェックインカウンターで足止めを食らっていた。当日券を購入できたはずがないので、事前に予約したものを自動券売機で発行したのだろうが。

行き先は、

「……リヨン？」

エチカが思わずフォーキンの顔を見ると、彼は首を竦《すく》めた。

「〈E〉と繋《つな》がりがあるのかどうかは分からないが、調べる価値がないとも言い切れない。あの状況で、娘を連れてまで向こうに渡ろうとしていたんだからな」

「ですが、『〈E〉の名前を借りただけ』というダネルの主張は？」

「他の二人も同じことを喚《わめ》いていた。所持していた端末を調べたが、実際に〈E〉とやりとりした証拠はなし。まあ仮に〈E〉に雇われていたとしても、奴《やつ》は痕跡を残させないだろうが」

「ダネルたちを電索できない以上、三人で口裏を合わせているのか、本当に〈E〉とは無関係なのかが判断しにくいということですね」

それが、ユア・フォルマを搭載していない機械否定派の厄介なところだ――取り調べを続けるにしても、電索を用いた時の何倍も時間がかかることを覚悟しなければならない。

「ただ」とフォーキンはうなじを撫《な》でて、「セドフによれば、例のバーの経営者もダネルたちの知り合いだったらしい。ダネルは〈E〉の勢力を拡大させるために、あのバーを信奉者の集会所にして、『使者』を自称していたみたいだな」

何だそれは。「それで〈E〉と繋《つな》がりがないと考えるほうが、無理があるのでは？」

「俺もそう思うが、単なる熱狂的なファンの可能性もある。奴《やつ》の主張を鵜《う》呑《の》みにするつもりはないが、実際テクノロジーのせいで苦労している人間からすれば、〈E〉は祭り上げたい救世主だろうよ」

極めて理解しがたいが、否定はできないか――何せ〈E〉はこれまで、一切尻尾を出していないのだ。ここにきて、『使者』などという胡散臭《うさんくさ》い存在を雇うのも疑問が残る。

何《いず》れにしても、ダネル自身は端末を使用し、ユア・フォルマユーザーから仕事を請け負うバイオハッカーだ。〈E〉の存在を知ることは容易だっただろう。

「ともかく、あの三人が〈E〉の思想に同調していることは間違いないということですね」

だがダネルの意識が戻るか、残る二人の証言に裏付けが取れない限り、捜査の進展は望めない。取り調べは進めるにしても、そこにだけ注力するのは時間の浪費だ。

――となれば。

エチカは、フォーキンがひらひらと振っている搭乗券を見やる。

「多分、今同じことを考えてるぞ」彼はこちらを一瞥《いちべつ》して、「なあ、リヨンのタルト・プラリーヌって美味《うま》いよな。あの真っ赤な見た目のやつ」

さすがに呆《あき》れ顔《がお》を隠せない。本当に、この人は。

「本部の捜査支援課に連絡して下さい。わたしは飛行機を予約します」

エチカは言いながらも、ふと、リヨン本部に向かったハロルドのことが頭を掠《かす》めた。

第三章――火の花

1

フランス・リヨン――国際刑事警察機構本部《インターポール》は、ローヌ川に沿ったシャルル・ド・ゴール通りに面している。ガラス張りの外観は箱のように四角く、デザイン性にも優れていて、古めかしい景観が残る町並みからはやや浮いていた。

「今朝連絡があったんだが、〈E〉の事件は捜査支援課《うち》と電索課の合同捜査になったらしい」

「……どういうことですか？」

エチカはフォーキンと並んで、エントランスのセキュリティゲートに立つ。生体認証による本人確認と簡易身体スキャンが数秒で完了し、フロアを横切っていく――床に描かれたインターポールのエンブレムが、吹き抜けの天井から注ぐ陽光に照らされていた。見上げると、上階に備え付けられた渡り廊下やカプセルのようなエレベーター、更には繁茂する植物が目に入り、建物内というよりも中庭のような印象を受ける。

エチカたちがリヨンに到着したのは、昨晩のことだ――ビガの父親ダネルが持っていた搭乗券は、リヨン行きのそれだった。彼と〈E〉の繋《つな》がりを探るべく、本部の捜査支援課に許可を得てこちらへやってきたわけなのだが。

「何で電索課と一緒に？」エチカは思わず問いかけてしまう。「まだ、電索官を投入できる段階とは思えませんが」

「さあな」フォーキンは眉を上げる。「とにかく捜査支援課には寄らずに、電索課へいけとのお達しだ。指揮は向こうが執るんだと……大丈夫そうか？」

「仕事ですから」一応は毅《き》然《ぜん》と答えられた。「セドフ捜査官から何か連絡はありましたか？」

「ないな。進展するとしても当分先だろう」

セドフは一人、オスロに残った。地元警察と協力して、逮捕したダネルの仲間の取り調べを続けるとともに、〈E〉信奉者の集会所《バー》を詳しく捜査するようだ。

「ビガはどうだ？」

「何も」エチカはかぶりを振る。「まだ、ダネルの意識は戻っていないんでしょう」

正直、あの状態のビガを一人きりにするのは忍びなかったが、やむを得なかった。セドフが合間に様子を見にいってくれるそうだが、彼女にとってはあまり嬉《うれ》しくないかも知れない。

エチカたちは、四階の電子犯罪捜査局本部電索課へと向かった。広々としたオフィスには、顔見知りの捜査官の姿もある。幸い、誰もこちらに関心を寄せていない——そのまま、電索課長の専用オフィスを訪ねた。入り口の扉は開け放たれたままになっていたが、フォーキンはノックして入っていく。エチカも一歩遅れて続いた。

ウイ・トトキ課長は、いつも通りのグレースーツを身にまとい、デスクに着いていた。

「早かったわね、フォーキン捜査官」彼女は、デスクの内蔵ＰＣから視線を上げて、「ヒエダもご苦労様。オスロでは大変だったみたいだけれど」

トトキが以前と同じように接してくれるのは、個人的にも有難《ありがた》い。

「例の搭乗券については伝わっていると思いますが」フォーキンが言う。彼とトトキは初対面だが、パーソナルデータを閲覧できる捜査官たちにとって、自己紹介が不要なのはいつものことだ。「何故《なぜ》このタイミングで、電索課と協力を？　しかも、指揮権はそちらに移ったとうかがいました」

「安心して。部下と猫は大切にする主義よ」トトキはにこりともせずに答え、「実は一昨日の夜、うちのロバン電索官が〈E〉の信奉者に襲われたの。幸い軽い怪我《けが》で済んだ」

ロバン電索官——エチカは気付く。ハロルドの新しいパートナーのことだ。

「それで、電索課も黙っていられなくなった、というわけですか」

「ええ。捜査支援課と協力して、夕べ信奉者を逮捕したわ。丁度、さっきから電索を始めている」トトキはちらとユア・フォルマの通知を確かめたようで、「どうやら上は、捜査に電索官を投入していることをメディアに公表したいみたいね」

「つまり、奴《やつ》らを牽制《けんせい》することが目的と」

二人の会話を聞きながらも、エチカは疑問に思う。そう上手《うま》くいくだろうか——オスロのバーで自分を襲った信奉者たちの憎悪《ぞうお》は、本物だった。機会があれば、いつでも正義を為《な》せると言わんばかりに。電索官の投入程度で、『ゲーム』の勢いが衰えるとは考えにくい。

「課長、今日は偶数日ですよね」エチカは問うた。「〈E〉に動きは？」

「まだよ、いつも通り正午に投稿してくるでしょう。ただ……〈E〉はあのスレッド以外にも、信奉者に対して何かしらの連絡手段を持っているかも知れないわ」

「どういうことです？」

「襲われたロバン電索官に関して、〈E〉は一切投稿をおこなっていないの」トトキは神妙な表情で、「容疑者たちは黙秘していて、彼女を電索官だと知った上で狙ったのかは言明していない。ひょっとしたら、電索を通して新しい情報が手に入るかもと期待しているのだけれど」

「もしよければ、電索を見学しても？」とフォーキン。

「もちろん構わないわ」

彼は許可を得るなり、足早にオフィスを出ていく――エチカも追いかけようとして、ふと、トトキと目が合った。彼女は鉄仮面のままだったが、どこか気遣わしげにも見えて。

「ヒエダ、捜査支援課の仕事はどう？」

「……、問題なくやれていると思います」

さすがは適性診断と言うべきか。実際、自分は捜査官としても支障なく働けているはずだ。電索官の時に遭遇したような同僚とのトラブルにも見舞われていないし、むしろ、こちらのほうが上手《うま》くいっているようにすら思える。

だから――どうしても引っかかりが取れないだなんて、言えない。

「そう」トトキは安堵《あんど》したようだった。「よかったわ。何かあったらまた相談して」

「――ありがとうございます」

エチカは今度こそ、オフィスを後にした。体中にまとわりついてくる感傷的な何かを払い落としながら、取調室へと向かう。

そうして扉を開けた瞬間、つい仰《の》け反《ぞ》りそうになった。

マジックミラーの前に立ったフォーキン捜査官の横に、見覚えのあるドイツ人がいたのだ。

「ヒエダ？　何でお前がここに」

亜麻色の短髪と角張った顔立ちの電索補助官――かつてのパートナーである、ベンノ・クレーマンだった。先日の緊急会議でも彼の姿を見てはいたが、直接顔を合わせるのは久々だ。

「どうも」エチカは突《つ》っ慳貪《けんどん》に挨拶するしかない。「見学にきた」

「見学？」ベンノが不審げな目付きになる。そこで、こちらのパーソナルデータの所属を読み取ったらしい。「ああ……そういうことか。ご愁傷様だな」

「クレーマン補助官」フォーキンが呼び、「彼女、自分を襲った相手に潜っても平気なのか？」

「一番優秀な電索官を、と上からのお達しなんだ。対外的にも、〈E〉の捜査に力を入れているように見せたいらしい」

エチカもマジックミラーへと目線を移す。並べられた簡易ベッドに、襲撃犯の信奉者二人が横たわっていた。ベッドの前に立つのは、ライザ・ロバン電索官だ。剝《む》き出《だ》しの膝や肘には縫合テープが貼られ、足首には痛々しい消炎パッチ。襲われた際に負傷したのだろう。

彼女の傍《かたわ》らには、カスタマイズモデルのアミクスが寄り添っていて。

エチカは、かすかに緊張を覚える。

——ハロルド。

彼は、最後に話した時と何一つ変わっていなかった。精巧な面差しも、右頰の薄いほくろも、ワックスを馴《なじ》染ませたブロンドの髪も——エレベーターの中で交わした言葉を、思い出してしまう。

自然と、胸が苦しくなって。

この二人が事件の担当電索官だなんて、一体何の因果だろうか？

「しかしすごいな」フォーキンがベンノと話している。「並列処理まで可能なのか？」

「ああ。一年くらい前までは、補助官の俺よりも数値が低かったんだが」とベンノ。「曰《いわ》く、情報処理能力が伸び続ける『天才型』らしい。しかも、どうかしているくらい美人だ」

「確かに。彼女をトップモデルにしなかった適性診断は狂ってる」

この二人は。エチカは静かに呆《あき》れる。

しかし——ベンノの話が事実なら、自分がライザのことを知らなかったのは、単に周囲から孤立していたせいではなさそうだ。というのも、本部電索課のオフィスは能力値によって二分されている。自分が本部を離れたのは半年も前だし、ライザとはまだオフィスを同じくしていなかったのだろう。

情報処理能力が伸び続けるケースは、ごく稀《まれ》にだが存在する。

つまり、『本当の天才』だ。

「クレーマン補助官。電索の結果が出たら、うちにも共有してくれるか？」

「もちろん。あと数分で終わるはずだ」

エチカはぼんやりと、ハロルドを眺めた。彼は送り込まれる機憶を追っているはずだが、じっとライザに視線を注いでいる。パートナーの様子に異変があれば、すぐさま対応できるよう備えているらしい。

わけもなく、いたたまれなさに拍車がかかる。

「……フォーキン捜査官、わたしはオフィスで待っています」

気付けばエチカは、取調室の外に出ていた――あの場に留《とど》まってもよかったが、どうにも幼稚な自分が顔を覗《のぞ》かせそうだった。通路を一歩歩くごとに、這《は》うような現実感が押し寄せてくる。両足に、枷《かせ》をくくりつけられているみたいで。

自分はもう、電索官には戻れない。

手許《てもと》に残ったのは、身勝手に抱え込んだ秘密だけだ。

――『もし君の気が変わったのなら、別に真実を告発しても構わないよ』

不意に、一ヶ月前のレクシーの言葉が蘇《よみがえ》ってきて。

確かにこれを手放すことができれば、軽くなれるだろう。自分は既に、彼のパートナーじゃない。電索能力が回復しないのなら、釣り合う補助官を繋《つな》ぎ止めるために、ましてや孤独を埋めてくれる誰かのために、罪を背負い込んでおく必要もないはずだった。

なのに、

これっぽっちもそうする気にはなれなくて。

一体、どこまで愚かなんだろうか？

エチカは重い足取りでオフィスへと入っていき——すぐに、不穏な空気を察した。見れば、壁に掲げられたフレキシブルスクリーンの前に、電索課の面々が集まっているではないか。トトキの姿もある。

「課長、一体何が……」

エチカは彼女に声を掛けながら、スクリーンを見やり、

ぞっとした。

画面にはいつぞやの緊急会議よろしく、例のスレッドが映し出されている。そうか、時刻はいつの間にか正午を過ぎていたのだ。

ずらりと羅列しているのは、〈E〉の新規投稿で。

【知覚犯罪事件の真実を隠蔽した電子犯罪捜査局を許してはならない。

隠蔽を主導したウイ・トトキ上級捜査官は、パールデュー駅の南。五階の西。最愛の猫とともに。真実を追求し、正義を為《な》せ】

posted by E ／ 14 minute ago

「どうやらとうとう、知覚犯罪事件の関係者を徹底的に叩《たた》くことにしたみたいね」

トトキの言う通り、〈E〉は事件に関わった捜査官の氏名、住所を特定するかのようなヒント、恨み節をずらずらと並べ立てていた。個人情報を晒《さら》された捜査官は十名近くに上り、中にはベンノの名前も含まれている。しかもどうやら本部に限らず、知覚犯罪によって感染者が生じた世界各局の捜査官を対象としているようだ。

「一体、どうやってここまで……」

トトキが独りごちていたが、エチカはまるで耳に入らない。

投稿の中に、自分自身の名前を見つけてしまう。

【エチカ・ヒエダ電索官は、イライアス・テイラーの思考誘導を黙認した。彼女は今も重大な秘密を抱えている。ベルクール広場近くのホテル、四階に滞在。鉄槌《てっつい》を】

posted by E ／ 14 minute ago

何故《なぜ》。

全身が冷え切っていく。

〈E〉は『秘密』のことを――RFモデルの神経模倣システムと、敬愛規律の正体を知っているのか？

有り得ない。もしそうなら、

――『さすがは、自称「思考を覗ける人間」ね』

自分は気付かないうちに、〈E〉に頭の中を覗《のぞ》かれた？

まさか。例の能力とやらは、単なるオカルトのはずだ。

「あなたのマトイのことまで書き込むなんて」トトキの呟《つぶや》きで、我に返る。「確かに捜査資料には記しているけれど、本当にどうやって手に入れているの？」

彼女はどうやら、〈E〉が非難しているエチカの秘密を、マトイの件だと解釈したらしい。

確かに、あれもまた秘密だ。だが投稿には、『今も秘密を抱えている』と書かれている――エチカがそう指摘すると、トトキはこう答えた。

「事実を誇張して、信奉者の怒りを煽《あお》ることが狙いなんでしょう。私の書き込みにも、『隠蔽を主導した』と書かれていたけれど、そこまでの権力はないもの」

確かに有力な見方だった。何せ、〈E〉が『秘密』に勘付く道理がない。

だが、相手は知覚犯罪事件の機密さえも盗み出しているのだ。

不安が拭えなくて。

とにかく落ち着け。どくどくと早鐘を打つ心臓を宥《なだ》めながら、エチカはスクリーンに背を向ける。突き動かされるように歩き出そうとして——誰かに肩をぶつけた。

「……ヒエダ捜査官？」

ついその場で硬直する——あろうことか、相手はハロルドだった。電索を終えた彼は、オフィスに入ってきたところだったらしい。隣には、ライザ・ロバン電索官が連れ添っている。

一瞬、ライザと視線がぶつかってしまって。

「何故《なぜ》こちらに」ハロルドはやはりよそよそしい。「ペテルブルクにいらしたはずでは？」

「いや、その……きみたちと合同捜査をすることになった」情けないほどしどろもどろになる。

彼を突き放したのは、自分のほうなのに。「それより今、〈E〉の投稿が」

突然、捜査官の一人が大声を上げた。

「トトキ課長、大変です。ご自宅が……！」

スクリーンの画面が、〈E〉信奉者のSNSへと切り替わる。最新の投稿に、二枚の画像が貼られていた。一枚目は、パールデュー駅近辺のマップを切り取ったスクリーンショット。

もう一枚は、黒煙を上げるアパルトマン。

トトキの自宅が燃えている。

2

パールデュー駅の南――ポール・ヴェール通りを望むトトキのアパルトマン周辺は、騒然としていた。エチカがフォーキンやトトキとともに現場に到着した時、既に火は消し止められていたが、道路には依然として何台もの消防車が整列している。逃げ出したと思《おぼ》しき住民が肩を寄せ合っているものの、幸い負傷者はいないようだ。

トトキは自宅に入る許可を取り付けると言って、先ほどから地元警察官と交渉している――その傍《かたわ》らを、拘束された一人の信奉者が連行されていくところだった。陰鬱そうな面持ちの中年男性で、丸い背中を更に縮こまらせ、捜査車両に押し込まれていく。

「前科持ちだな」フォーキンは苦々しげだ。「爆発物製造の容疑で、過去に四年服役してる」

エチカもユア・フォルマを使い、電索課から共有された容疑者のパーソナルデータを閲覧する――ユーザーデータベースから引き出されたそこには、確かに犯罪歴が記されていた。尤《もっと》も、十年以上も昔の出来事だ。職歴を見るに、社会復帰に苦労していたようなので、そこから〈E〉の思想に傾倒し始めたのだろうか？

ただ、どちらかといえば容疑者の前歴よりも。

「〈E〉の投稿から放火が起きるまで、たったの数十分しか経《た》っていません」エチカは言った。

「個人的には、そちらのほうが気になります。これじゃ、あの信奉者が書き込みを見て暴走したというよりも、まるで……」

「まるではじめから課長の自宅を知っていて、〈E〉の投稿を待っていたかのようですね」

ぎくりとして、首をめぐらす――ハロルドはさもありなんといった表情で、しげしげとアパルトマンを眺めていた。彼の横では、ライザがショックを受けた様子で、口許《くちもと》を覆っている。

一報を受けた捜査支援課の自分たちが、現場に駆けつけるのは当然だ。だが、この二人――正確にはハロルド――までもが現場を確かめたいと言い出し、同行する羽目になっていた。

「なあ」フォーキンがエチカに耳打ちしてくる。「まだ電索課の出番じゃないだろ？」

「そうですが、トトキ課長は彼に現場を見せるのは有益だと考えたんでしょう」

「あいつ、分析蟻《ミール・ロボット》よりも高性能なんだってな。今一つ信じられないが……」

「フォーキン捜査官」不意に、ハロルドが彼に微笑《ほほえ》みかける。「タルト・プラリーヌを召しあがるのなら、協会から認定されたブションをお勧めしますよ」

そのままアミクスはライザと連れ立って、トトキのほうへと歩いていってしまう。

残されたフォーキンが、唖然《あぜん》とした様子でエチカを見た。

「……………ルークラフト補助官に何か喋《しゃべ》ったのか？」

「何も」かぶりを振るしかない。「だからその、高性能なんです」

まもなくトトキが許可を取り付けて、全員でアパルトマンへと入った。トトキの自宅は五階にあり、玄関先に警備アミクスが立っている。快く通してくれた。室内には既に分析蟻が投入されていて、踏み潰さないよう注意しなければならない。

「ガナッシュ？」トトキが必死に愛猫《あいびょう》を呼んでいる。「ガナッシュ、どこ？　無事なの？」

焦げたような匂いは悲惨だが、シックに統一された室内はほぼ無傷に等しい。どうやら激しく燃えたのはリビングだけのようで、寝室などは全く綺麗《きれい》な状態だった。

トトキが死に物狂いで探していたガナッシュは、バスルームで見つかった。真っ白なスコティッシュフォールドは、怯《おび》えたようにバスタブの中で縮こまっており――見たところ、かすかに毛が煤《すす》けているだけで、怪我《けが》はないようだ。

「ガナッシュ！　よかった、あなたに何かあったらどうしようかと……！」

いつもの鉄仮面はどこへやら、トトキは泣きそうな顔で猫を抱き上げる。ガナッシュは「にゃあ」と小さく鳴いたが、まだ震えが止まらないようだ。

「課長、データのバックアップを取っていないんですか？」フォーキンは怪訝《けげん》そうで、「ペットロボットですよね。万が一の時も復旧できるんですから、そう焦《あせ》らなくても……」

「だとしても、この子が苦しむところなんて見たくないでしょう！」トトキは彼を睨《にら》みつけ、ガナッシュに頬ずりした。「よーちよちよち、怖かったでしゅねぇ」

上司の変貌っぷりに、フォーキンはわずかに身を引いている。エチカは敢《あ》えて見ないふりをして――だがとにかく、ガナッシュが無事でよかった。猫にもしものことがあれば、たとえバックアップを取っていたとしても、トトキは発狂していただろう。

　そうしてリビングにいくと、ハロルドとライザの姿があった。ハロルドは、無残に焼け落ちたソファやテーブルの間を慎重に歩き回っている。どれほど観察眼の鋭い彼でも、さすがに火災現場の知識があるとは思えないが。

　何にせよ、この状況はかなり気まずい。

「ルークラフト補助官、何か手がかりはあった？」トトキもガナッシュを抱きながら、リビングに入ってくる。「容疑者は、玄関のセキュリティを破壊して侵入したようだけれど」

「ええ。加えてやはり、〈E〉の投稿よりも先にここへ到着していたようです」

　ライザが驚いている。「どうしてそう思うの？」

「SNSに例の画像がアップロードされたのは、〈E〉の書き込みから十六分後でした」ハロルドは端末で問題の投稿を確かめて、「容疑者が近隣に住んでいたとして、アパルトマンに侵入したのち玄関のセキュリティを壊し、放火に至るにはあまりにも早すぎます」

「〈E〉は個人的に信奉者と連絡を取って、事前に情報を流していたということ？」

「そう考えるのが最も自然かと。狙いは定《さだ》かではありませんが、ゲームの火付け役が欲しかったのではないでしょうか」

　エチカは平静を保ちつつ、ラグの上を徘徊《はいかい》している分析蟻たちに目を落とす——小指ほどのそれは、ぷっくりとしたシリコン製のボディを抱え、ちょこちょこと移動していく。ひよひよと触覚を揺らしながら、あちらこちらへと散らばって大忙しだ。

「仮に、〈E〉が信奉者と個人的に連絡を取る手段を持っていたとして」フォーキンが開口する。「奴《やつ》はもう一年半も活動しているのに、何で今まで分からなかった？　捜査支援課はずっと奴《やつ》を追っているが、どの信奉者も〈E〉との繋《つな》がりはなかった。隠すにしたって、どこかでボロが出るはずだろう」

「最近になって、〈E〉がやり方を変えたという可能性はないかしら」トトキがライザを見やる。「ロバン電索官。あなたを襲った信奉者の電索で、何か成果は？」

「彼らに〈E〉との繋《つな》がりはありませんでした」ライザは残念そうに眉尻を下げる。「単にアミクスを連れている私を見かけて、襲っただけのようです。とはいえこのタイミングですから、正直あまり腑《ふ》に落ちませんが……でも、機憶は嘘《うそ》を吐《つ》きませんし」

「妙ね」トトキも納得できない様子だ。「今度の放火犯からは何か分かるといいのだけれど」

エチカは、先ほど見かけた痩せぎすな信奉者を思い浮かべる。確かに彼を電索して、推測通り〈E〉への連絡手段を見出《みいだ》せれば、一気にその正体を暴ける可能性も高まるだろうが。

「とにかく電索令状を申請しておくわ。ロバン電索官とルークラフト補助官は本部に戻って」

「分かりました」ライザは頷《うなず》き、それから気遣わしげに言い足した。「課長、もしよければガナッシュを預かりましょうか？　さっきからずっと震えているから……」

トトキは、抱きかかえているガナッシュを一瞥《いちべつ》した。ライザの言う通り、猫は変わらず怯《おび》えきっている。周囲から目を伏せるように、トトキの腕と腋《わき》の隙間に鼻を突っ込んでいるのだ。ロボットとは思えないほど、哀れっぽい振る舞いだった。

「確かに、ここにいること自体がよくないかも知れないわね。でも私から離れたらもっと怖がるでしょうし、そう、別にこのまま仕事を続けたって何の支障も」

「課長にはまだやることが残ってる。是非とも連れていってくれ」

フォーキンが横から口を出す。トトキは彼をじろりと睨《にら》んだが、結局は渋々、ライザにガナッシュを引き渡した。猫は特に怖がることもなく、大人しくライザの胸に身を預ける。

トトキはそれがやや不満だったのか、むっすりと言った。

「……………オフィスに連れていっておいてくれる？」

「分かりました。よしよし、大丈夫よガナッシュ。もう怖くないわ」

ライザは今度こそ、ハロルドとともにリビングを出ていく。彼女は機械に好意的なのだな、とエチカは思う。恐らく、アミクスに対しても友人派なのだろう――何にせよ、二人の姿が消えてほっとする。つい、肩の力を抜いてしまって。

一方で、〈E〉のことはどうにも引っかかっていた。

「フォーキン捜査官」トトキは気を取り直したらしい。「捜査支援課に応援を要請して」

「連絡してあります。ただ、スレッドで拡散されている個人情報はどうします？　課長のご自宅がこうなった以上、他の捜査官も狙われるかも知れません」

」

「ええ……知覚犯罪関係者の滞在先を調整する必要がありそうね」

開け放たれた窓から吹き込む風だけでは、染《し》みついた煙の匂いは出ていきそうもない。

＊

結論から言って、放火犯の信奉者にも〈E〉との個人的な繋《つな》がりはなかった。

ハロルドは、ライザが投げ渡してくる機憶を確認しながら、眉をひそめる――放火犯はもともと〈E〉のゲームに参加するため、個人的に計画を巡らせていたようだ。トトキの自宅の放火には、自作の火炎瓶を使用している。爆発物製造の前科があるとのことだが、その手の知識は未《いま》だに健在ということか。

しかし肝心の、〈E〉と連絡を取り合った形跡はどこにも残されていない。それでいて放火犯が行動を起こしたのは、予想通り、問題のスレッドに個人情報が投下される前だった。

何かがおかしい。

奇妙に思いながらも、ハロルドは流れてきた次の機憶に触れる。容疑者が、トトキの自宅の画像をSNSにアップロードした際のそれだ――過去の投稿には、革命記念日についての話題も散見された。他の信奉者たちと、花火などの雑談で盛り上がっている。緊張感の欠片《かけら》もないやりとりを流し見て。

結局、収穫は得られなかった。

電索を終えたハロルドは、ライザと揃《そろ》って取調室を後にする。閉じていく扉の隙間から、簡易ベッドに横たわったままの容疑者をちらと振り向き——もどかしさを抑えきれない。〈E〉の尻尾を掴《つか》んだかと思いきや、ひらりと躱《かわ》される。

「上手《うま》くいかないわね」ライザも悔しげに下唇を噛《か》んでいる。「ハロルド、あなたの推理は絶対に正しいわ。〈E〉と信奉者たちの一部は、必ず繋《つな》がっているはず」

「しかし、証拠が一切見つかりません。彼らは機憶を消去しているのでしょうか？」

「もしそうなら、さすがに分かるわ」彼女は爪を噛《か》みたそうだ。「そうね……たとえば私たちが、機憶の意味を取り違えているということはないかしら？」

「信奉者と〈E〉は暗号でやりとりしていると？」

「そんなに壮大なものかはさておき、ひょっとしたら」

ハロルドは知覚犯罪事件の捜査を思い出す。確かあの時は、自分たちの認識が疎《おろそ》かだったがために、ウイルスの感染経路に気付くのに時間がかかった。だが、今し方見てきた信奉者たちの機憶に、それらしき要素は見当たらなかったように思う。再び見逃しているのだろうか。

「ところでライザ、体調に支障はありませんか？」

訊《たず》ねると、彼女は目をしばたたかせる。「平気よ。どうして？」

「いえ。今日は普段よりも多く逆流を起こしていらっしゃったので、心配になりまして」

先ほど、ライザは頻繁な逆流に陥っていた。電索を終えた際も、いつもよりも派手にふらついていたのが気に掛かる。上手《うま》くは言い表せないが、彼女の負担が大きくなっているような。

「本当に元気よ」ライザは明るい笑顔を作った。「安心して。私はヒエダ電索官みたいにはならないわ」

こちらが再びパートナーを失うことを恐れている、と彼女は考えているようだ。

オフィスに戻ると、午後七時を過ぎているためか、多くの捜査官たちは退勤していた。エチカやフォーキンの姿も既になく――トトキがガナッシュを抱きかかえて、スクリーンと睨《にら》み合っている。画面には、〈E〉のスレッドや信奉者のSNSが映し出されたままになっていた。

電索の結果を報告すると、さすがのトトキも落胆を露《あら》わにする。

「今回ばかりは、捜査が後手に回っていることを認めなければならないわね」

「他の捜査官たちに被害は？」と、ライザが訊《たず》ねる。

「今のところは何も。念のため、晒《さら》された自宅やホテルに滞在しないよう宿泊先を手配したけれど」彼女はガナッシュの顎を掻《か》いてやりながら、「私も今夜はオフィスで過ごすわ。どのみち仕事も溜《た》まっているし……ここなら、それなりに花火も見えるでしょうしね」

ハロルドは首を傾《かし》げた。「花火ですか？」

「今日は七月十四日でしょう？　フランスでは革命記念日なのよ」ライザが教えてくれる。なるほど、今日だったのか。「リヨンは毎年、フルヴィエールの丘から花火が打ち上げられるの。

一大イベントね」

「存じませんでした」自分は電子犯罪捜査局へ配属替えになるまで、フランスに来たことすらなかったのだ。「折角なら、我々の重たい気分も吹き飛ばしてもらいたいところですが」

「一グラムくらいは軽くなるでしょう」トトキが真顔で軽口を叩《たた》く。相当疲弊している。「とにかく、二人とも今日はお疲れ様。花火を見るのなら、急がないと場所がなくなるわよ」

「今年はやめておきます。さすがに、今出歩くのは危険でしょうし……」

ライザは、ローマ劇場の二の舞になることを恐れているようだった——そう。彼女は兄を介して、知覚犯罪事件と間接的に関わっている。今日スレッドに晒《さら》された捜査官たちも、トトキやエチカを含めた全員が知覚犯罪事件の関係者だ。

一方で、例の投稿に、ハロルドの名前はなかった。

自分がアミクスだから見逃されている、と考えることもできる。だが、〈E〉はもともと反テクノロジー主義のはずだ。技術の塊であり、なおかつ知覚犯罪事件にも深く関わっている自分について、一切触れないだなんてことがあるだろうか？　ここまで関係者の個人情報を暴いておきながら、ハロルドの存在を知らなかった、では筋が通らない。本来なら真っ先にとまではいかずとも、他の捜査官たちと同様に、標的にされるのが自然だった。

やはり、何かを見落としている。

「でも、この子がすっかり落ち着いてよかった」ライザが手を伸ばし、ガナッシュの眉間を撫《な》でている。「アパルトマンを離れてしばらくしたら、震えは止まったんですよ」

「ええ、本当によかったわ。それだけが心配だったから」

怯《おび》えきっていた機械猫は、今やのんびりとトトキの腕に身を委ねていた。ライザに掻《か》いてもらって気持ちがいいのか、うっとりと目を細めていて——捜査局に着いた時、ガナッシュは既に元気いっぱいだった。エントランスに入るなり駆け出したくらいだ。初めての本部が物珍しくて興味津々《きょうみしんしん》……というわけではなく、空間認識プログラムが作動しただけだろうが。

「それじゃ課長、私はそろそろ失礼します」ライザは名残惜しそうに、ガナッシュから手を放す。「ハロルド、あなたもしっかり休んで。あんまり事件について考え過ぎちゃだめよ」

「そうします。折角ですから、ゆっくり花火を見ようかと」

「それがいいわ」彼女はそこでふと、薄目になった。「……もしかして、ヒエダ電索官と約束してる？」

さすがに、頬を緩めてしまう。「何故《なぜ》そうお思いに？」

「彼女、すごくあなたのことを気にしていたから」確かに、傍目《はため》から見ても昼間のエチカはぎこちなかった。「あなたは優しいし、話を聞いてあげるんじゃないかしらと思って」

「私は今のパートナーを大切にしたいと考えていますよ」

「違うの、そういう意味じゃなくて」

「どうかご心配なさらずに、ライザ。お気を付けて」

ライザはもどかしそうだったが、諦めたようにハロルドとビズを交わして、オフィスを出ていく——ガナッシュがぴんと耳を立てて、トトキの腕から飛び降りていった。ライザが帰ってしまうのが気になるらしい。

トトキが、静かに鼻から息を洩《も》らして。

「その才能にはひれ伏すわ、本当に」皮肉だと分かった。「手懐《てなず》けられない女性はいる？」

「目の前に」ハロルドは微笑《ほほえ》んでおく。「さすがに上司への礼節は弁《わきま》えています」

「賢明ね」彼女は首を揉《も》んで、「にしても……あなたたちは、今のほうが順調みたいだわ」

「といいますと？」

「ヒエダも捜査支援課で上手《うま》くやっている」トトキはガナッシュが消えた方向を見つめていて、「私はよかれと思って、あなたをヒエダに割り振ったけれど……あの子の才能に固執するべきじゃなかったのかも知れないわね」

課長はそうして、猫を追いかけて歩き出す——ハロルドはその場に立ち尽くしていた。グレースーツの背中に、エチカの姿を思い描いてしまって。

多分仕事が上手《うま》くいくとかそうでないとか、そういったことが問題ではないのだ、と思う。

もっと別のものが、根底にあって。

もう、とっくに気付かされている。

ライザの言う通り、自分は、エチカと話をしなければならなかった。

＊

日が長いリヨンも、そろそろ夜に呑《の》み込まれつつある。

エチカとフォーキンを乗せたシェアカーは、宿泊先へと向かって、プレスキル地区を優雅に走っていく――ソーヌ川沿いを通りがかると、大勢の人が集まっていた。何《いず》れも、今夜の花火の見物客らしい。地元警察から派遣された警備アミクスたちが、忙しそうに巡回している。

「羨ましいよ」運転席でフォーキンが愚痴った。「こっちは事件のことで頭が痛い」

「わたしもです」

夕刻には革命記念日の中継の裏で、一部メディアが信奉者による放火事件を報じ始めていた。狙われたのが捜査官のアパルトマンとあって、それなりに大きく騒がれている――中には、〈E〉が投稿した思考誘導の陰謀論を取り上げる番組もあり、SNSで持論を展開する研究者が複数現れていた。無論、何《いず》れも信憑《しんぴょう》性に乏しいという見解で一致している。もし仮に真実味があると捉えていたとして、誰しも〈E〉を肯定することは避けたいだろう。

「さっき課長から連絡があったが、またしても電索の成果は挙がらなかったらしい」フォーキンは何度目か分からないため息を洩《も》らし、「こうなってくると、ダネルの搭乗券に立ち返ったほうがよさそうだ」

「そうですね……明日から本腰を入れましょうか」

エチカはユア・フォルマを操作し、匿名掲示板『TEN』へとアクセスする――〈E〉が降臨するスレッドをはじめ、SNSまでもが信奉者の歓喜の声で沸いていた。知覚犯罪事件の関係者が襲われたこと自体は、真偽を暴《あば》く『ゲーム』の進展には寄与しない。だが、彼らにとっては喜びらしい。

【嘘吐《うそつ》きの悪魔に裁きを】【同胞が、捜査局をぶっ潰してくれることを祈るよ】【今は花火が楽しみだ】【次は誰を狙う？】【でっかく打ち上げてくれ】【やっと盛り上がってきたな！】

アパルトマン襲撃のニュース記事や動画へのリンクも書き込まれているが、フランスのユーザーには革命記念日の投稿も多い。

今夜ばかりは、信奉者たちも花火に気を取られていてくれるといいのだが。

そうしてシェアカーは無事に、ホテルの前へと到着した。トトキが新たに確保してくれた中規模の宿泊施設で、捜査局とは何の関連もない。加えて、エチカは偽名で予約を入れるという徹底ぶりだった。身を守るためには最適だろう。

「それじゃヒエダ。万が一何かあったら、すぐに知らせてくれ」

エチカが車を降りると、フォーキンが運転席から声を掛けてくる。

「送っていただいてありがとうございます」軽く頭を下げた。「捜査官は元のホテルに？」

「俺は知覚犯罪事件とは無関係だからな」彼は肩を上げてみせる。「明日の朝、迎えにくる」

そこで、フォーキンと別れた――エチカは走り去っていくテールランプを見送り、ホテルの建物へと足を向ける。外観はもちろんのこと、エントランスの内装も小綺麗《こぎれい》だった。この時間にチェックインする人間は少ないようで、利用客の出入りは疎《まば》らだ。

エチカはカウンターで手続きを済ませながらも、つい思考を巡らせてしまう。

例の〈E〉の投稿が、まだ脳裏から離れない。

――【彼女は今も重大な秘密を抱えている】

とはいえ今のところ、スレッドにRFモデルの秘密が書き込まれる気配はない。次に動きがあるとすれば、やはり偶数日の正午だろう。

あれは、トトキの言う通り『事実の誇張』に過ぎないのか、それとも。

いや――そもそもの前提として、〈E〉は本当に他人の思考を覗《のぞ》き見ているのだろうか？

オフラインで管理されている知覚犯罪事件の機密を手に入れていること、更にはトトキの自宅を突き止められたことからしても、確かに説得力のあるキャッチフレーズだが――普通に考えて、電索官でもない人間が他人の頭の中に潜るなど不可能だ。

であれば、これまで言われている通り、〈E〉はクラッカーなのか。あるいは、捜査局内部に〈E〉の密偵がいる？　しかし〈E〉が投稿している陰謀論には、電子犯罪捜査局とは無関係な内容も含まれる。つまり、各機関に〈E〉の仲間が……いや、さすがにそれは無理があるだろう。確かに〈E〉の信奉者は多いが、消極思想の人間は多数派とは言えない。何より捜査官に関しては、雇用の際に思想の調査がおこなわれているのだ。

だが他に、これほどの精度で情報を手に入れるすべがあるだろうか？

ぼんやりとカウンターを離れたところで、
ふと、思い至った。

考えてみれば、本来はマトイのことだって、エチカ自身の記憶の中に閉じ込めた秘密だった。ただ知覚犯罪事件が起こり、ハロルドがそれを。

突如、全身に衝撃がぶつかってくる。

思考が断ち切れて。

「何……」

あまりに一瞬のことで、受け身を取る暇さえない。視界が一気に回る。背中を思い切り、固いフロアに打ち付けた——顔を上げる。のしかかってきた、見知らぬ男と目が合う。中肉中背のフランス人。パーソナルデータがポップアップ。

だが、読み込む余裕がない。

その腕に刻まれた、『E』のタトゥーが見て取れて。

——信奉者。

息を呑《の》む。

何故《なぜ》？　予約は偽名でおこなった。事前に顔写真等のデータは共有していない。ホテル側から情報が洩《も》れることなど有り得ないはず――逡巡《しゅんじゅん》が、塗り潰される。

「真実が認められる社会を……！」

男の拳が振り上げられて。

エチカはとっさに脚の銃を摑《つか》み、
脇から、人影が突っ込んできた。あっという間に、男の重みが消える――制服姿の地元警察官だ。警官は男に体当たりし、そのまま床へともつれ合うようにして転がる。かと思いきや跳ね起きて、呻《うめ》いている男を即座に取り押さえた。

「両手を床につけろ！」「やめろ放せ！」「おい抵抗するな！」

次から次へと怒号が飽和し、複数の警察官が応援に駆けつける。エントランスをびりびりと震わせ――エチカは、抜きかけた銃のグリップに手を置いたまま、茫然《ぼうぜん》としていた。背中に鈍痛があったが、今は気にならない。

「怪我《けが》はない？」警察官の一人が近づいてきて、助け起こしてくれる。「下がっていて」

一体何がどうなっている？

自分は一切、通報などしていない。いや通報していたとしても、あまりに早すぎる。

エチカはどうにか立ち上がった。離れていく警察官を見つめながらも、ふらふらと何歩か後ずさって——不意に、背後から肩を支えられる。

「ご無事で何よりです」聞き慣れた声に、体がこわばった。「怪しい男があなたを追っていたので、巡回中の警察官を呼んでいたのですが……間に合わなくなるところでした」

嘘《うそ》だろう。

どうして。

エチカは振り返る——ハロルドは、当たり前のようにそこに立っていた。トトキのアパルトマンで別れた時と同じ出《い》で立《た》ち。端正な面立ちに、安堵《あんど》したような微笑《ほほえ》みを浮かべている。その手が、やんわりと肩から離れて。

エチカは口を開いたが、すぐには声が出てこない。

だって。

「何で」ようやっと、押し出す。「どうして……きみがここにいる?」

「あなたと個人的に話したいことがあり、ホテルの外で待っていたのです」何だって? 物思いに耽《ふけ》っていたせいで、全く気が付かなかった。「何事もなくて、本当によかった」

ハロルドが今度は手を握ろうとするので、エチカは慌てて身を引いた。まだ混乱していて

——いや、「ホテルの外で待っていた」?

「どういうこと? わたしはきみに宿泊先を教えていない」

「ええ」彼は残念そうに手を引っ込め、「ですが、トトキ課長が選びそうなホテルは推測でき

ます」

「だとしてもストーカーじゃないんだ、捜査局で普通に話しかけてくれれば……」

「『個人的に』と言ったでしょう？」

エチカは、どんな感情を抱けばいいのか分からない。数時間前に顔を合わせた時、自分と彼はもっとよそよそしい関係に逆戻りしていたはずだ。それが今や、パートナーを解消したこと自体、記憶から消し飛んだと言わんばかりである。

まさか、最初から気まずさを感じていたのは自分だけだったのか？

「とにかく」動揺が収まらないが、切り替えなければ。「トトキ課長に連絡を……」

例の信奉者は警察官に手錠を掛けられ、こちらへと歩いてくるところだった。すれ違いざまに、エチカと男の視線が交差する――リヨン市内のアパレルショップで働く店員だと分かった。その瞳には、暗く静かな憎悪《ぞうお》が溜《た》まっている。

一瞬、目を逸《そ》らせなくなって。

「……〈E〉は全て知っている」男が、小さく吐き捨てる。「全部、今夜の花火で吹き飛んじまえばいいんだ」

警察官が「黙って歩け」と男を押しやり、連れていく。いつの間にかホテルの外には、騒ぎを聞きつけて集まった野次馬が人垣を作っていた。囃《はや》し立《た》てるような声も上がっていて。

だが、エチカにはほとんど聞こえない。

──『花火』?

「あなたは少し休まれたほうがいいかと」ハロルドが、ウェアラブル端末でホロブラウザを開いている。「課長には私が報告しておきますので──」

待って。

背筋を、融《と》けるような何かが伝い落ちた。

オスロに向かう列車内で、フォーキン捜査官は信奉者のSNSについて、こう言っていた。

──『フランスの連中なんて、花火の話題で持ちきりさ』

先ほど見たスレッドの書き込みには、

【今は花火が楽しみだ】【でっかく打ち上げてくれ】

全て、革命記念日のそれだと考えることもできるだろう。いいや、実際にそう考えていた。

だが。

──『全部、今夜の花火で吹き飛んじまえばいいんだ』

「補助官」とっさに、ハロルドを見上げる。「すぐ本部に戻ろう」

「はい」彼は怪訝《けげん》そうだった。「もちろんそのつもりですが、どうなさったのです?」

「移動しながら話すよ、課長にはわたしが連絡する。車は外に?」

「ええ、ご案内します」

ハロルドは腑《ふ》に落ちない様子だったが、先立って歩き出す。エチカも彼を追いかけた。建物から出た途端、逮捕劇に高揚した人々の熱気がどっと降ってきて――ユア・フォルマで、トトキにコールする。そうしながらも、路上を埋めている人垣を縫っていく。

『もしもし、ヒエダ？』

上司の冷徹な声音は、どうしたって焦燥を掻《か》き立《た》てた。

もし、自分の予感が正しいのならば、信奉者たちはきっと。

「課長、すぐに捜査局内を調べて下さい。どこかに爆発物が隠されているかも知れません」

3

国際刑事警察機構の眼前を流れるローヌ川周辺も、花火を待ちわびる見物客でごった返していた。一時間前、エチカが本部を離れた時とは比べものにならない人出だ――警備アミクスや地元警察官が巡回し、通行人に目を配っている。緊急時を想定して、車道だけはまともに通れるよう規制されているのが幸いだった。

エチカとハロルドを乗せたボルボは、彼らを脇目に駐車場へと滑り込んでいく。

運転席のハロルドが問うてきた。「本当に捜査局内に爆発物が？」

「もちろんまだ分からない。ただ、花火から連想できるものはそんなに多くない」

エチカは答えながらも、必死で頭を巡らせていた。

〈E〉は例のスレッドに、「捜査局を襲え」とは書き込んでいない。だがトトキの自宅が襲撃されたことで、信奉者たちが勢いづく可能性は十分に考えられる。ましてや、これほど大勢の人が出歩く夜だ。人混みに紛れて捜査局へと近づき、暴動を起こすにはうってつけだろう。

「確かに信奉者たちのSNSでも、花火の話題は頻繁に交わされていましたが……だとしても、あまり意味のない行動です」ハロルドも考え込んでいるようだった。「捜査局に運び込まれる荷物は、全て配達管理室がスキャンをおこなっています。危険物を見つけても、その場で除去されるだけでしょう」

「捜査官の中に信奉者が紛れていて、爆発物を持ち込んでいるとか。いや」言いながら、これも可能性としては低いと気付く。「エントランスのセキュリティゲートで弾《はじ》かれるか……例の放火犯は？」

「確かに彼には爆発物製造の前科がありますが、何も隠し持っていませんでしたよ」

容疑者の身体検査は特に念入りにおこなわれる。見落としが生じることは稀だ。

やはり、自分の早とちりなのだろうか？

ボルボを停車するなり、二人はすぐに車から降りた——建物に向かって歩きながら、エチカは尚《なお》も悩み続ける。本部には正面玄関以外にも幾つか出入口があるが、何《いず》れもセキュリティゲートが備わっている。避けて通行することは不可能だし、スキャンの完了を待たずに通り抜けようとすれば、警備アミクスが止めるだろう。

あの信奉者の発言を、ただの戯《ざ》れ言《ごと》だと捉えることもできる。

だが、どうしても胸騒ぎが収まらない。

何せ〈E〉にはずっと、全てを先回りされているのだ。

エチカとハロルドは真《ま》っ直《す》ぐ、電索課のトトキのオフィスへと向かった。

「ヒエダ、無事で何よりだわ。ルークラフト補助官も」

トトキは先ほどの電話とは打って変わり、やけに忙しそうだった。休みなくユア・フォルマを操作しているようで、視線が行ったり来たりしている。

「何かあったんですか？」

「実はあなたの電話の後で、立て続けに連絡が入って……他の知覚犯罪関係者も、信奉者に襲われたそうなの。滞在先を変更したのに、この有様《ありさま》よ」彼女は落ち着いているが、間違いなく腸《はらわた》を煮えくり返らせていた。「どこから情報が漏れたのか、全く見当が付かない」

エチカは思わず、ハロルドと目を交わす——滞在先の変更は個別の連絡で告げられた上、手配はトトキが一人で個人的におこなった。つまり、捜査局の中でそれらの情報を手にしているのはトトキと各捜査官のみであり、ハロルドを除けば他の人間は知り得ないはずだ。

だが、〈E〉は知っていた。

それどころか、信奉者たちをけしかけてきた。

控えめに言っても、異常な事態だ。

「もうすぐ、拘束した信奉者たちが大勢送られてくる。ヒエダを襲った信奉者も、地元警察からこちらに引き渡してもらうけれど」トトキは早口に言い、「何にせよ、電索が必要になるでしょう。一刻も早く〈E〉と信奉者の連絡手段を突き止めて、この連鎖を食い止めなければいけないわ」

「承知しました」ハロルドが頷《うなず》く。「すぐにライザを呼び寄せます」

「トトキ課長」エチカは横から問いかける。「先ほどお願いした、爆発物の調査ですが……」

「話は上に上げてある。各階の警備アミクスが探しているはずだけれど、如何《いかん》せん施設全体となるとあと一時間はかかるでしょう。ああそれと」トトキはこめかみを揉《も》みながら、宙を一瞥《いちべつ》する。着信があったようだ。「ヒエダ、もしよかったらガナッシュを探してくれる？　さっきから姿が見えないのよ」

それ以上、トトキとやりとりすることは叶《かな》わなかった。彼女は電話の応対に掛かりきりで——エチカはハロルドとともに、オフィスを後にするしかなくなる。

他にもまだ聞きたいことがあったのだが、仕方がない。盛大なため息を吐き出したくなった。気持ちは分かるが、こんな時まで猫の心配とは……いや、こんな時だからこそか。

「とにかく補助官。わたしは爆発物と、あとガナッシュを探す。きみは電索に戻って」

「ライザが到着するまで私も手伝います」ハロルドはホロブラウザを開き、ライザにメッセージを送信しているようだ。「どのみち、令状が下りるまでは動けませんから」

「どう見ても緊急事態だ。裁判官も叩《たた》き起《お》こされると思うよ」

　エチカは言いながら、ハロルドを置いて歩き出す。警備アミクスが局内を捜索しているのなら、まずは駄目元で配達管理室を当たろう。不審物がないかどうかを今一度確認して、それから——考えながら、エチカは一人でエレベーターに乗り込んだのだが、

「手伝うと言っているでしょう？　置いていかないでいただけますか」

　ハロルドが遅れてやってきた。彼は些《いささ》か不服そうで——いつぞやと同じ構図に、図らずも体を硬くしてしまう。エチカは黙って、一階の表示をタップした。アミクスは知ってか知らずか、平然と隣に並んでくるのだ。

　状況が状況だけにすっかり失念していたが、いつの間にか彼と普通に接してしまっている。まあ、事件に流されてなし崩しにというのは、これまでにも何度かあったが……。

　ドアが閉じて、エレベーターがゆるゆると降下を始める。

「どちらから調べます？」

　エチカは平静を装《よそお》う。「配達管理室だ。可能性としては低いけれど、念のために」

「堅実です」彼はそこで、ちらとこちらを盗み見てくる。「……気になっていたのですが、その傷は？」

「え？　ああ」エチカは唇の瘡蓋《かさぶた》に触れる。「まあ、オスロで色々とあったんだ」

「色々とですか」

「そう。色々と」

「あなたは何《いず》れ、私の知らないところでトラブルに巻き込まれて死んでしまいそうですね」

思わず面を上げる――ハロルドはこちらを見ておらず、ただエレベーターのインジケータを目で追っていた。その整った横顔からは何も読み取れない。いきなり何なんだ？

「これでも捜査官だ。そんなにひ弱じゃない」

「失礼。ご気分を害するつもりはなかったのですが」

彼の真意が解せなかった。

一階に到着し、エレベーターを降りる。配達管理室は建物の北側だ。すっかりひと気のなくなった通路を、足早に歩いていく。

「しかし」背後からついてくるハロルドが、口を開いた。「昼間、トトキ課長の自宅が襲撃された時から疑問に思っていましたが……やはり引っかかります」

「何が？」

「信奉者たちの目的は本来、〈E〉の投稿の真偽を暴《あば》く『ゲーム』にあるはずでしょう。知覚犯罪事件の関係者を襲撃しても、彼らの望みが達成されたとは言えません」

「わたしもそう思うけれど、でも信奉者にとって関係者は許しがたい存在だ。筋は通る」

「信奉者個人を見ればそうですが、〈E〉の行動としては筋が通っていない」

エチカはつい、足を止めて振り返る。ハロルドもまた、立ち止まっていた。彼は、考えるように顎に手を当てていて。

「信奉者を『ゲーム』に誘《いざな》っているのは、他ならぬ〈E〉です。目的は陰謀論を暴かせることにあるのですから、関係者への制裁を助長することは狙いから外れている」彼はいつになくゆっくりとまばたきをし、「一連の流れは、あくまで『ゲーム』の完遂を目的としたものではないでしょうか？」

ゲームの完遂——つまりは、知覚犯罪事件の真実を入手すること。

そして、事件の真実である捜査資料は、保管庫に保存されている。

「〈E〉は、捜査資料のありかを知っているでしょう。そして、もし私が〈E〉ならこう考えます。『どうやって保管庫へ信奉者を連れていこうか』と」

ゲームでは、信奉者自身がその目で真実を確かめる必要がある。そのためにこれまでも、真実を暴《あば》くという理由に託《かこつ》けた犯罪行為が相次いできた——今回に限っては、捜査局の中に信奉者を送り込む必要が出てくる。だが、事務総長の許可がなければ入室できない保管庫に、外部の人間が侵入するのは不可能に近い。

そこでふと、思い出す。いつぞやの緊急会議で、トトキが口にしていたことを。

——『他に出入りする方法があるとすれば、停電時の非常解錠システムを利用することくらいだけれど……』

停電。

花火。

ざあっと、一気に血の気が引いた。

──そういうことか。

捜査局内に爆発物が存在するのだとしたら、配達管理室ではない。かといって、警備アミクスたちが探し回っている上階でもない。無論、カフェテリアでもテラスでもなく。

「電気室だ……！」

エチカは蹴られたように走り出していた。ハロルドが追ってくる。元来た道を引き返し、エレベーターの脇にある階段室へと向かう。薄暗いそこは地下へと続いている──暗い穴へと吸い込まれるような感覚で、駆け下りていく。

下りきると搬入用エレベーターがあり、通路が真《ま》っ直《す》ぐに伸びていた。並んだ扉は、何《いず》れも機械室やポンプ室だ。端的に言えば、建物の生命維持装置が集約されている。普段ならば、警備アミクスが常駐しているはずだった。

しかし、今は姿が見当たらない。

ただ、最奥《さいおう》の電気室の扉だけが、うっすらと開いていて。

警備アミクスは丁度、巡回の時刻なのだろうか？

いいや、この考えは少々都合がよすぎる。

「……補助官。きみは後ろを見張っていて」

「分かりました」ハロルドが頷《うなず》く。「どうか注意して下さい」

とにかく、本当に爆発物があるかどうかだけでも確かめなければ――エチカは脚の銃を抜き、ゆっくりと通路を進んでいく。一歩、一歩、靴音を殺して先へ。ハロルドもついてきているようで。たったの数十メートルなのに、この上なく遠く感じられる。

ようやく電気室の前に辿《たど》り着《つ》くと、機器の駆動音がかすかに聞き取れた。あまりに静かだ。

エチカは扉の隙間に銃口を挿し込む。異常がないことを確かめて、深呼吸。

一気に肩で押し開ける。

即座に銃を構えた――コンクリートで固められた殺風景な空間が、目の前に広がる。ずらりと並んだ無機質な筐体《きょうたい》と、天井を這《は》う太い配管。ごうごうと鳴り響く空調のそれ。フロアの中央に、一体の警備アミクスがぽつんと立っている。瞼《まぶた》を下ろしていて、強制機能停止状態《シャットダウン》にあるのは明らかだ――その足許《あしもと》で、白いものが動く。

エチカは一瞬にして、毒気を抜かれた。

それは、真っ白なスコティッシュフォールド――トトキの愛猫《あいびょう》だったのだ。

「ガナッシュ?」驚きながら、銃を下ろす。「どうしてここに……」

名前を呼ばれると、猫は嬉《うれ》しそうに「にゃあ」と鳴き声をあげる。こちらへ歩いてこようとして――きらりと、宙で何かが光る。その背中、裂けるようにひらいたバッテリーユニットから、細いワイヤーが伸びていて。

まさか。

──【最愛の猫とともに】

一瞬で、全てが繋《つな》がる。

トトキの自宅を放火した信奉者には、爆発物製造の前科があった。

あの火災は、ガナッシュから捜査局の注意を逸《そ》らすためのブラフだったとしたら。

本当の目的は、国際刑事警察機構本部の電気室を、破壊することで。

機械猫の背部。ユニットを改造してねじ込まれた、手製の小型爆発装置が見える。信管に結ばれた即席のワイヤーは、警備アミクスの手首へとくくりつけられていて。

ああ、確かにこれは──『花火』を生む。

ガナッシュが走り出す。

とっさに、背後のハロルドを突き飛ばそうとして。

ワイヤーがぴんと張ったところまでは、はっきりと見えた。

「──エチカ！」

弾《はじ》け飛んだそれが、光だったのかどうかすら分からない。

じわじわと音と視界が戻ってきた時、はじめに感じたのは熱だった。続いて暗闇と、けたたましい火災警報器のサイレン。全身に、何か重たいものがのしかかっている——エチカはどうにか、焦点を合わせる。上手《うま》くいかない。吸い込む空気が、異様な匂いを孕《はら》んでいて。

「ご無事ですか」

ハロルドの声が、耳許《みみもと》で聞こえる、ようやく彼が、こちらを抱きすくめるようにして覆《おお》い被《かぶ》さっていることに気付く。その肩越しに、焼け付くような炎が揺らめいて見えた。天井の照明は消えている。そうか、停電したのだ。

見事、〈E〉の狙い通りに。

最悪だ。気付けたのに、止められなかったなんて。

「きみこそ」口を開くと、勝手に咳《せき》が零《こぼ》れた。「平気？」

「問題ありません」彼は身を起こしながら、「動けますか？　すぐにここを離れなければ」

エチカはハロルドの手を借りて、何とか立ち上がった。爆風に煽《あお》られた衝撃で、あろうことか通路の中程まで吹き飛ばされたようだ。全身が鈍く痛んでいたが、大きな怪我《けが》はない。彼がかばってくれたお陰だろう。

じくり、と胸が疼《うず》く。

また、守られてしまった。

電気室を振り返る——爆発の際に引火が起こり、業火《ごうか》が激しくのたうち回っていた。スプリンクラーの放水は全く追いついていない。当然、警備アミクスとガナッシュの姿も見つけられなかった。恐らくばらばらに吹き飛んだのだ。哀れだが、もはやどうしようもない。

トトキの悲愴《ひそう》な顔が目に浮かぶが、今は考えないことにする。

「非常用電源は？」エチカは腕を口許《くちもと》に押し当てる。天井付近に煙が溜《た》まっていて息苦しい上、ひどく熱い。「電気室ごと吹き飛んだの」

「そのようですね。つまり、捜査局のセキュリティは機能を喪失したということです」

であれば、これから何が起こるかは想像に難《かた》くない。

先ほど、通りに集まっていた花火の見物客たちを思い起こす。〈E〉の信奉者が紛れ込むには最適な群衆だ。彼らは、爆破の通達を〈E〉から受け取るだろう。セキュリティが機能していないことを知ったら、大挙して押し寄せてくる――背筋が冷えた。

せめて、保管庫だけは守らなければ。

「くそ」つい、悪態が零《こぼ》れた。「すぐにトトキ課長たちに教えないと……」

「警報器が鳴っていますから、局内には知れ渡っているはずです」ハロルドの手が、背中を押す。「エチカ、今は呼吸を浅くして下さい。煙を吸わないように」

そうして二人は通路を引き返したのだが、階段へは戻れなかった。行く手を阻《はば》むように、厚い防火シャッターが下りていたのだ。火災を検知すると、自動的に作動する仕組みになっているらしい。

エチカはすぐに、傍《かたわ》らに設けられた避難用ドアへと手を掛けた。ここをくぐれば、シャッターの向こうに出られるはず——だが、肝心のドアレバーがびくともしない。力任せに下へ押し込もうとするが、凍り付いたかのように動かなかった。

「何？」確かめてみるが、鍵はどこにも取り付けられていない。「どういうこと？」

「推測ですが、反対側に障害物があり、レバーが下がらないよう妨害しているのでは？」

要するに——閉じ込められた？

冗談じゃない。

「だとしても」エチカはどうにか言う。「わたしたちがここを通った時、障害物なんてどこにもなかった。誰かがわざわざ運んでくるとは思えない」

「ええ、ですが運び込まれたと見るより他ありません」ハロルドは一瞬逡巡《しゅんじゅん》して、「……もしや、これが狙いなのではないでしょうか？」

「え？」

「ガナッシュをここへ連れてきた何者かは、すぐに装置を作動させませんでした。恐らく警備アミクスに電気室まで案内させたのでしょうが、その場でアミクスを機能停止にして、ガナッシュを置き去りにした」彼はこの状況下にもかかわらず、恐ろしく冷静だった。「人が来るのを待っていた、とも考えられます」

そうか——ロボットは通常、人間の存在しない空間で『それらしく』振る舞おうとはしない。

電気室から人間がいなくなれば、機能停止したアミクスはさておき、ペットロボットのガナッシュも行動を止める。次に人間が現れる時まで、動き回ることはない、というわけだ。

「つまり」エチカは呼吸を抑えたまま、「電気室の爆破だけじゃなく、捜査局の人間を巻き込むことが狙いだったって?」

「あるいは……あまり考えたくありませんが、最初にここを訪れるのが我々だと知っていて、停電と同時に殺害を試みた」

「そんなこと予測できるはずがない。わたしが『花火』に気付いたのは偶然なのに」

「偶然でしょうか?」ハロルドは厭《いと》うように目を細めた。「少なくとも、ホテルであなたに襲いかかった信奉者が言及しなければ、気付くはずがなかった」

鳥肌が立ちそうになる。

「まさか……誘導されていたっていうの?」

「〈E〉が『全てを知っている』のなら可能性はあります」彼は悔しそうだ。「申し訳ありません、もっと警戒するべきでした」

「きみのせいじゃない。そもそも誰がわたしたちを殺したいと……」エチカは大きく煙を吸い込んでしまい、激しくむせる。とにかく、このままではまずい。「今は、ここから出ないと」

焦《あせ》りに任せて、ドアレバーを両手で押し込む。やはり、てこでも動かない。ハロルドも手伝ってくれるが、もともとアミクスの出せる力は知れている。人にとって一番身近なロボットである彼らは、特定のモデルを除き、安全性を考慮して人間と同等の握力や脚力しか備わっていない。要するに――こちらに開けられないものは、彼にも開けられない。それどころか無理に引っ張ってドアレバーが破損しようものなら、それこそ二進《にっち》も三進《さっち》もいかなくなるだろう。

「火災が発生した以上、消防には自動的に通報が届いているはずです」ハロルドの顔にも、はっきりと懸念《けねん》が滲《にじ》んでいる。「私は救助を待てるかも知れませんが、……あなたは厳しそうですね」

「きみだって十分危険だ」エチカはホルスターの銃を抜いた。「下がって」

「どうなさるのです？」

「開かないものは外すしかない。これで蝶番《ヒンジ》を壊す、上手《うま》くいくかは分からないけれど……」

言いながら、急いで照準を合わせ、発砲する。だが暗闇に加え、充満する煙で視界が悪い。命中しているのかそうでないのか、見定められないまま――唐突に、手に力が入らなくなってきた。頭が痛い。視界がぐらついて。

「エチカ？」

気付けば、壁に肩を押しつけるようにして、ずるずるとその場にへたり込んでいた。

「しっかりして下さい」

「大丈夫だ、何ともない……」

口と鼻を掌《てのひら》で覆って、煙を吸い込まないように努力する。そうしながらも、ユア・フォルマを使ってトトキ課長にコールした。応答なし。フォーキン捜査官へ。こちらも駄目だ。藁《わら》にも縋《すが》る思いでベンノへと──誰一人、応じない。

轟音《ごうおん》の奥、上階から単発的な銃声が聞こえてくる。威嚇射撃だろうか？

心なしか、怒声も。

そうか。信奉者たちが乗り込んできて、交戦状態に陥ったわけだ。それは確かに、通話どころではないだろう。メッセージを作成しようか……どうすればいいんだっけ？

まともに考えられない。

「私が何とかしますので、あなたは姿勢を低くしていて下さい」

ハロルドがドアをこじ開けようと奮闘している──ぼんやりとその姿を仰いで、初めて知る。炎に照らし上げられた彼の背中は、黒く焼け焦げていた。うなじに至っては、人工皮膚が破れている。剝《む》き出《だ》しになった強制機能停止用感温センサの基板が、あまりにも痛々しくて。

自分を、かばったせいか。

唐突に、言葉にできないものがこみ上げてきた。

いつも──いつもそうなのだ。そうやって、身を挺《てい》してくれる。

本当は、敬愛規律もないくせに。

「何で、言わなかった……」

「どうされました？」

ハロルドは聞き取れなかったのか、床に片膝をつく——目線が重なった。凍った湖の瞳は、先ほどとは違い、ひどく焦《あせ》っているようにも見える。見えるだけかも知れないけれど。

「どこが無事なの？」はっきり声を発すると、喉がひりついた。「怪我《けが》、してる」

「大したことはありません。私には火傷《やけど》も煙も、特に害にはなりませんから」

だとしても——ああ何だか、どんどんと頭痛がひどくなってくる。一酸化炭素中毒。ぞっとするような概念が思い浮かんで。

このままでは。

「エチカ、口を閉じて。煙を吸い込んでしまう」

ひどい状況だからだろうか。あるいは思考が鈍くなっているせいか。焼けるような空気に晒《さら》されているからか——分からないけれど、急激に感情の波が襲ってくる。彼と離れていた数日の間に、自分の中に積もり積もっていた何かが、それこそ破裂しそうになって。

もし、助からなかったら？

本当にここで、死んでしまうとしたら。

「待って……」

気付けばエチカは、立ち上がろうとしたハロルドの腕を掴《つか》んでいる。アミクスがかすかに目を見開くが、今は気にならない——取り繕う余裕さえ、どこかに流れ出してしまっていた。

まだ、一方的に別れを告げたままだ。

こんな状態では、終われない。

「ごめん、あんな言い方をして……」咳《せ》き込む。「きみが、心配してくれていたのに、勝手に突き放して。ちゃんと、謝っていなくて……」

「今はそんなことは」

「自分が嫌だった」煙が染《し》みているせいなのか、目頭が熱い。「きみのお陰で、姉さんを手放して、わたしは……前に進めたと思った。でも違うんじゃないかって。また後戻りしているんじゃないかって、自分を信じられなくなって、情けなくて……」

ああ何を言っているのだろうか。ハロルドにしてみれば、支離滅裂に聞こえるに違いない。

でも。

「分かったんだ。わたしは……、わたしも、きみがいなくても上手《うま》くやっていける」

「ですからいけません、喋《しゃべ》っては」

「なのに、それなのに、やっぱりきみのことを……考えてしまって……結局、対等だの何だのと言っておきながら、わたしが一番きみに何も……ごめん、本当に――」

またしても激しくむせて、ふらつく。ハロルドの手が、エチカの肩を支える。彼が何かを言ったかも知れない。よく聞こえない。ぼやけていて。

ただ――離れてみて、ようやく分かったのだ。

自分は確かに、このアミクスに執着している。

でもそれは、マトイの時とは比べられない、もっと別の色をした何かで。

この感情が何なのか、結局、答えを見出《みいだ》せないままだったけれど。

少なくとも、必死で秘密を抱え込んだ理由は、自分自身のためだけじゃない。

つまりこんな自分にも、守りたいと思った相手を守れるだけの強さがあったということで。

それは、とてつもなく間違っているものだけれど。

それでも、よかった。

本当に、よかった。

これが醜くて薄汚いエゴだけではなくて、本当に。

「――エチカ？」

どろどろと全てを呑《の》み込んでいく暗闇は、ひどく熱い。

＊

エチカは見る間にぐったりと脱力して、動かなくなる。意識を失ったのだ――ハロルドは焦燥で回路が焼き切れそうになった。非常にまずい。人間にとって、一酸化炭素による中毒は命に関わる。

ウェアラブル端末を確かめた。先ほどからトトキに連絡しているが、一向に繋《つな》がらない。

エチカの青白い瞼《まぶた》へと目を戻す。

とても、あと数分持ちこたえられるとは思えない。

〈E〉を侮《あなど》っていた。はじめから、ここへ来るべきではなかった。

またか。歯軋《はぎし》りしたくなった。またこうなるのか？　システムの処理が強く圧迫される。ソゾンの時もそうだった。自分は彼を助けられたはずなのに、むざむざとその命が散らされていくのを見ているしかなかった。同じ轍《てつ》を踏むわけにはいかない。

扉は、どうやっても開かない。

別の道を探そうにも、電気室の炎は通路にまで迫りつつある。

ここは地下階で、窓すらも存在しない。

そして——人目も、ない。

ハロルドは即座に決断した。エチカをその場に寝かせると、彼女の手がやんわりと摑《つか》んでいた銃をもぎ取り——扱い方は分かっている。これまでに、人間たちがこれを使う瞬間を何度となく見てきた。

だが、グリップを握り締めた瞬間、システムが壮絶な警告を発する。

《アミクスの銃器所持は、国際AI運用法第十条に抵触／ただちに放棄せよ》

敬愛規律は存在しない。しかしながら過去に、アミクスを利用した銃器密輸等の犯罪が横行したことから、銃器類は手に取るだけでシステムが警告を発するようにできている——強制的に、右手の回路に信号が伝わり、指が開こうとする。左手で無理矢理押さえつけた。

立ち上がりながら、どうにか安全装置《セーフティ》を外す。煙の中でも、視覚デバイスは狙うべき対象物がどこにあるのかを明確化してくれる——一方で右手は、ほとんど暴れ出しそうなほど軋《きし》んでいた。ハロルドは苛立《いらだ》ちながら、システムのソースコードに接続する。この不自由極まりない警告を、潰すしかない。どこを書き換えれば黙らせられる？

まずいことをしているという自覚はあった。少なくとも、このメモリは絶対に消去するか、自分以外が閲覧できないよう保護《プロテクト》をかけなければならないだろう。気付かれれば、ソゾンの復讐《ふくしゅう》を果たす前に廃棄処分だ。

だが。

エチカを見る。横たわった彼女が、目を覚ます気配はない。

もう、失いたくない。

何故《なぜ》？

エチカは、ソゾンとは違う。自分の家族ではない。もはや、求めていた『電索官』ですらないのに——それでも、やはり、死なせたくない。これはまるきり、論理的な思考ではなかった。ひどく感情的だ。かといって、単なる『良心』でもない。そんなに単純明快なものならば、システムに反抗しようなどとは思わないだろう。

彼女に対しては、もうずっと、合理的なロジックが成立していない気がする。

――『なのに、それなのに、やっぱりきみのことを……考えてしまって……』

何かが、壊れそうだった。

システム内で問題のコードを発見し、すぐさま改竄する。途端に、右手の抵抗が止《や》んだ。指はすんなりと銃を受け入れて、何事もなかったかのように落ち着きを取り戻す。これでいい。ただ――あとで、コードは元に戻しておかなければ。

ハロルドは今一度、扉の蝶番に照準した。すぐさまトリガーを引く。想像以上の反動が、両腕を伝う。しかも、一発当てるだけでは綺麗《きれい》に吹き飛ばない。ショットガンならば話は違ったのだろうか？　以前、映画で見た軍用のそれを思い浮かべて。

引き金を更に引き込む。

システムの処理を、ただ一点にだけ集中させて。

一度、跳弾がどこかへと飛んでいった。

そうして三つの蝶番が欠けた時、弾倉はほとんど空になっていて――支えが弱った扉に触れると、わずかにぐらついている。思い切り、肩からぶつかって押し出す。まだ足りない。力を込めて、もう一回。何度か繰り返して、ようやく完全に外れた。扉は滑るように手前へと倒れ――耳を穿《うが》つような音が立つ。ぶわっと、充満していた煙が流れ出す。

ドアレバーを押し上げていたものが、見えた。

運搬用ワゴンだ。積載されたカードボードボックスが、丁度レバーの高さまで積み上げられている。倉庫に保管されていたそれだろう。一つ一つはさほど重みがあるようには見えないが、総重量は相当なものだ。

爆発前後の一瞬に、何者かが搬入用エレベーターから運び込んだことは間違いない。

だが——考えるのは後だ。

ハロルドは手にしていたエチカの銃を、思い切り炎の中へと放り投げた。彼女には悪いが、残弾の数などと照らし合わせて、万が一にも自分が発砲したことを悟られては困る。

ワゴンを押《お》し退《の》けてから、倒れていたエチカを抱き上げた。華奢《きゃしゃ》な体はひどく軽い。まだ息があることを確かめて、すぐに通路を脱出する。一階へと続く階段を上るにつれ、聴覚デバイスを聾《ろう》すような怒号が積み重なっていく。信奉者たちのそれだろうか。

だが、外へ出ないわけにもいかない。

ハロルドが警戒しつつ、階段室の扉を押し開けようとした時だった。

「——二人とも無事か！」

扉が外側から引き開けられる。思わず身を引いたが、現れたのは見覚えのあるロシア人——捜査支援課のフォーキン捜査官だった。右手を負傷したようで、暗がりでも分かるほどにはっきりと出血している。左手に、ぎこちなく銃が収まっていて。

そうか、エチカが彼に連絡していたのだ。彼女が位置を知らせたか、それともトトキに協力を要請して、こちらの位置情報を取得したのかは分からないが——ともかく、助かった。

「すぐに手当が必要です、意識がありません」

「ああ」フォーキンも動揺しているようで、ぐったりとしたエチカを見るなり、何度か口を閉じたり開いたりする。「裏に救急車がきている。援護するから、彼女を運んでくれ」

「トトキ課長は？」

「無事だが、信奉者たちに道を塞がれていてここまで来られない」彼はちらと背後を振り向き、「俺から離れるな。それと、絶対に彼女を落とすなよ」

「もちろんです」

行くぞ、というフォーキンに従い、ハロルドは通路を進み出す。停電の影響であらゆる照明が失われていたが、自分にとっては何ら支障ない——裏口へと辿《たど》り着《つ》くまでの間に、一度、エントランスの近くを通りがかった。突入してきた数十人もの信奉者らが、食い止める捜査官たちと衝突している。石のようなものが飛び交い、まき散らされた催涙スプレーにも怯《ひる》まず突っ込んでいく。威嚇射撃が何発か谺《こだま》した。天窓から注ぐ月明かりが、フロアに横たわる複数の負傷者を照らし出していて。

本当に、ひどいことになった。

ハロルドは、抱えたエチカを一層強く引き寄せる。

無事に裏口から外へ出た時、肌寒いほどの新鮮な風が吹き抜けた——青い警光灯を閃《ひらめ》かせた救急車両の向こう。どん、という低い轟《とどろ》きとともに、夜空に大きな花火が咲く。

燃え滓《かす》のように散りゆく様は、美しいどころか、妙におぞましく思えた。

4

『ビガ、ダネルおじさんの容態はどう？』

「まだ目が覚めないの。先生はもうすぐだろうって言ってくれてるけど……」

オスロ大学病院のテレフォンブース——ビガは、タブレット端末を使ってリーに電話をかけていた。カウトケイノにある自宅の固定電話と結ばれた画面は、真っ黒く落ちている。

『私も予定通り、そっちに行けるようにするわ。だから安心して』

「ありがとう、クラーラ」

優しい従姉妹《いとこ》の声に、ビガはわずかながら力を抜く。彼女が合流してくれるのなら、こんなに心強いことはない。エチカもフランスへ発《た》ってしまった今、自分は二日間ずっと一人で病院に泊まり込み、父親に付き添っていた。そろそろ、不安で気が変になりそうだ。

ビガは通話を終了して、ブースを後にする。通路をこちらへと歩いてくる男が見えて、図らずも顔をしかめてしまった。大柄な体軀《たいく》に無精髭《ぶしょうひげ》が特徴的な、セドフ捜査官だったのだ。

「おはよう、ビガ。夕べはよく眠れたか？」

「はい」ビガは嘯《うそぶ》いた。父のことで気もそぞろな上、病室の固いソファではなかなか熟睡できない。「その、何か進展はありましたか？　あの二人の取り調べは……」

「変わらずだ。飽きもせず、〈E〉の名前を借りていただけだと言い張ってる」セドフは不服そうだった。「そろそろダネルの話も聞きたいところだが、彼の意識は？」

「……まだです」

「分かった。なら、顔を見て帰るとしよう」

彼は大股で、入院病棟へと歩き出す。ビガも、とことことついていく。セドフは毎日こうして、ダネルの様子を確かめにやってきている。当然見舞いではなく、経過観察のために。

「セドフ捜査官」ビガは、彼の広い背中に訊《たず》ねた。「ヒエダさんたちから連絡は？」

「知らないのか？」セドフが怪訝《けげん》そうに振り向く。何を？　「夕べ、本部が信奉者に襲撃された。火災も起きたらしくてな、かなり大きく報道されてるぞ」

ビガはぎょっとして立ち止まる――今朝はまだ、ニュースをチェックしていない。慌てて、手にしていたタブレット端末を起動する。ニュースアプリを立ち上げると、真っ先に見出しが飛び込んできた。

【リヨン／国際刑事警察機構に〈E〉信奉者の襲撃、負傷者五十名以上。重体一名】

――何てことだろうか。

「ヒエダもフォーキンも無事らしい」セドフは落ち着いていた。「負傷者の大半は信奉者だが、捜査局側も数人が重傷で、一人が重体だそうだ。建物の設備が大分いかれたとかで」

彼が言いながら再び踏み出すので、ビガも追いかけた。エチカが助かったとして、ハロルドはどうなのだろう？　彼も、例の美女電索官と一緒に、フランスにいったと聞いたが。

ビガがそう訊《たず》ねると、セドフは素っ気なく答える。

「さすがに分からないな。人間と違って、警備アミクスの損害は大きいみたいだが」

「電索補助官のアミクスです、カスタマイズモデルの……」

そんなやりとりを交わしているうちに、二人は病室へと辿《たど》り着《つ》く。セドフがスライドドアを引き開けた瞬間、それまで抱えていたあらゆる思考が吹き飛んでしまった。

ベッドの上で、先ほどまではぴくりとも動かなかった父が、薄目を開けていて。

「………ビガ？」

ああ——ビガはセドフを押《お》し退《の》け、病室内へと飛び込んでいた。

＊

リヨン南部——総合病院の八階にあるテラスは、非常に見晴らしがいい。敷地《しきち》内を走るバスはもちろんのこと、眼下に広がる赤煉瓦《れんが》の家々と、緑の萌《も》える丘陵までもが一望できる。
エチカはベンチに寄りかかったまま、深く息を吸い込んだ。朝の風はあたたかく乾燥していて、喉の軽い火傷《やけど》にしみる。

自分は一時意識を消失したものの、幸い大事には至らなかった。ハロルドやフォーキンたちが、迅速に救急車へと運び込んでくれたお陰だ。症状は中等症の範囲内で、高濃度の酸素を吸入し、火傷《やけど》を手当する程度で済んだ。

「何にしても、今日は絶対安静だ」

こちらの考えを読み取ったように、目の前のフォーキン捜査官が言う。一睡もしていない彼は突っ立ったまま、疲れた様子で宙を睨《にら》んでいた。ユア・フォルマを操作しているのだろう——フォーキンは襲撃当時、信奉者に切りつけられたらしい。深手を負った右手は縫合テープでぐるぐる巻きにされ、当分は使い物にならないようだ。

「わたしも本部に戻ります。捜査官お一人じゃ、利き手《きて》も使えずに不便でしょうし」

「自分の心配だけしていろ」彼はぴしゃりとはねのけた。「折角病室を用意してもらったんだから、今日一日は敷地《しきち》から出るな。奴《やつ》の捜査は俺やトトキ課長に任せるように」

「ですが……」

「あの状態の課長の相手をしなくて済むんだ。幸運だぞ」

フォーキンの軽口は全く笑えなかったし、彼自身も仏頂面《ぶっちょうづら》のままだった。あの状態——つまり、ガナッシュが吹き飛ばされたという事実を知ったトトキ課長の状態だが、それはもう悲惨らしい。データのバックアップを取っていたとはいえ、かけがえのない愛猫《あいびょう》が壮絶な末路を迎えたという事実は変わりない。

「その」エチカは考えて、結局こう言うしかなかった。「課長によろしく伝えて下さい」

フォーキンは黙って首を竦《すく》めただけで――最近気付いたが、恐らくそれが彼の癖なのだ――テープまみれの右手を挙げて、離れていった。彼がテラスを出ていく際、すれ違うようにして、一人のアミクスが姿を見せる。つい、目を見開く。

ハロルドだった。

エチカと視線が合うと、彼は穏やかに微笑《ほほえ》む。作られた完璧な笑顔、というよりかは、ごく自然な安堵《あんど》から生まれた表情のようにも思えて――迷わず、こちらへと歩いてくる。爆発で焦げたジャケットは処分したのか、清潔感のあるシャツに着替えていた。

てっきり、修理工場にいったのだとばかり思っていたが。

「お加減はいかがです？」

「もう何ともないよ。……きみのほうこそ、怪我《けが》は？」

「応急処置は済ませました」

ハロルドは言いながら、隣に腰を下ろしてくる。彼の首には、人間用のものと思《おぼ》しき包帯が巻き付けられていた。確かに、露出したうなじの基板は守れるのかも知れないが。

「さっさと修理にいくべきだ」

「もちろんそうするつもりです。ただ、その前にあなたの顔を見たかった」

「そう」エチカは一瞬、二の句に詰まる。「この通り、元気だ。きみが助けてくれたお陰で」

「フォーキン捜査官の功績です。彼がいなければ、とても無事ではいられなかった」ハロルドは、フォーキンが立ち去った方向を見やる。「今度、おいしいタルト・プラリーヌをご馳走《ちそう》して差し上げなくてはなりませんね」

「その時は、わたしも付き合うよ」

柔らかい日射《ひざ》しが、テラスの片隅に設けられた和風庭園に降り注いでいる。人工紅葉と真っ白な敷石《しきいし》が、鮮やかなまでに陽光を跳ね返して、眩《まぶ》しい。

なのにまだ、鼻腔《びこう》の奥に、煙の匂いがわだかまっているような気がする。

「あなたが助かって本当によかった」彼は、どこか独り言のように呟《つぶや》くのだ。「万が一のことがあれば、自分を責めても責めきれませんでした」

「それは、……ちょっと大袈裟《おおげさ》だ」

だがエチカも、ハロルドが死ななくてよかった、と心から思う。思うのだが——命の危機が遠退《とおの》くと、またしてもすんなりと言葉にするのは難しくなってしまって。

我ながら、どうしようもない性格だった。

「その、捜査局を襲撃した信奉者たちは？」

「負傷者を除き、粗方逮捕されたそうです。数名が逃走中ですが、ユア・フォルマの位置情報がありますから、長く逃げ続けることは難しいかと」

襲撃から一夜——国際刑事警察機構本部に侵入した信奉者は、実に八十人近くに及んだそうだ。多くはエチカが推測した通り、花火の見物客に紛れて機を窺《うかが》っていたらしい。彼らは、投擲《とうてき》物やナイフなどの凶器を隠し持っていた。居合わせたトトキら上級捜査官たちの判断が功を奏し、負傷者のみに留まったものの、捜査官のうち二名が重傷。一名は、複数の刺し傷を負って重体だそうだ。今後、悪い知らせが飛び込んでくる可能性もある。

一方で、信奉者たちは何《いず》れもその場で拘束され、保管庫に到達できた者は一人もいない。

表向きにはそうなっているが。

「情報が守られたと考えるのは早計でしょう」ハロルドが言う。「お忘れかも知れませんが、捜査局の中にも〈E〉の信奉者がいます」

そう――爆発装置が仕掛けられたガナッシュを、電気室に運び込んだ人間だ。『花火』の計画を理解した上で、トトキの目を盗んでガナッシュを連れ出した何者かが、どこかにいる。

「その密偵は、最初から停電を引き起こして、信奉者を招き入れる算段だったわけだ」

「信奉者たちのSNSからも、計画を示唆するやりとりが見つかっています。もとより、『花火』は革命記念日を上手《うま》く利用した暗号だったようです」ハロルドが端末のホロブラウザを展開し、画面を見せてくる。「各捜査官たちの宿泊先を襲撃したことには、攪乱《かくらん》という意味もあったのかと」

「だろうね」実際トトキたちはそちらの対応に追われていて、ガナッシュに気を払っていなかった。「誰がガナッシュを連れ出したのか、記録は残っていないの？」

「停電の際に、監視カメラの映像も抹消されてしまいましたので」

「どうしようもない……」

「何よりガナッシュを運び出した密偵は、私を殺そうとしました」彼はブラウザを閉じて、

「避難用ドアが意図的に塞がれていた以上、確信しています」

エチカはつい、眉を寄せてしまう。「私を殺そうとした」だって？

「殺されかけたのはきみだけじゃない、わたしも同じだ」

「ええ、ですが狙いはこちらだったはず。私は恐らく、〈E〉にとって不利な情報を知っていますから」

そういうことか——エチカは組み合わせていた指をほどく。ベンチの背もたれから、体を剝がした。

「つまり……きみはとっくに、密偵が誰なのかを分かっているわけだね」

ハロルドの頰から、微笑《ほほえ》みはすっかり消え去っている。

「はい」整った唇が、静かに答えた。「とはいえ、〈E〉の正体まではまだ分かりませんが」

「——正体なら、多分分かったと思う」

エチカがそう口にすると、彼はかすかに瞠目《どうもく》した。無論、はったりなどではなく事実だ——あくまでも、この推測が的を外していなければの話だが。

エチカはアミクスに、自分なりの推理を語って聞かせた。

「なるほど」ハロルドも腑《ふ》に落ちたようだ。「確かにあなたの仰《おつしや》る通りなら、あらゆることの辻褄《つじつま》が合いますね」

「わたしには、その『あらゆること』が何なのかは分からないけれど、ともかく」

「あなたが聞いて下さるのなら、全てお話しします。もちろん、問題の密偵が誰なのかも」

思わず、その面立ちを凝視してしまう――ハロルドは茶化すことなく、ただ真摯に見つめ返してくる。凍った湖の瞳孔は、やはり冷えたガラスのようだ。何のぬくもりもない、完璧な瞳。けれど、荒削りな芯が通っているようにも感じられて。

「エチカ。私はあなたと対等になれるよう努力すると、約束しました」

ブロンドの髪は柔らかい陽に晒《さら》され、ひどく褪《あ》せて見える。

「もう、あなたを利用するような真似《まね》はしません。決して――ですから、聞いていただきたい。そして叶《かな》うのなら、前のように協力して欲しいと思っています」

ハロルドは穏やかに、だが何かの誓いのようにそう紡《つむ》ぐのだ。

エチカは驚きを隠せなかった。確かに、彼は人間である自分に近づけるよう努めると、そう言ってくれた。こちらを駒の如《ごと》く扱う振る舞いも、減ってきたとは感じている。

けれど、面と向かってそう告げられたのは、今日が初めてで。

ああ何だか、上手《うま》く言えないけれど。

きっと、嬉《うれ》しい。

少なくともこんな状況でなければ、もっと喜べただろうに。

「もちろん……きみの推理を聞きたいし、協力もするつもりだ。ただ――」

複雑な気持ちが表情に表れてしまう気がして、エチカはつい緊張した。今日はまだ、例のカートリッジを使っていない。心を読まれてしまわないよう、気を付けなくては。

「『ただ』、何でしょう？」

「あの話が、今も有効かどうかは」どうにも歯切れが悪くなる。けれど言っておかなければ、彼に不必要な責任を負わせてしまうような気がした。「何が言いたいかって、わたしはもう、きみのパートナーじゃない。対等になるという約束も、一緒に仕事をすることがないのなら、多分あまり意味がなくて……もちろん嬉《うれ》しいことではあるよ」

ハロルドが眉を動かしたのが分かったが、構わず続ける。

「要するに、今のきみがそういうことを話さなければいけない相手は、わたしじゃなくてロバン電索官じゃないかな。お節介かも知れないけれど、でも」

「ええ、とてもお節介だ」

「気を悪くさせるつもりはない。その」

「『きみのことばかり考えていた』と言っていたのに、何故《なぜ》そう意地を張るのです？」

エチカは一瞬、頭が真っ白になり――とっさに逃げ出そうとしたのを察知されたらしい。立ち上がるよりも早く、ハロルドの手が伸びてきて腕を摑《つか》んだ。それなりの力で。

最悪だ。

確かに自分はあの時、そんなことを口走ったけれど。

──『なのに、それなのに、やっぱりきみのことを……考えてしまって……』

何で、後々からかわれることを考えなかった？

「違う、あれは、とっさに」どうしたって、しどろもどろになる。「だから、死ぬかも知れないと思って、ほら、言葉の綾《あや》というか……それに、きみのことばかり考えていたとは言っていない！　きみのことを考えていたとは言ったけれど」

「大した違いとは思えません」

「とんでもなく大した違いだ」

「エチカ、あなたは命の危機に瀕《ひん》さなければ素直になれないのですか？」

「きみに必要だと思うことを話しているだけだ。あと前にも言ったけれど、その呼び方は」

「実は私も、あなたのことを考えていました」

──は？

エチカは文字通り、鳩《はと》が豆鉄砲を食らったような顔をしてしまっただろう。だが、ハロルドは真顔のままだった。ジョークだと言い足すような素振りもなければ、お馴染《なじ》みの笑顔すらも浮かべていない。恐ろしく、真剣で。

「ライザは優秀です、電索官としても申し分ない。しかし彼女と潜る時も、捜査で行動をともにする時も、何かにつけてあなたのことを思い出してしまう」

エチカは、まばたきもできない。

「先日、ライザがリヨンを案内してくれると言うので、一緒にローマ劇場へいったのですが」

彼は気付いているのかいないのか、流れるように重ねて。「隣にいるのがあなたでなくても、あらゆるものが成立していることに、終始違和感を覚えました。上手《うま》くは言えないのですが、落ち着かない気分だった。以前あなたにお伝えした『落ち着かなさ』とはまた別の」

「待って」どうにか口を挟む。「きみはさっきから……自分が何を言ってるか分かってる？」

「はい」ハロルドは怪訝《けげん》そうだった。「言語化しているのですから、理解はしていますが」

にわかには信じられない、この態度には絶対に裏がある。少なくとも、今まではそうだった
――つまり彼は真剣なふりをしているだけで、実はふざけているのでは？

「いい？　あんまりわたしのことを馬鹿にしないことだ」

「とんでもない、馬鹿になどしていません」

「どこが？」エチカは腕を取り返した。「とにかく、わたしはきみの推理を……」

「私を異常だと仰《おつしや》りたいのですね？」ハロルドは引き下がらない。「よく分かりますよ。私自身、自分の感情エンジンに問題があるように感じます。ただエラーが排出されていないので、恐らく組み込まれてはいるものの、今まで使用したことがない類の感情なのではないかと」

「きみが何を言っているのか全然分からない」

日射《ひさ》しは陰ることを知らず、じわじわと体を蝕《むしば》んでいく。背筋に、妙な熱が溜《た》まって仕方がなくて――何だこれは。

何なんだ？

「あなたは特別な人間です、エチカ」彼の声音は、澄み渡るほどに冷徹だった。「私はあなた方を、『自らにとって理解可能で、かつ安全な存在を受け入れる生き物』だと認識しています。つまり多くのアミクスが愛されているのも、彼らが人間らしくて、しかし人を凌駕《りょうが》するほどの知能を持たないからです」

それに比べ、私は彼らほど可愛《かわい》げがない、とハロルドは言い足して。

「ですが、あなたはそのことを知っても私を拒絶しなかった。いえ、失礼。拒絶しないであろうことは想定の範囲内でした」

「だろうね。そうじゃなかったら、わたしに『本性』を見せたりしない」

「ええ。ただ、あなたが私と対等になりたいと仰《おつしや》ったのは……完全に計算外です。私にとって、人間と対等でいることは全く重要ではありませんから。ですが、あなたが望むのなら試してみたいと思えた」

「……うん」

「私は、あなたに興味があるのだと思います。一つの存在として」

今ここにいるのは間違いなく、『機械』の彼だ。敬愛規律が存在しないと自覚してなお、人に受け入れられるために、人間らしく取り繕っているハロルドではない。ただ剝き出《むきだ》しの、人を模した人ではない何かのまま、エチカに語りかけてくれている。

想像以上に、信頼されていた。

電索官でなくなっても、彼はまだ、自分と関わり合いたいと——それは、機械の知的好奇心なのだろうか？　はっきりとは分からないけれど。

「あなたは？」アミクスの瞳は、美しいまでに凪《な》いでいて。「何故《なぜ》、私のことをお考えに？」

何と答えればいいのだろうか。

最初は優しくしてくれる人が欲しくて、彼に縋《すが》ったのかも知れないと自分を疑った。

でも、どうやらそれだけではないらしい。

だったら——どうしてこうも、このアミクスに惹《ひ》きつけられるんだろう？　理解できないところも沢山ある。傷付けられることも多い。でも、それでも、対等になりたいと願ったのは。

秘密を、抱え込んでしまったのは。

「理由は、………」

風に誘われるがまま、視線を流す。丘の家々の屋根が、そっと色を失っていくところだった。たゆたう薄雲が、陽の光を遮って。

「きみと、そんなに変わらないのかも知れない」

ハロルドの眼差《まなざ》しが、こめかみをくすぐる。

「といいますと？」

「人間のことは潜れば理解できる」今は潜れないけれど、前までは。「でも、きみはそうじゃない。ブラックボックスの塊で、分からないことだらけだ。機械みたいだったり人間のようだったりして、摑《つか》み所《どころ》がなくて……だから、興味があるのかも」

興味がある。

決して嘘《うそ》ではないはずだ。

けれど――これだけでは不足しているのも、間違いない。

今はまだ、上手《うま》く言い表せそうになかった。

彼は小さく驚いている。「前にもお伝えしたように思いますが……あんなにアミクスがお嫌いだったのに、本当に変わられましたね」

「別に、アミクスに興味があるんじゃない」エチカはハロルドに目を戻す。「多分……きみだからだと思う。RFモデルは他のアミクスと違って、特別なんでしょう」

アミクスの眦《まなじり》が、かすかに細められる。

「もちろん、そうですよ」

「うん。だから……とにかく、そういうことだと思う」

エチカは不器用に頷《うなず》くしかなく――それを見た彼は、不意に頰を緩めるのだ。柔和な微笑《ほほえ》みはからかうでもなく、ただただ優しげだった。

「実はこの話をするつもりで、ホテルであなたを待ち伏せていました」ハロルドはいつもの柔らかい口調で、「つまりたとえパートナーでなくても、私は、あなたの友人なのだと……友人として対等になるために努力したいと、そう伝えたかった」

──友人。

どうにも不慣れで、くすぐったい響きだ。

「その……ありがとう。わたしもそう思うよ」エチカは何となく居心地が悪くなってきて、かかとを地面にこすりつけた。「じゃあ……何と言うか、これからもよろしく」

「よろしくお願いします」彼は嬉《うれ》しそうに笑みを深め、「では折角ですから、握手を」

「別に喧嘩《けんか》をしていたわけでもないけれど？」

「分かりました。でしたらハグを」

「いやそれはさすがにしなくていい」

とっさに拒否すると、ハロルドは露骨に悲しそうな表情になった──分かっている。これも計算のうちなのだ。全く、一瞬前まで真面目な話をしていたのに、調子がいいのだから。

「友人として親しみを表現したいだけなのですが」

「分かっているけれど、きみのスキンシップは過剰だ」

「フランス人のビズに比べれば、ハグくらいどうということはありませんよ」

「最初は握手とか言っていなかった？」

「つまり握手ならお許しいただけるのですね？　ありがとうございます」

いやそんなことは一言も言っていない——などと反論する前に、ハロルドは手を握ってくるのである。もう好きにしてくれ。エチカは全てを諦めて、ぶんぶんと上下に振られる自分の手を眺めるしかなくて。

まあ——たまにはこういうのも、悪くないか。

「それで……わたしはそろそろ、きみの推理を聞かせてもらえるの？」

「ええ」彼は思い出したように、握手をほどくのだ。「恐らく、少し長くなりますが」

そうして、ハロルドは話し始めた。とはいえ、言うほど時間はかからない。内容は理路整然としていたし、あくまでも淡々と語られたからだ——全てを聞き終えた時、自分はどんな顔をしていたのだろう。かなりあっけに取られてしまっていた。

「きみを疑うつもりはないけれど、本当に間違いない？」

「間違いありません」彼は首肯し、「ただ、この推測には不足しているピースがあります」

「どこが？」さっぱり分からない。「完璧なまでに筋が通っていると思うけれど」

「いいえ、一つだけ欠けています。あなたの情報処理能力の低下について」

エチカは一瞬、息を止めてしまう。

——何だって？

「どういうこと」口の中が張り付きそうになった。「だって、わたしのこれは、あくまでも精神的なものが原因で……」

「私も最初はそう考えていました。しかし、それでは推理が成立しない」ハロルドは再び、神妙な顔つきになっている。「本当に何も思い当たりませんか？」

「思い当たっていたら、とっくに対処している」

「必ず何かあるはずなのです、エチカ。どうか思い出して下さい」

もちろん自分自身も、はじめは外的な要因を疑った。そもそもストレスを感じていたとして、全て医療用ＨＳＢカートリッジでコントロールできていたはずなのだ。精神的な負担など少しも——不意に、胸の内が冷えていく。

そうだ。

ビガの父親は、娘が民間協力者であることに気付いていた。

それだけでなく、エチカの外見すらも知っていた。

彼が所持していた、リヨン行きの航空券。

——まさか。

「話して下さい」ハロルドが察してしまうほどに、自分は血相を変えていたらしい。「一体何が——」

突然、ユア・フォルマが着信を告げる。あまりにいきなりだったので、エチカはびくっと肩を跳ね上げてしまう。何てタイミングだ。左胸を撫《な》でながら、ポップアップしたウィンドウを

確かめて、
再び、心臓が凍りそうになった。

〈ビガから音声電話〉

「…………少し、待って」

エチカはハロルドが顎を引くのを見届けて、どうにか応じる。

『ヒエダさん？』ビガの声は分かりやすく震えていた。『さっき、父の意識が戻りました』

奥歯を嚙《か》み締《し》めてしまった、と思う。

『ごめんなさい。本当にごめんなさい、あたし何も知らなくて』彼女はしゃくり上げていて、『父だったんです。ヒエダさんの電索能力を奪ったのは、父だった……！　あたしがそっちに送っていたカートリッジに、勝手に細工をしていたんです。あなたの──』

どうやって受け答えをしたのか、まるで覚えていない。

またしても──全て、仕組まれたことだったのか。

通話を切った時、エチカは自分でも気付かないうちに立ち上がっていた。膝が砕けそうだ。待っていたハロルドも、静かに腰を上げたところで。

「どうやら、ピースが埋まったようですね」

「すぐに課長にも連絡する」指先を握り込むと、掌《てのひら》に爪が沈んだ。「ルークラフト補助官、きみの作戦通りにやろう。今回も何か考えがあるんでしょう？」

「おや。お任せいただけるのですか?」

「むしろきみが中心にいるべきだ。そうすれば、〈E〉はわたしたちの行動を推測できない」

薄雲が千切れて、鋭い日射《ひざ》しが注ぐ。二人分の影が、テラスにくっきりと描き出される。

アミクスの唇が、ようやく不敵な弧を描いた。

「――では喜んで提案させていただきます。電索官」

第四章——群衆の見た夢

YOUR FORMA

1

「もしもし、ビガ？　たった今、例の荷物が届いたよ」

『よかった。間に合わなかったらどうしようかと思いました』

国際刑事警察機構本部——襲撃騒動から二晩あけてなお、爪痕は残されたままだった。信奉者との衝突があったエントランスには、今日も今日とて分析蟻《ミール・ロボット》が行き交い、焼け落ちた電気室では復旧作業が続けられている。あちらこちらに置かれた外部電源装置に足を取られないよう注意しながら、エチカは階段室に入った。生憎《あいにく》とエレベーターは停止中なのだ。徒歩で、上階へと上っていく。

「これを接続ポートに挿し込めばいい？」

抱えた小包は、今し方配達管理室で受け取ってきたものだった——開いた蓋の隙間から、緩衝材に包まれた一本の医療用ＨＳＢカートリッジが覗《のぞ》いている。

『はい。情報処理能力に干渉している神経伝達物質の働きを、正常化させる効果があります』

ビガの声は沈んでいた。『ただどっちにしても、近日中に病院には行って下さいね。また、もしものことがあったらいけないから』

「分かった。ああそうだ、一つ訊《き》きたいんだけれど」

エチカの質問に、ビガは沈痛そうに答えてくれた――彼女は責任を感じて気落ちしているようだが、しかし、その回答で改めて全てに確信が持てた。

「ありがとう、とにかく本当に助かった」

『あたしは何もできませんが、上手《うま》くいくことを祈っています』

「うん」エチカは頷《うなず》いて、少し考えてから言った。「ビガのせいじゃない。だから、気にしないでというのは無理があるかも知れないけれど……あんまり、自分を責めすぎないで欲しい」

彼女は何を思ったか、しばし沈黙して。

この上なく慎重に、壊れそうに、息を吸う。

『――ちゃんと話します。お父さんに、自分の気持ちを』

緑の瞳に浮かぶ決意が、目に見えるようだ。

彼女との通話を終える――エチカは四階で階段室を出て、電索課のオフィスへと入っていく。顔馴染《かおなじ》みの捜査官たちが、慌ただしげな様子でデスクに着いている。中には、襲撃の影響で頰に絆創膏《ばんそうこう》を貼り付けたベンノを始め、捜査支援課、更にはウェブ監視課の姿もある。

「ヒエダ」フォーキン捜査官が近づいてきた。「ルークラフト補助官はさっき出たぞ」

「分かりました。こちらも間に合いましたので」

エチカはデスクに小包を置いて、カートリッジを取り出す。それをうなじの接続ポートに挿し込んでいたら、フォーキンは何とも言えない表情で鼻から息を洩《も》らした。

「残念だ、あんたとは結構上手《うま》くやっていけると思っていたからな」

「わたしもです」素直な気持ちだ。「とてもいい経験になりました」

「俺もだよ」彼はどこか照れくさそうに笑った。「さて。まだ仕事は終わっていないぞ」

フォーキンに軽く背中を叩《たた》かれ、エチカは姿勢を正す——スクリーンの下に立っているトトキ課長と目が合った。彼女が手招きするので、そちらへと向かう。

「荷物は届いたのね」トトキはエチカのうなじを一瞥《いちべつ》して、「これがあなたにとっての幸せなのかどうか、正直私にはもう分からないのだけれど」

「最善だと願っています」

「ええ……そうね。お互い、これからもいい仕事をしましょう」

エチカとトトキは、揃《そろ》ってスクリーンへと視線を滑らせた——先日と同じく、そこには〈E〉のスレッドが映し出されている。画面の中央に収まっているのは、

【勇猛果敢な同胞を痛めつけた電子犯罪捜査局を許すな。
知覚犯罪事件の真実は捜査官たちが握っている。復讐《ふくしゅう》せよ。復讐《ふくしゅう》せよ。復讐《ふくしゅう》せよ】
posted by E ／ 1 hours ago

一昨日の襲撃騒動を再び煽《あお》るような〈E〉の投稿だった。続けて、やはり電索課に所属する

捜査官たちの名前や個々人の弱味──多くの場合は家族を示すそれだ──が列挙されている。これまでと異なるのは、一度被害を受けた捜査官までもが、標的にされている点だった。

中には、ライザの名前も含まれている。


【ライザ・ジェルメーヌ・ロバン。

ピエール・シーズ通りのアパルトマン。最愛の兄は籠の中に】

「トトキ課長、信奉者たちは？」

「襲撃を企てる動きもあるようだけれど、一昨日からリヨン市内は厳重警戒状態だから難しいでしょうね。だからこそ、この作戦が通ったというのもある」トトキは結った髪に一度だけ触れて、「いい？　上がこんな荒唐無稽な真似《まね》を認めるのは、今回だけよ」

エチカは黙って顎を引く──襲撃の結果、捜査局にも二名の重傷者、一名の重体者が出ている。上層部も、これ以上手をこまねいているわけにはいかないと判断したのだ。一刻も早く事件に終止符を打ちたいという気持ちは、エチカも同じだった。

ただ、思考の隙間にはわずかな違和感が挟まっている。

考えてみれば、はじめに真実を押し隠そうとしたのは、捜査局のほうなのだ。もちろん、信奉者たちの犯罪を容認するわけにはいかない。だが。

迷いを断ち切るように、ユア・フォルマが新着メッセージを知らせてくる。

「わたしとフォーキン捜査官も、そろそろ出ます」

「くれぐれも気を付けて。上手《うま》く説得できることを祈るわ」

エチカはトトキと別れ、フォーキンとともにオフィスの出口へ歩き出す。

「この通り、現場じゃ役に立たない」フォーキンは言って、縫合テープまみれの右手を振ってみせる。「あんたの活躍に期待することにしよう」

「活躍せずに済むのなら、それが一番ですよ」

エチカは、脚のホルスターに挿し込んだ新しい自動拳銃《フランマ》15を確かめる。

そうして、うなじのカートリッジを外した。

霧が晴れたように、頭の中が澄んでいる。

この上なく。

*

ピエール・シーズ通りには、先ほどから〈E〉の信奉者がちらほらと姿を現し始めていた。

大方、スレッドの投稿を見てライザを襲いにきたのだろう。都度、巡回中の警察官がその場で声を掛けている――ハロルドは、路上に駐車したボルボの中から、その光景を眺めていた。

結局のところ、信奉者たちにとって大事なのは『理由』だ。

自分自身の怒りのために、誰かがマッチを擦ってくれるのを待っている。

本当は、理由そのものが〈E〉である必要すら、存在しないのではないだろうか？

やがて、アパルトマンからライザが出てきた。彼女は、傍目《はため》から見てもはっきりと分かるほどに顔色が悪く——ボルボの中にハロルドを見つけるなり、驚いたように目を見張る。その仕草さえ、どこか力なかった。

ウィンドウを下げると、彼女は歩み寄ってくる。

「ハロルド、あなたどうしてここに……」

「お一人では危険かと思い、お迎えに上がりました」さりげなく、助手席のほうに首を傾けた。

「先ほどの〈E〉の投稿をご覧になりましたか？」

「ええ」ライザの頬がこわばる。「私も標的にされたみたいね」

「とにかく乗って下さい」

彼女は不安げに頷《うなず》き、大人しく乗り込んでくる。かっちりとしたジャケットに袖を通し、バッグを膝の上で抱きかかえていた。その眼差《まなざ》しがふと、こちらがウェアラブル端末で展開したままのホロブラウザに留まる。

「……まさか、また暴動が起きているの？」

「今回はまだのようです。幸い、一昨日からリヨン市内は警察官の巡回が盛んですので」

「そう」ライザは、口紅が馴染《なじ》みきっていない唇を噛《か》んで。「……兄が心配だわ」

「お兄さんの療養施設はどちらに？」

「リモネストよ。ここから少し離れてる」彼女は落ち着きなく髪を掻《か》き上《あ》げて、「小さな町だし、信奉者がわざわざそこまで行くとは思えないけれど、でももしかしたら……」

「確かに、万が一のことも有り得ます。様子を見にいきましょうか」

「いいの？」

「こんな時ですから、トトキ課長も理解して下さるはずです」

ハロルドはすぐにマップを開いてみせる——ライザは細い指を握り込んで、逡巡《しゅんじゅん》したあとで腕を伸ばす。ホロブラウザを操作し、療養施設のアドレスを入力していく。ここから三十分程度だ。

「ところでライザ、お体の具合が？」

「少しめまいがあるだけよ。多分、軽い風邪ね」

彼女は、微笑《ほほえ》む余裕さえないようだった。

リモネストは、リヨンから十二キロほど離れた丘陵地帯に位置するコミューンだ。

ハロルドとライザを乗せたボルボは、マップに従い幹線道路を走り抜けていく。道路脇には倉庫のような商業施設がちらほらと建ち並び、フロントガラスのほとんどは空で埋め尽くされていた。警戒中の警察車両は何台か見かけたが、リヨン市内の騒々しさとは打って変わり、安穏とした時が流れている。

信奉者はおろか、通行人の姿さえ疎《まば》らだ。

「静かな町ですね。とてもいいところだ」

「ええ」助手席のライザは、ウィンドウに目を向けている。「でもちゃんと観光施設もあるのよ。チョコレート博物館とか……」

「行かれたことが？」

「前に、兄さんと一度だけね」

やがて道を折れて、ボルボは緩やかに丘を登っていく。道幅は一気に狭まり、クラシックな家々に見下ろされながら先へと進む。建物が疎《まば》らになり、視界を木々ばかりが占めるようになった頃、ようやく目的地へと辿《たど》り着《つ》く。

療養施設『ラ・リヴィエール』は、丘の中腹にひっそりと佇《たたず》んでいた――円形の近代的な建物は、牧歌的な風景にはあまり似合わない。敷地《しきち》は思いのほか広く、マップに依《よ》れば、溜《た》め池《いけ》や教会なども併設されているようだ。

閑散とした駐車場にボルボを停《と》めたが、今のところ信奉者の気配はない。ライザとともに車を降りて、本館に入った。セキュリティゲートをくぐると事務所があり、彼女は人間の職員とやりとりを始める。アミクスではなく人が対応しているとは、珍しい。

ハロルドは気にせず端末を操作し、エントランスを見渡す。フロアの中央に、天使を思わせる彫像が鎮座していた。像の足許《あしもと》に刻まれた文字が読み取れる。

『寄贈　国際刑事警察機構《インターポール》電子犯罪捜査局本部』

そうか――この療養施設は、故障した電索官や電索補助官だけを受け入れているのだ。捜査局自体も運営に少なからず寄与しているのだろう。以前トトキが言っていた通り、電索官や補助官は、基本的には危険と隣り合わせの仕事だ。必要な設備の一つと言える。

だがこれまで、こうした『受け皿』の存在を耳に挟んだことはなかったな、と思う。

「兄さんは無事ですって」ライザがこちらへと戻ってくる。「さっき、介護アミクスが検温を終えたばかりだそうよ。やっぱり信奉者はここまで来ていないみたい」

「それはよかった」ハロルドは微笑《ほほえ》んだ。「これからお会いになりますか？」

「ええ、少し顔を見てくるわ」彼女はやはりめまいがするらしく、額に手をやっている。「すぐだから、ここで待っていてくれる？」

「あなたの体調が気がかりです。ご一緒しますよ」

「本当に大丈夫、何ともないから……」

ライザはやんわりと断って、そのまま施設の奥へと歩き出す。彼女とすれ違うように、車椅子の若い女性がエントランスに入ってきた。父親らしき中年の男性が、ハンドルを押しながら何やら語りかけている。娘はぼそぼそと、虚《うつ》ろな表情で答えていて。

電索官だったのか、それとも補助官か、分からないが――システムがかすかに軋《きし》む。

そもそも、人が機械の真似事《まねごと》をするべきではないのかも知れない。

アミクスが、本当の意味では人間を真似《まね》られないように。

唐突に、そんな考えがよぎって。

ハロルドは迷うことなく、ライザを追いかけた。

施設の通路は回廊になっていて、中央の中庭を取り巻くように個室が配置されている。ライザはそのうちの一室へと姿を消したところだった。ハロルドは、半開きになっているスライドドアの前に立つ。柑橘《かんきつ》系のアロマが、嗅覚デバイスを刺激する。彼女の自宅と同じ匂いだ。

「ユーグ兄さん、具合はどう？」

ライザの優しげな声が聞こえ――室内は、病室というよりも居室に近かった。壁と床は慰めるようなアイボリーに塗り上げられ、デスクやソファなどの家具も揃《そろ》っている。中庭に面した大きな窓から、淡い日射《ひざ》しが降り注いでいて――ベッドに腰掛けている青年が、目に入った。食事中のようで、介護アミクスがバゲットをナイフで小さく切り、彼の口許《くちもと》に運んでいる。だが、青年は微動だにせず、食べようとしない。

「食事の邪魔をしてごめんなさいね」

「とんでもありません」介護アミクスが答える。「今日はあまり食欲がないようです」

ユーグの顔立ちは、妹のライザに似て整っていた。しかし肌艶が悪く、唇もひどく乾燥していて、瞳には焦点がない。髪は清潔に切られていたが、放り出された素足の爪は割れている。

ハロルドは、かすかに眉をひそめてしまう。

これが、『自我混濁』を起こした電索官か。

まるで——機能停止中のアミクスだ。

「兄さん、少し待っていて。私が食べさせてあげるから」

ライザはユーグに一方的なビズを贈り、デスクに向かう。昨今あまり見なくなった、古めかしいPC環境が整っていた。湾曲した大型ディスプレイと、屈強な面構《つらがま》えのPC。スペックは高そうだが、流行《はや》りとは言えない。

介護アミクスが、膝に載せていたトレーをデスクに置く。あとはライザに任せることにしたようだ。一言二言、彼女と言葉を交わし、アミクスがこちらへと歩いてくる。それはハロルドを見たが、特に気にする素振りもなく立ち去った。

ライザの抱えている悲しみに、どれほど寄り添うべきなのかを考えて。

恐らく寄り添うこと自体が、合理的ではないのだろう。

「ライザ」

ハロルドは部屋に入り、後ろ手に扉を閉めた。彼女が驚いたように顔を上げて——一瞬だが、その頬がはっきりとこわばる。すぐに、戸惑ったような笑みが貼り付けられた。

「ハロルド、待っていてって言ったのに……」

「すみません、やはりあなたのことが心配で」

ユーグをちらと見やる。彼は先ほどと変わらず、ぼんやりと座っているだけだった。そもそも、こちらのことを認識すらしていないように思える。

「ごめんなさい。すぐに終わるから」

彼女は、どこか焦《あせ》ったようにキーボードを叩《たた》いている。磨かれた爪がキーに触れ、かちゃかちゃと涼やかな音を立てて。

「随分と立派なPCですね。お兄さんの私物ですか？」

「ええ、前はこういうことが趣味で……今でも時々、兄の友人からメールが送られてくるのよ。だから返事をしないと」

「ユア・フォルマのように、自動返信アプリをお使いになるべきでは？」

「彼はそういうのは好きじゃなかったから、いつも私が代筆してるの」

「なるほど……確かに、アプリでは難しいでしょうね。あれは、〈E〉の投稿のように芝居じみた言い回しは作れませんから」

打鍵音が、止《や》む。

「信奉者たちがお兄さんを標的にする前に、食い止めたかったのですか？」ハロルドは、端末のホロブラウザを掲げた。「しかし……この内容で、彼らを説得できるとは思えませんが」

ブラウザに表示されているのは、既に目に馴染《なじ》んでしまった匿名掲示板のスレッド。

【諸君らへ忠告する。電子犯罪捜査局は行く先々で我々を待ち伏せているだろう。復讐《ふくしゅう》を中断し、各自待機せよ。次の指示を待て】

posted by E／1 minute ago

「……何のこと？」ライザはまだ顔色を変えない。理解できないといったように、眉根を寄せていて。「また新しい投稿があったのね。真に受けないほうがいいわ、〈E〉の考えることだから何か別の」

「ディスプレイを見せて下さい、ライザ」

引き裂くような沈黙が満ちる。ホロブラウザに表示されたままのスレッドは、自動更新により新たな投稿を読み込み続けていた。信奉者たちの困惑が続々と書き込まれていく。

【これだけの仲間が傷付けられたんだぞ】【復讐《ふくしゅう》しろと言ったのはあんたじゃないか】【戦う理由がある】【待ち伏せなんて関係ない】【俺は最初から反対だった、もうやめよう】【〈E〉の投稿っぽくない。久々に偽物《にせもの》じゃん？】【なりすましは黙ってろ】

「あなたに、謝らなければならないことがあります」ハロルドはブラウザを閉じて、「お兄さんを標的にした今朝の〈E〉の投稿は、私が書き込んだものです」

そう――『勇猛果敢な同胞を痛めつけた電子犯罪捜査局を許すな』から始まった一連の書き込みは、全て、ハロルドによるものだった。自分は電子犯罪捜査局の協力の下、わざと捜査官たちの個人情報を公にしたのだ。

ライザは唇を噛《か》んだ。演技だと分かる。「……ジョークを言ってるの？」

「いいえ」事実だ。「〈E〉が活動を始めた当初、なりすましも多数存在したそうですね。そのうちに偽物《にせもの》が姿を消したのは、〈E〉に信仰対象としての存在感が生じたことに加え、異様な精度の陰謀論という武器を誰も真似《まね》ることができなくなったからだ」

だが、捜査官たちの個人情報を垂れ流すだけならば、陰謀論を組み立てる必要はない。

狙いは一つだ。

「私の推測が正しければ、投稿により兄が襲撃されることを恐れたあなたは、〈E〉のもとへと向かうはずでした。彼を守るために、信奉者たちを思い留まらせるメッセージを発しなければなりませんから。何せ突発的な事態です、ボットに投稿内容は登録されていない」まばたきすら拒んでいる彼女を、じっと見つめ返す。「ライザ。あなたは〈E〉の手足として、スレッドに書き込みをおこなっていましたね？」

彼女は口を閉ざしているが、しかし、あまりにも雄弁だ。

「〈E〉は、そのPCの中に？」

ハロルドは問いかけながらも、昨日のメモリを反芻《はんすう》していた。

総合病院のテラスで、エチカが語った推理のことを。

『とはいえ、〈Ｅ〉の正体まではまだ分かりませんが』

『──正体なら、多分分かったと思う』

あの時、そう言い切ったエチカの表情に、迷いはなかった。

『考えてみて。〈Ｅ〉の陰謀論は最初こそ適当だったけれど、今では異常に精度が高い。「思考を覗《のぞ》ける」だなんていう謳《うた》い文句が成立するくらいには』

『しかしあれはあくまでも、単なるキャッチフレーズに過ぎないのでは？』

『もちろんそうだ。でも思考を覗《のぞ》かなくても、相手のことを理解する方法がある』

彼女の瞳孔には、わずかに光が射《さ》し込んでいて。

『つまり──きみだよ、ホームズ』

まさに、目から鱗《うろこ》が落ちたような心地だった。

自分は、端からその可能性を排除していた。何せ、レクシー博士ほどの天才はそういない。ＲＦモデルに匹敵するＡＩなど存在しないと、どこかで高を括《くく》っていたのだ。

『博士ほどの開発者が、二人といるでしょうか？』

『わたしもそこは疑問だ。それでも、この仮説が一番信憑《しんぴょう》性がある』エチカは喋《しゃべ》りながらも、考えているようで。『〈Ｅ〉は……多分、アミクスじゃない。ＲＦモデル並に特化したアミクスなんて目立ちすぎる。だからアプリみたいな、ボディのないＡＩだ。たとえば健康管理アプリなんかも、学習を重ねることでユーザーの性格傾向を細かく把握できる……もちろん、〈Ｅ〉の場合はもっと高性能だろうけれど』

〈Ｅ〉は、個々人の人物像を緻密に把握し、行動を予測可能にする分析型ＡＩ。

彼女はそう推理した――だからこそ、テイラーの思考誘導はもちろんのこと、トトキがエチカの宿泊先を改めた時も、トトキ自身の思考の傾向から変更先のホテルを割り出すことができたのだ。それは、ハロルドがおこなった推測にほぼ等しい。

一方で、〈Ｅ〉が分析できる対象は、人間に限られているはずだった。

『なるほど』思わず何度も頷《うなず》いてしまう。確かにそれならば理屈が通る。『つまり、知覚犯罪事件に深く関わった私について、一切投稿がなされなかったのはそのためですか』

『恐らくね、ただ〈Ｅ〉には手足がない。分析結果をスレッドに投稿しているのは、人間……きみの推理通りなら、それがロバン電索官のはずだ』

ライザ・ロバンと〈Ｅ〉の『隠《かく》れ処《が》』を探す必要がある、とエチカは言った。

しかしそれが療養施設――彼女にとって一番大切な兄の部屋とは、あまりにも皮肉な話だ。

ハロルドは静かに、メモリを閉じて。

「我々はある意味で、チューリングテストの審査員も同然だったのですね。ライザ？」

「何を言っているのか分からないわ」彼女は、茫然《ぼうぜん》とかぶりを振っていた。ダークブロンドの髪が揺れる。「私を疑っているの？　どうしてそんな……」

まだ、認めるつもりはないということか。

「その演技力には感心させられました。さすが、勉強をなさっていただけのことはある。けれど、動揺に負けて私をここへ連れてきたのは致命的です」ハロルドは淡々と続け、「あなたの目的は一貫して、知覚犯罪事件の真相を確かめることでした。私の記憶《メモリ》を通して、捜査資料を閲覧しようとしましたね？」

「何の話をしているの」

「あなたはローマ劇場で、わざとご自身を信奉者に襲わせた。私を誰にも見られない自宅へと連れていき、あのタブレット端末にメモリをコピーするために……何せ捜査資料がある保管庫のセキュリティは、国際刑事警察機構《インターポール》内で最も厳しいと言っていい。事務総長の正式な許可が下りない限り、立ち入るのは不可能に近いでしょう。ですからあなたにとって、捜査に携わった私の記憶は真実への近道になるはずだった」

「違う」彼女は押し出すように言う。「そんなことしていない」

「ただ残念ながら、私のメモリに捜査資料は存在しませんでした。そもそも捜査局の保護《プロテクト》がかかったメモリは、基本的に外部装置では読み出せません。『捜査官』のアミクスは私だけですから、あなたはご存じなかったのでしょうが」

「話を聞いて」

「聞いていますよ」ハロルドは冷徹に微笑《ほほえ》んでみせ、「もともとあなたは、私から捜査資料を手に入れて満足するつもりでいた。〈E〉として、スレッドに思考誘導の一件を投稿したのは、捜査局へのささやかな報復です。信奉者たちだけでは保管庫の真実には辿《たど》り着《つ》けないでしょうが、書き込みを通じて、捜査局自体を混乱させることはできる……ですが、私のメモリを盗んだことそのものが無駄足だったとなれば、話は変わります」

彼女はただ、首を横に振っている。

「業を煮やしたあなたは、強制的に保管庫に立ち入るため、信奉者たちによる襲撃を利用した。そう、例の放火犯が企てていた『花火』の計画に便乗することにしたのです」

「違う……」

「ローマ劇場でご自身を襲わせた時のように、捜査官という正体を隠して、SNSで例の放火犯と連絡を取っていましたね？　彼にトトキ課長の自宅を教え、ガナッシュに爆発装置を仕掛けさせる作戦は、あなたの発案だった」

あのアパルトマンで、ライザはトトキから直接ガナッシュを預かった――爆発装置を捜査局へ持ち込むために。

セキュリティゲートの身体スキャンは、装置を見抜けたはずだ。しかし、捜査局という新しい環境に接したガナッシュのシステムは、空間情報の取得を最優先におこなう。つまりスキャンが完了する前に、ゲートの足許《あしもと》をすり抜けた。警備アミクスがそれを見ていたとしても、トトキの所有物であるペットロボットに対して、特別な危険性を感じるとは考えにくい。

トトキを上司に持つライザでなければ、思いつけない妙案だ。

「襲撃があった夜、あなたは帰宅したとみせかけて、課長の目を盗んでガナッシュを運び出しました。起爆できるよう準備を整えてから、電気室に置き去りにした……最初に猫を見つけるのが、ヒエダ電索官だと分かっていたから」

「荒唐無稽よ。分かるわけがない」

「同じように信奉者を使って、電索官にヒントを与えたでしょう？ 〈E〉は人間の行動を推測できますから、彼女が真実に気付き、電気室に向かうと知っていた」ハロルドはそれとなく、一歩踏み出す。「あなたには、爆発に乗じて私を殺したいだけの理由がありました。だから私が電索官に会うよう仕向けた。そうですね？」

ライザは疲れたように、デスクに寄りかかる。持ち上げた手で、額を押さえて。

「あなたは昨日、すっかり修理されたと思っていたわ。多分、まだ故障している」

「残念ながら正常です」にこりともせずに言い、「停電に乗じて信奉者を招き入れる作戦は、攪乱《かくらん》としては完璧ですが、のちのち内部に裏切り者がいると疑われることになります。あなたは、私に兄の身の上話をしてしまった。確実にこちらの気を逸らしながらメモリをコピーし、なおかつ捜査局が私の記憶を閲覧しても、不自然に思わないための演出としてはうってつけだったでしょうが……今や都合が変わった」

ライザには、保管庫に侵入する動機がある。そのことをハロルドに教えてしまった以上、彼女はこちらを危険と見なした——メモリごと存在を消し去るべきだ、と考えただろう。

「あの時、避難用ドアを塞いでいたワゴンには、倉庫で保管されていた荷物が積載されていました。総重量こそ重いもののボックスはどれも小さく、一人でも持ち上げられたと思われます。つまり女性で、なおかつ足を痛めているあなたでも運べた」

「いい加減にしてちょうだい。証拠もないのに、こんなのは侮辱よ！」

「確かに。決定的なものをお見せしていませんでしたね」ハロルドはジャケットの内ポケットに手を入れ、それを取り出す。「すみません、躾《しつけ》が行き届いていないもので……あなたのご自宅のダストボックスで見つけて、つい拾ってしまいました」

掌《てのひら》に載せてみせたのは——使用済みの医療用HSBカートリッジ。

ライザの顔が、今度こそはっきりと青ざめていく。

エチカの電索能力の喪失は、ビガの父親であるダネルによって仕組まれたものだ。ダネルの所持品からは、リヨン行きの航空券が見つかっている。彼は当時、ビガに外出の目的を『バイオハッキングの依頼者の往診』だと伝えていたそうだ。

そうしてビガはオスロでの捜査の際、エチカにこう話したらしい。

——『バイオハッキングの中には、情報処理能力をいじる技術があるみたいなんです』

つまり、これこそが動かぬ証拠だった。

「トトキ課長は私にあなたを紹介する際、こう言っていました。『最近どんどん処理能力が向上している子で、定期的に補助官を交代させなければいけなくなっている』と。もちろん、そうした才能溢《あふ》れる人間がいることも事実でしょう、しかし」ハロルドはカートリッジを弄びながら、「ライザ、私は本当の『天才』を知っています。彼女の潜り方とあなたのそれは、電索官としての差違ではとても片付けられない。何より電索を終えたあとのあなたは、決まってふらついていました。無理に情報処理能力を引き上げたことで、脳に甚大《じんだい》な負荷が掛かっているのは間違いない」

強制的な情報処理能力の向上。

ダネルの説明を聞いたビガによれば、それは医療用HSBカートリッジを介し、ユア・フォルマと脳の親和性を高めることで実現するらしい——具体的には、バイオハッカーたちが調合した薬品を使って、神経細胞の発火に干渉することで情報処理能力を飛躍的に引き上げる。この状態を維持するためには、当然、毎日カートリッジを使用し続けなければならない。その間、脳は過負荷状態を強いられて、当たり前のように蝕《むしば》まれていく。

何《いず》れも後遺症が避けられないとして、一般の医療機関では禁じられた治療法だった。

しかしバイオハッカーたちの間では、形を変えながらもこれらの技術が生きている。

だからライザは、頼ることにした。

彼女は、〈E〉の『使者』を自称しているバイオハッカーの噂《うわさ》を聞きつけ、ダネルを利用したのだ。そうして自分の処理能力を向上させる一方で、彼と共謀し——ビガがエチカに送っていたカートリッジを細工して、彼女の電索能力を奪った。

全ては、知覚犯罪事件に関わったハロルドに近づき、合法的にメモリを閲覧するため。

「信奉者たちへの電索の際、あなたは頻繁に逆流を起こしていましたが……あれは意図的なものですね？　自分の足がつきそうな機憶を私に流さないよう、わざと逆流を起こして誤魔化していた。これもまた、カートリッジの為《な》せる業でしょうか？」

ライザの頬は、化粧をしていてもはっきりと分かるほどに白く——その不調の原因は、間違いなくカートリッジにある。本来ならば、ダネルが往診にくるはずだった。しかし、彼はオスロ空港でエチカたちに捕まり、リヨンへは渡れなかった。

「一つ、疑問があります。何故《なぜ》、はじめから保管庫を襲撃しなかったのです？」

ライザは奥歯を噛《か》み締《し》める——その手が耐えきれなくなったように、腰のホルスターから自動拳銃を引き抜く。長い指が、安全装置を外して。

銃口は迷わず、ハロルドへと差し向けられた。

「……犯人が私だと知られたら、兄さんと一緒にいられなくなるからよ」

彼女の人差し指は、既にトリガーに触れている。

ようやく認めた。

ハロルドは瞳を眇《すが》めてみせる。「ですが、あなたは最終的に保管庫へ向かいましたね。折角真実を手にしたのなら、逮捕を恐れずに告発なさるべきでした」

「あの爆発に巻き込まれていてくれたら、一瞬で楽に死ねたはずだったのに」ライザはもはや、取り繕う気力もないようだった。「苦しめることになるけれど……許してくれるわね」

「ここで私を撃てば、職員にも気付かれますよ」

「あなたが暴走したことにすればいい。ごめんなさい、ハロルド――」

その指が、トリガーに沈もうとして、
突如、入り口のスライドドアが開け放たれた。

はっとしたように、ライザの視線が逸《そ》れる――ハロルドはちらと、ウェアラブル端末を見やった。通話中のアイコンが小さく浮かんでいて。

我ながら、完璧な計算だ。

「武器を捨てろ、ライザ・ロバン電索官！」

戸口に現れたのは他でもない。


銃を構えた、エチカだった。

ああ――エチカは、顔を歪《ゆが》める。銃を抜いているライザを目の当《ま》たりにすれば、どうしたって、苦いものがこみ上げるのを堪《こら》えきれない。

　ハロルドの推理が外れていてくれればいいと、心のどこかで願っていた。

　だが彼は、今回もまた、正解を引き当てたのだ。

「そうよね……」ライザはハロルドに銃口を向けたまま、ニヒルな笑みを浮かべる。「あなた一人で、私を捕まえられるわけがないもの。彼女が来るのは、当然ね」

「銃を渡せ。両手を頭の後ろで組んで」

　エチカが厳しく命じると、彼女はこちらを一瞥《いちべつ》し——その指が、トリガーからゆっくりと剝がれていく。握り締めていたグリップを放す。銃はそのまま、床に叩《たた》き付《つ》けられて。

　抵抗するかと思いきや、あっさりと降参するつもりらしい。

「分かったわ。私の負けよ」

　ライザは投げやりに言い、髪を掻《か》き上《あ》げた。足許《あしもと》に落ちた銃を蹴り飛ばそうとして、不意に、大きくふらつく。

　エチカはぎょっとした。ライザはまるで、膝から骨を抜かれたようだった。片手でデスクにしがみつこうとしたが、虚しくも崩れ落ちて——とっさに、ハロルドが踏み出す。すんでのところで、その体を抱き留める。

　そうか、例のカートリッジの影響だ。

『ヒエダ？』音声電話を繋《つな》いでいたフォーキン捜査官が、問いかけてくる。『どうした。応援が必要なら今すぐ』

「救急車を手配して下さい」エチカは急いで銃を下ろす。「ロバン電索官が……」

「通話を切って」

凛《りん》とした声が響き渡り、全身がこわばる——顔を上げると、倒れたはずのライザがこちらを見ていた。彼女はハロルドに抱きつくような格好のまま、握り締めたテーブルナイフを、彼のうなじに突きつけているではないか。アミクスの手は行き場を失ったように、静かに宙に浮いていて。

「……ライザ」

「動かないで、ハロルド」

デスクを見やる。朝食の載ったトレーから、ナイフだけが消えていた。あの一瞬で奪ったのだ——エチカは歯嚙《はが》みするしかない。ハロルドですら見抜けなかったのか？

まんまと騙《だま》された。

『分かった、通報を——』

フォーキンに通じることを願いながら、エチカは一方的に通話を終了する。どう考えても、従うより他ない。ライザのナイフは、わずかに力を込めるだけで、ハロルドのうなじを貫通するだろう。角度によっては脳——中央演算処理装置に到達し、アミクスの中枢を破壊できる。

「切ったわね？　ならドアの鍵を掛けて、銃を捨てて」

エチカは大人しく言う通りにする。ドアを施錠《せじょう》して、握っていた銃の弾倉を外す。それらをライザのほうへと放り投げて、両手を挙げてみせた。

ここからどうする？

一瞬、ハロルドと目線が交わって。

「あなたが友人派でよかったわ、ヒエダ電索官」ライザはまだ、彼を放さない。「ハロルドを殺されたくなければ、私の言うことを聞きなさい」

「……分かった。何をすればいい？」

エチカは答えながらも、さりげなく部屋中を観察する。フォーキン捜査官は駐車場で待機している、どのみちここへ駆けつけてくれるだろう。ただ彼が不用意に飛び込んでくれれば、ライザがハロルドを傷付ける可能性もあった。何か、他に方法は……。

「事務所に連絡して、私と兄さんのために車を一台用意させて。あなたたちが追跡できないよう、GPSを外したものを。あとはネットワーク絶縁ユニットも」

「ライザ」ハロルドが冷静に口を開く。「諦めて下さい。どのみち、あなたは逃げられない」

「黙って。刺されたいの？」

「ルークラフト補助官」

エチカはどうにか呼ぶ。今はライザを刺激するべきではない――だが、彼は聞いているのかいないのか、言葉を重ねる。

「あなたは、私が思考誘導の事実は存在しないと言っても聞き入れませんでしたね」

「当然よ。あんな嘘《うそ》を信じるわけがないでしょう?」

「思い留まって欲しかったのです。例の放火犯の計画は、本来なら失敗だった。あなたが保管庫への襲撃を手助けすれば、計画は成功しますが、多くの人が負傷する。それも本意ではなかったはずです」

「分かったような口を利《き》かないで」ライザのナイフが、苛立《いらだ》ったようにハロルドのうなじに触れる。彼の皮膚は裂けただろうか、分からない。「思い留まれるわけがない。こんなに……こんなに恐ろしいことが隠蔽されたのに……あなたたちが平気な顔をしていられるのは、所詮は他人事《ひとごと》だからよ。故障とは無縁でいられるから」

「ロバン電索官、落ち着いて」

エチカは半歩踏み出しそうになるが、ライザの刺すような眼差《まなざ》しに動けなくなる。鬱屈と燃える瞳が、こちらを睨《にら》みつけていた。

その目を、知っている。

もう、何度も見てきた。

「——ユア・フォルマに好かれたあなたには、理解できないでしょうね。天才電索官」

ライザは怨嗟《えんさ》のように吐き捨てて。

彼女は、兄が自我混濁を起こすきっかけとなった知覚犯罪事件に、誠実さを求めた。でなければ兄が、全てを賭《と》してまで感染者を電索した彼の努力が、あまりにも報われないから。

ユーグは人形の如《ごと》く、ベッドに腰掛けている。エチカは彼の虚《うつ》ろな表情に、あの日のパリを思い起こして――自分は電索のため、補助官のベンノとともに、市内のブルビエガレ病院を訪れたのだ。

あの時、ベンノは疎《うと》ましげにこちらを見下ろしていて。

――『俺らが別件で捜査に出ている間、同僚たちが死ぬ気で電索して感染源を割り出したんだ』

その同僚たちの一人がユーグで――ここにいる彼は文字通り、ただの抜け殻だ。もはや死んでしまったに等しい。そうなったのはもちろん、エチカのせいではない。

けれど。

自分はずっと、ただ自分自身の痛みで、手一杯だった。

きっと、今だって。

「ライザ」ハロルドは尚《なお》も続ける。「確かに、捜査局のしたことは正しいとは言えません。ですが、そのためにあなたがこれ以上苦しむ必要はない」

「やめて」

「お兄さんの電索は実を結びました。彼が力を尽くしたからこそ、テイラーを逮捕することができた。真実が隠蔽されていたとしても、それだけは事実で――」

「だからやめてって言っているでしょう！」

ナイフを握る彼女の手は、激情に支配されていて。

エチカは息を呑《の》む。

割り込むべきか？

「──お兄さんもこんなことは望んでいない。どうか、ここで終わりにして下さい」

ハロルドが、彼女をきつく抱きしめる。

「兄さんの気持ちなんて分からないくせに、勝手なことを言わないで……！」

ライザの腕が、怒りに任せて動いた。ナイフが大きく振り上げられる。その切っ先が、彼めがけて──駄目だ！　エチカはほとんど、無我夢中で駆け出していた。

刃が落ちていく。

手を伸ばすが、間に合わない。

冷え切ったその凶器が、ハロルドのうなじに突き刺さろうとして、
軌道が逸《そ》れる。

何かが、真横からライザに体当たりした。

エチカの指先は空《くう》を摑《つか》んで──床を見る。押し倒されたライザの上に、ユーグがのしかかっていた。先ほどまで置物のようだった彼は、今や必死の形相で妹にしがみついている。あれほど無表情だった顔を歪《ゆが》め、両目を大きく見開いて、声にならない声で必死に叫んでいた。

ユーグがライザの行動に反応したのは、一目瞭然で。

「兄さん……」

ライザは我に返ったように、兄の背中をさする。彼女自身も、はっきりと震えていた。

「ごめんなさい、違うの。落ち着いて……」

ユーグの動揺は次第に小さくなっていったが、それでも呻《うめ》きは止まらなかった。彼はやはり、何かを恐れるように妹から離れようとせず――エチカはハロルドへと近づき、その足許《あしもと》に落ちていたテーブルナイフを蹴り飛ばす。そうして、自らの銃を拾った。弾倉をはめ込む。

だが――構える前に、ハロルドの手がやんわりと遮ってくる。

「もう、必要ないかと」

「でも……」

エチカは戸惑いながら、彼に促されて、ライザを見やった。

彼女はユーグを宥《なだ》めながら、一生懸命に囁《ささや》きかけている。「大丈夫よ」「怖がらせてしまって」「もうしないから」――その瞳の炎は一瞬で消え失《う》せ、燻《くすぶ》ってさえいなくて。今や、こちらなど視界にも入っていないかのようで。

そこにいるのは、ただの無垢《むく》な兄妹《きょうだい》だった。

エチカは静かに、銃口を下ろす。

言い表しようのないやるせなさが、胸の隅々にまで染《し》み渡《わた》っていく。

まもなく、中庭の窓が激しく叩《たた》かれる――フォーキン捜査官が駆けつけたところだった。

2

『ロバン電索官の逮捕状は届いている。いつでもフォーキン捜査官に引き渡してちょうだい』

エチカが音声電話を繋《つな》ぐなり、トトキは即座にそう言った——彼女は、本部電索課のオフィスで待機している。ハロルドの投稿に触発された信奉者たちが、再び暴動を起こす可能性に備えて、リヨン市内を巡回中の地元警察と逐一連絡を取り合っているはずだった。

『ブラフが必要だったとは言え、この作戦は二度と御免よ』トトキはうんざりとした様子だ。『スレッドもSNSも荒れている。早めに決着をつけたいのだけれど、〈E〉の出所は？』

「今、ルークラフト補助官が話を聞いているところです」

エチカは振り向く——ライザは落ち着きを取り戻し、大人しくソファに腰を下ろしている。顔色は相変わらず芳《かんば》しくないが、もう反抗するつもりはないようだった。自我喪失状態の兄が、体を張って止めたのだ。さすがに応《こた》えたのだろう。

ライザの向かいに座ったハロルドは、彼女の供述に真摯に耳を傾けていた。

「春頃だったと思うわ」と、ライザが下手な息を吸う。「兄さんのPCの中に、〈E〉を見つけたの。分析用のAIよ。特定の人物の名前を入力すると、ウェブ上から情報を集めてきて、怖いくらいの精度で人となりを言い当てる……」

彼女は話しながらも、ちらちらと兄のほうを確かめている——ユーグは先ほどの騒ぎで疲れ切ったらしく、今はベッドに横たわっていた。目を閉じて、眠っているようだ。付き添う介護アミクスが、心配そうに見つめている。

ハロルドが問いかける。「ライザ。あなたは〈E〉に、テイラーを解析させたのですね？」

「ええ。知覚犯罪事件のことがどうしても腑《ふ》に落ちなかったから……そうしたら〈E〉は、テイラーが思考誘導をおこなっていたと言った。どんなアルゴリズムでそうなっているのかは分からないけれど……とにかく、ユーザーデータベースにアクセスしているんじゃないかというくらい、全部知っているの」

「〈E〉は、お兄さんがプログラムを？」

「え？」彼女は力なく眉を上げた。「どうしてそう思うの？」

「前に教えて下さったでしょう、彼はもともと電索官になることを望んでいなかったと。アミクスのようなＡＩがお好きだったのでは？」ハロルドは穏やかに、「本当は、プログラマやエンジニアのような仕事に就きたかったのではありませんか。彼には、相応の知識があったはずです」

ライザは何かを押し込めるように、手を握り合わせた。

「確かに、趣味でプログラミングをしていたことはあったみたい。でも、〈E〉ほど高性能なＡＩは作れなかったはずよ」実際ユーグに突出した才能があるのなら、職業適性診断ＡＩも、彼を電索官には推薦しないだろう。「とにかく、兄は〈E〉を利用してスレッドに陰謀論を書き込んでいたみたいで……」

それを初めて知った時、ライザは相当なショックを受けたに違いない。陰謀論の投稿自体は犯罪とは言いにくいが、それが現実に波及すれば話は別だ。ましてや、電子犯罪捜査局では〈E〉は『有名人』だったのだから。

だが彼女は、兄の過《あやま》ちを正すどころか、それを継承して〈E〉を演じ続けてみせた。

「つまりライザ、あなたにも〈E〉の出所は分からないのですね」

「ええ……、ごめんなさい」

「構いません。きっと、彼の機憶が教えてくれるはずですから」

『実は、ユーグの電索令状を申請してあるの』通話を繋《つな》いでいたトトキが言う。彼女に二人のやりとりが聞こえていたとは思えないが、状況を察してくれたようだ。『どちらにしても、ロバン電索官が〈E〉に関係しているのなら、彼は重要参考人になると思ったから』

「ありがとうございます」

『もうそろそろ届くでしょうけれど……あなたも知っての通り、ユーグは自我混濁を起こしている。厄介な電索になるはずだから、気を付けて』

エチカは通話を終了する――ハロルドがライザを立ち上がらせたところだった。彼が入り口のスライドドアを開けると、通路で待っていたフォーキン捜査官が姿を見せる。フォーキンは器用に左手を使い、ライザに手錠を掛けた。

「心配するな、まずは病院だ」彼はそう言って、「それと、さっき連絡があった。重体だった捜査官も、無事に意識を取り戻したらしい」

ライザはかすかに目を見開き、すぐさまうつむいた。彼女の表情は押し隠されていたが、しかし、細い肩ははっきりと震えていて――噎《むせ》ぶような呟《つぶや》きが、零《こぼ》れ落《お》ちる。

「…………、……ごめんなさい」

フォーキンは負傷した右手で、慰めるようにライザの肩を叩《たた》いた。

「誰も殺さなくてよかったな。あんたの兄さんにとっても、せめてもの救いだろう」

彼女はもう、言葉にならないようだった。手錠に繋《つな》がれた両手を、目許《めもと》に押しつけて。

そうして――ライザはフォーキンに背中を押されながら、ゆっくりと去っていった。

途端に、しん、と水滴のような静寂が降ってくる。

エチカは深い息を吐き、デスクの前に腰を下ろす。ディスプレイを眺めやる。

整頓された、デスクトップ画面の中央。

アルファベットの『E』のアバターをまとったＡＩが、ぽつんと浮かんでいた。

もしも〈Ｅ〉が事実を誇張しているのではなく、実際にこちらの『秘密』を見抜けるのだとしたら、それはハロルド同様、恐らく人間ではないだろうと思った。

しかし――まさか本当に、的中するとは。

「つまり〈E〉は、RFモデルに匹敵する能力を持ったAIということになる」エチカは髪をかき混ぜた。「レクシー博士のような天才開発者が、他にもいるわけだ」

「〈E〉のソースコードは解析に回すべきでしょうね」

戻ってきたハロルドが、デスクへと近づいてくる。彼はエチカの隣に立ち、ディスプレイを覗《のぞ》き込んだ——ちらと、そのうなじを見上げる。ライザのナイフは、彼の皮膚に触れこそしたものの、切り裂くことはなかったようだ。

「……分かっていたの？」

アミクスの瞳が、横目でこちらを見た。「何をです？」

「ユーグが、ロバン電索官を止めに入るって」

「いいえ」ハロルドはあっさりと答え、「ですが、ライザに迷いがあるのは明らかでした。罪が露呈した今、私を殺害することはあまり意味を持ちませんから」

エチカは眉をひそめてしまう。「彼女はそこまで冷静に考えているようには見えなかった。それに、一度はきみを爆発で吹き飛ばそうとした人だ」

「証拠を残さないためというのもありますが、それ以上に直接手を下すほどの勇気がないからこそ、あのような真似《まね》をしたのです。実際ユーグが止めに入らなくても、ライザが私を刺し殺すことは難しかったでしょう」

確かにそう考えることもできるだろうが——エチカはつい、頬杖《ほおづえ》をつく。こちらは彼のように全てを見透かせるわけではないのだ。勘弁して欲しい。

「どうせ、『もし刺されても修理すればいい』と思っていたんでしょ」

彼は目をしばたたく。「折角事件が解決に向かっているというのに、不機嫌ですね？」

「そもそも、わたしが到着するまで彼女に仕掛けない約束だった。それが、着いてみたらあの有様《ありさま》だ」正直、心臓が幾つあっても足りない。「前にも言ったけれど、きみはもう少し自分を大事にするべき……」

「心配なさらなくても、あなたを一人にはしませんよ」

「わたしもそんな心配はしていない」

「少しはしているでしょう？」

「やっぱり刺されたほうがよかったんじゃない？」

何を言っても暖簾《のれん》に腕押しだな。エチカは再び、今度は鼻から息を洩《も》らした。ハロルドは何を思ったのか、端正な顔に飄々《ひょうひょう》とした微笑《ほほえ》みを浮かべてみせるのだ。

でも——そうやって取り繕っていたって、何となく分かってしまう。

彼は今回、間違いなくライザに同情していた。知覚犯罪事件の際、マトイに縋《すが》り付《つ》くエチカを諭した時と同じ——人を駒のように利用したかと思えば、そうやって、『人間らしい』良心を覗《のぞ》かせたりもする。どちらも、本当のハロルドなのだろうけれど。

「きみが……傷付いていないのなら、それでいいよ」

「はい」彼は首を傾《かし》げた。「この通り、怪我《けが》はしていません」

「そういう意味じゃない」全く、妙なところで鈍感だな。

まもなく、トトキから電索令状が届く。


ユーグのベッドの前に立った時、エチカは妙な緊張を覚える。丁度、介護アミクスが彼の腕に鎮静剤を注射して、離れていくところだった——ユーグの綺麗《きれい》な面立ちに、窓から注ぐ午後の日射《ひざ》しが、濃い影を生んでいる。睫毛《まつげ》の一本一本が、頬に描き出されて。

「また、あなたと潜ることができて嬉《うれ》しいです」

向かい合ったハロルドが、柔和に微笑する。けれど、エチカは上手《うま》く微笑《ほほえ》み返せない。

もう潜れないことを知った時、またここに、戻ってきたいと思った。

自分も嬉《うれ》しいはずだ。

けれど——手放しで喜ぶには、色々なものが複雑になりすぎてしまった。

結局のところ、選べる手段はいつだって限られていて、残酷なのだ。

エチカは介護アミクスから、ユーグと繋《つな》がった〈探索コード〉を受け取る。接続ポートに挿し込んだ。ハロルドが片耳をずらすのを、どこか懐《なつ》かしく思いながら見つめて——互いを、〈命綱〉で結び合わせる。トライアングル接続が、音もなくできあがる。

一瞬、先日味わった焼き切れるような痛みを思い出し、わずかな恐怖がこみ上げた。

もう、大丈夫なはずだ。

ビガを信じよう。

意識して、深呼吸する。ハロルドの視線を、つむじで感じる。世界にへばりついている色がひとつずつ剝がれて、無駄なものが削《そ》ぎ落とされていって。

「ルークラフト補助官」

「いつでも」

瞼《まぶた》を下ろす。

暗闇は、恋しいほどにあたたかい。


「──始めよう」


重たい体は、何も考えずとも脱げ落ちた。

弾《はじ》き飛《と》ばされるのでは、と恐れる暇もなく、全身が吸い込まれる。ざあっと吹き上がっていく情報の渦が見えて。はっきりと──ああ、電子の海だ。

帰ってこられた。

本当に。

存在しない重力に任せて落ちていく。手足にまとわりつく浮遊感。泳ぐように深くへ──ざらついたノイズが頰を掠《かす》める。雑音が多い。ざざ、と蝕《むしば》んでくるそれらを振り払う。直後、巨大な泡のような機憶がエチカを呑《の》み込む。どぷん、と耳鳴りがして。

よく見えない。

自我混濁の影響だろうか？

これはもともと、機憶のはずなのに――もはや別物だった。情報はぐちゃぐちゃにかき混ぜられ、全てが一緒くたになって溶けかかっている。複数の糸が絡《から》まって、巨大な繭を作っているかのように。それが風景だったのか、夢なのか、あるいは人物なのかも判然とせず。音が叩《たた》き付《つ》けている。言葉にすらならない声。『――あ』『――を？』『――す――てを――』『――だ！』『――たい』聞き取れない。なのに、刺さるほど嚙《か》みついてくる。迷子の子供のように、泣き出したくなってくる。

ユーグの思考は既に、言語を喪失していた。

残されたのは、黒い穴のような不安。

ずっと叫んでいる。言葉に辿《たど》り着《つ》けない何かの音で。

その響きに、こちらの思考までも剝ぎ取られそうになり、エチカは歯を食いしばる。なるほど、確かにトトキの言った通り厄介だ。夢の機憶のように、全てが乱れていて抽象的。あるいはこれ自体が、彼の見ている夢なのだろうか？　判別がつかない。

ここを出なければ。

一気に突き抜けよう。

搦《から》め捕《と》られないよう手足を縮めて、真《ま》っ直《す》ぐに落ちる。やがて泡から抜け出る。〈表層機憶〉から〈中層機憶〉へと沈み込み――辛《かろ》うじて、混じりけのない機憶を幾つか摑《つか》んだ。何《いず》れも、ライザの顔が映り込んでいる。『大丈夫よ、兄さん』『きっとよくなるから』『治ったらまたクレーと三人で――』優しい妹の手が、背中をさすってくれて。吐きそうな胸の内の塊が、ゆっくりと萎んでいく。ふわふわする。幸せにも似た、白い感情が気泡のように浮かび上がって、傍《かたわ》らをすり抜けて。ずっとこうしていたい。守られていたい。

でも。

雁字《がんじ》搦《がら》めになっていた機憶が、一気に鮮明さを取り戻す。

自我混濁を起こすよりも前まで遡ったのだ――ユーグの視界には、どこかの病室が映っている。目の前のベッドに横たわる、知覚犯罪事件の感染者。繫《つな》がったコードが、ゆらゆらと揺れる。傍《かたわ》らの電索補助官が何か言っているが、彼の耳には入らない。連日の電索で、ひどく意識が朦朧《もうろう》としていた。回らない頭の奥で、ぽつぽつと浮かび上がる。『まずい』『ここで潜ったら、もう戻れない気がする』『ちゃんと無事に帰らないと』『ああでも、ライザは僕なんかいなくても多分上手《うま》くやっていくよな』『なりたくなかった』

――電索官になんて、なりたくなかった。

貫くようなそれを、エチカは上手《うま》く受け流せない。

どうしてだろう。以前よりもずっと、他人の感情に敏感になっている気がして。

機憶を更に追いかける——ユーグの日課は、極めて簡潔だった。電子犯罪捜査局での一日を終えると、ライザと暮らすアパルトマンに帰宅し、日々〈E〉の改良をおこなう。彼の自室にあるPCは、療養施設のそれと全く同じで——そうか。入所の際に、ライザがこちらへと運び込んだのだ。ユーグ自身は操作することなどできないが、それでも目に触れる場所に置いてやりたかったのだろう。

彼は偶数日になると、〈E〉を使い、それらしい陰謀論をスレッドに投稿する——ユーグの自尊心は、束《つか》の間《ま》満たされる。『やっぱりこっちのほうが向いている』『そうだ、この世界はおかしいんだ』『ユア・フォルマは嘘《うそ》ばかり吐《つ》く』『アミクスだけいればよかったのに』——一方で〈E〉のスレッドさえも、彼にとって居心地のいい場所とは言えなかった。集まった信奉者たちは、当然テクノロジーに対して否定的で、彼の愛するアミクスを拒む書き込みが散見されたのだ。それでもユーグは自分自身を慰めるために、プログラマとしての才能を証明するために、何よりもユア・フォルマへの恨みを綴《つづ》るために、陰謀論の投稿を続ける——『本当はもうやめたい』『誰か止めてくれ』『〈E〉をインストールするべきじゃなかった』『いつかばれたら逮捕される』『ライザにも迷惑が』

——〈E〉をインストールする？

やはり、これはユーグが作り上げたAIではないのだ。どこで出会った？

深淵《しんえん》へと落下していく。年単位で情報が保管されている〈下層機憶〉へと――ここまでの機憶を辿《たど》る限り、ほぼハロルドの指摘通りだ。ユーグは幼い頃から、プログラマになることを望んでいた。彼の家庭は決して明るくなく、妹のライザとともに、家政アミクスのクレーを親代わりに育った――いつかクレーが故障した時に直してあげられるように、そして自分のような子供を救えるアミクスを生み出せたら。それが、彼の『夢』への思いで。

『ユーグ、電索官の適性があるんですって？』『プログラマなんかよりもずっとすごい才能だ』『給料もいいんだから』『親孝行しなさい』――両親の声は、溶け出した墨のように胸を塗り潰していく。目許《めもと》に滲《にじ》む涙さえも、黒く淀《よど》んでいるような気がして。

ユア・フォルマの職業適性診断は、ユーグの情報処理能力が高いことや人材の希少さを理由に、彼に電索官の道を勧めた。不仲な両親もこの時ばかりは鼻高々で、ユーグとライザは『才能のある兄妹《きょうだい》』として周囲から祝福された。だが、彼は静かな苛立《いらだ》ちで気が狂いそうで。

『自分の将来なのに、どうして自分では決められないんだ？』

適性も才能もなくても、自分の人生だ。一度くらい、挑戦させて欲しかった。好きなように、やらせて欲しかった。ユア・フォルマがあんなことを言い出さなければ、父さんも母さんも――こんな『糸』に、一体僕の何が分かるっていうんだ？

ここじゃない。

ユーグの感情に巻き取られるな。

やがて、見えてくる――彼と〈E〉の出会いの機憶は、丁度一年半前だ。電索官に就職して間もないユーグのもとに、いつも利用しているクラウド情報サイトからメッセージが届いた。内容は、オープンソースAIの新着公開情報。『こんなのが送られてきたのは初めてだな』と、ユーグはユア・フォルマを恨めしく思う。自分はプログラミングを諦めたのに、最適化《パーソナライズ》は嫌味たらしく勧めてくるのだから。

それでも興味を抑えきれず、メッセのリンクを開いて、ウェブページへと飛ぶ。一覧に掲載されているAIは、今のところ一件だけだった。

【TOSTI《トスティ》】

概要：

深層学習、自然言語理解、センチメント分析を中心に、対象物のメタデータを幅広く収集。用途に沿ったデータベースを構築し、より優れたセマンティック検索を提供する。企業による顧客層・顧客感情の分析や、医療機関における患者の性格傾向の把握などを想定。

公開の目的：

研究促進。利用状況は開発者へと自動的にフィードバックされる。

開発提供者：

アラン・ジャック・ラッセルズ

――そうか、これが〈Ｅ〉の正体。

ユーグは、どうしてもプログラミングを諦めきれなかった。彼はＡＩトスティをインストールし、〈Ｅ〉と命名して自力で調整を重ねていく。ユーグの技術は未熟なようだったが、トスティはみるみるうちに頭角を現し、分析型ＡＩとしてどんどんと成長していった。その結果、最初は当てずっぽうも同然だった陰謀論は、ついに真実を引き出すまでになって。

そこまで精度を高められたのは、ひとえにユーグの調整のお陰だろうか――エチカには、プログラミングの知識はない。だがそれでも彼自身の戸惑いから、ユーグの才能ではないことが分かる。『僕はここまで調整していないぞ』『〈Ｅ〉は全部自分で学習しているのか？』『すごい』『こいつ、自分で自分をプログラムし直している』――確かにそうした機能を持つＡＩも、少なからず存在している。しかし。

トスティは間違いなく、桁外れに高性能だ。

そうでなければハロルドと同等の――あるいはそれ以上の『観察力』は発揮できない。

概要欄によれば、トスティはマーケティングなどの分野で利用されることを想定していたようだ。が、明らかに度が過ぎている。調整次第ではユア・フォルマのように、ユーザーのことを丸ごと把握している状態に陥りかねない――プライバシーなどあったものではない。

開発者は、ここまでの事態を想定していたのだろうか？

ふとエチカの心に、退《しりぞ》け続けてきたユーグの感情が、ずぶりと食い込んでくる。〈E〉として大勢の信奉者に影響を与える彼の、極めて歪《ゆが》んだ喜びが、
不意に、ふっつりと途切れて。

引き揚げられる。

エチカは瞼《まぶた》を押し上げて――耳鳴りを呼ぶほどの静けさが、ベッドに描かれた皺《しわ》とともに帰ってくる。うなじから〈探索コード〉を取り外したハロルドの手が、頰を掠《かす》めていった。

「――アラン・ジャック・ラッセルズ」

機憶の中で見た名前を、はっきりと復唱する。

「……トスティの開発者だ。彼を追う必要があるのは、間違いない」

「ええ」アミクスは慎重に顎を引く。「最後の仕上げ、というわけですね」

エチカは頷《うなず》きながら、何気なくユーグの顔を見下ろして、
息を詰めた。

彼の瞼《まぶた》からこめかみへと、透き通った一滴のそれが、伝い落ちていくところだったから。

3

オスロ大学病院のロータリーには、夕刻を迎えてなお、燦々《さんさん》と陽の光が照りつける。

「もうそろそろ迎えがくる頃だ」

セドフ捜査官が言う――ビガは改めて、隣に立つ父親を見上げた。ダネルは、昨日意識が戻ったばかりとは思えないほど、しっかりと背筋を伸ばしている。後ろ手に手錠をかけられ、片腕をセドフに拘束されていて。

父は取り調べのため、ひとまず地元の警察署へと移送されることになった。

当然ながら、ビガは同行できない。

――いいや。

もはやどこへだって、父と一緒にいくことは叶《かな》わないだろう。

ぎゅっと閉じた瞼《まぶた》の裏に、昨日の出来事を思い起こす――目覚めた父は考えを改めたのか、それとも生死の境をさまよって懲りたのか、自《おの》ずと罪を告白した。〈E〉の思想に同調したがために、『使者』を自称して自主的な啓蒙《けいもう》活動を始めたのだ、と。

その上で、正体を隠して信奉者として近づいてきたライザに、協力してしまった。

彼女の望みに従い、エチカの電索能力を奪った。

『あたしとヒエダさんが親しいって、知っていたの』

昼下がりの病室で、ビガは父親を問い質したのだ――ベッドから起き上がったダネルは、終始目を伏せていた。いつだって毅然《きぜん》としていた父の面影は、そこにはなくて。

『親しいとは考えていなかったよ。ヒエダ電索官のことを調べた時には、関係性は分からなかった……だが、お前は単に利用されているのだと』彼は覇気のない口調で、『あの電索官が能力を失って、別の課に移れば、お前も解放されるかも知れない。……そうなるべきだと考えたんだ。だから、協力した』

父はうなだれて、口を噤《つぐ》む——ビガは冷静になろうと努力する。自分たちバイオハッカーが影響を与えてきたのは、何もエチカだけではないのだ。同じように、ひどい目に遭わされた人間も大勢いただろう。エチカが特別ではないのに、彼女を知っているというだけで、ひどく腹が立って仕方がなくて。

でも、父には父なりの矜持《きょうじ》があると、分かっている。

だからこそ、〈E〉に対する盲目的な信仰心が生まれてしまった。

——『これはお前のためでもあるんだ』

母が生きていた時から、父は一番に家族のことを愛してくれていた。

誰よりも知っている。

けれど。

ベッドの上を、小さな影が横切る。窓の外を、鳥が飛び去ったようで。

『いつ、あたしが民間協力者だって気付いたの?』

押し殺すような問いかけは届いているはずなのに、父は随分と長く、沈黙していた。

やがて、掠《かす》れた声で呟《つぶや》くのだ。

『……お前が思っているほど、親の目は節穴じゃない』

ビガは丁寧に息を吐く。気持ちを落ち着けるために——瞼《まぶた》をひらくと、大学病院のロータリーが戻ってくる。きらりと光が反射した。一台の警察車両が、姿を見せたところで。

ああ、もう時間がない。

「ビガ。クラーラによろしく伝えてくれ」

父は気まずそうに、それだけを零《こぼ》す。

言わなければならない。だが、思うように声が出てこない。

ただ言葉を発することを、これほど難しいと感じたのは初めてで。

「お父さん」自分の声とは思えないほど、遠くで響いた。「あたし、…………」

ゆるゆると、目の前で警察車両が停車する。運転席のウィンドウが下がり、顔を出した警察官と、セドフ捜査官が手短にやりとりを交わしている。

「あたしね、」

不意に、これまで父と過ごしてきた十九年間が、一塊の熱になってこみ上げてくるのが分かった——理屈ではない何かだ。突然、何もかもを投げ捨てて、父に抱きつきたくなった。衝動に任せて、泣き喚《わめ》きたい。まだ幼かったあの頃のように。

あっという間に、大人に近づいてしまった。

それこそ、流れ星が滑り落ちるように一瞬で。

だからもう——自分で、決めなくてはいけないのだ。

「あたし……、バイオハッカーをやめる」

唇は、他の誰かのもののように、器用に紡《つむ》いで。

「一人で、生きていく」

父の眼差《まなざ》しは、わずかも揺らがなかった。静かに、ビガを見下ろしている——セドフが彼を車へと促そうとして、何やら察したようだ。じっと待っていてくれる。

時折通り過ぎていく患者やアミクスたちは、敢《あ》えて目を逸《そ》らしているようで。

「——好きにしなさい」父はため息を洩《も》らし、そっと顔を背けた。「はじめから思っていたが、お前はバイオハッカーに向いていない。勝手なことばかりで、覚悟も自覚も足りない」

言葉とは裏腹に、その口ぶりは優しくて。

「でも、お父さんだって」だからビガはつい、言い返してしまう。「自分の命を危険に晒《さら》してまでチップを使ったのに、結局……逃げ出さなかったじゃない」

ダネルがチップを利用したのは、間違いなく逃走を図るためだった。チップの制御が上手《うま》くいかなかったのは想定外だとしても、病室に一人きりでいる時間はあったのだ。絶対に逃げられない状況下ではなかった。それなのに。

父は、ビガの問いかけには答えなかった。

ただ一言、

「もう……家には、帰ってくるな」

彼は、もはや目を合わせなかった——セドフが今度こそ、その背中を押す。ダネルは大人しく、車の後部座席に乗り込んだ。セドフも続き、躊躇《ちゅうちょ》なくドアが閉ざされる。ウィンドウ越しに、彼と目が合う。いけ好かなかった捜査官は、黙って頷《うなず》いてみせた。

車が走り出す。

緩やかに遠ざかっていくその車体は、ぼやけて、風景の中に溶け出していってしまう。

ビガは一人、ひび割れた呼吸を繰り返して。

言った。

言ってしまった。

これで、よかった——よかったのだろう。

半分は本心で、もう半分は……。

誤魔化すように、両目をこする。熱が、じわりと心臓に滑り込んで——アナログな腕時計を確かめた。何度かまばたきをしなければ、視界の曇りが取れない。どうにか、正午だと分かる。

そろそろあの優しい従姉妹《いとこ》が、オスロ中央駅まで迎えにきてくれるはずだ。

これからカウトケイノに戻って、荷物をまとめて、それから。

——大丈夫。

どんな痛みでも、いつかは消える。

たとえ、消えて欲しくなくても。

流れ落ちる季節が全てを平らに変えていくことを、母を失ったビガはよく知っている——だから身を任せればいい。トナカイたちが長い冬も短い夏も、淡々と過ごしていくように。

でなければきっと、複雑すぎる世界のどこかで、自分を見失ってしまうから。

終章――虚構

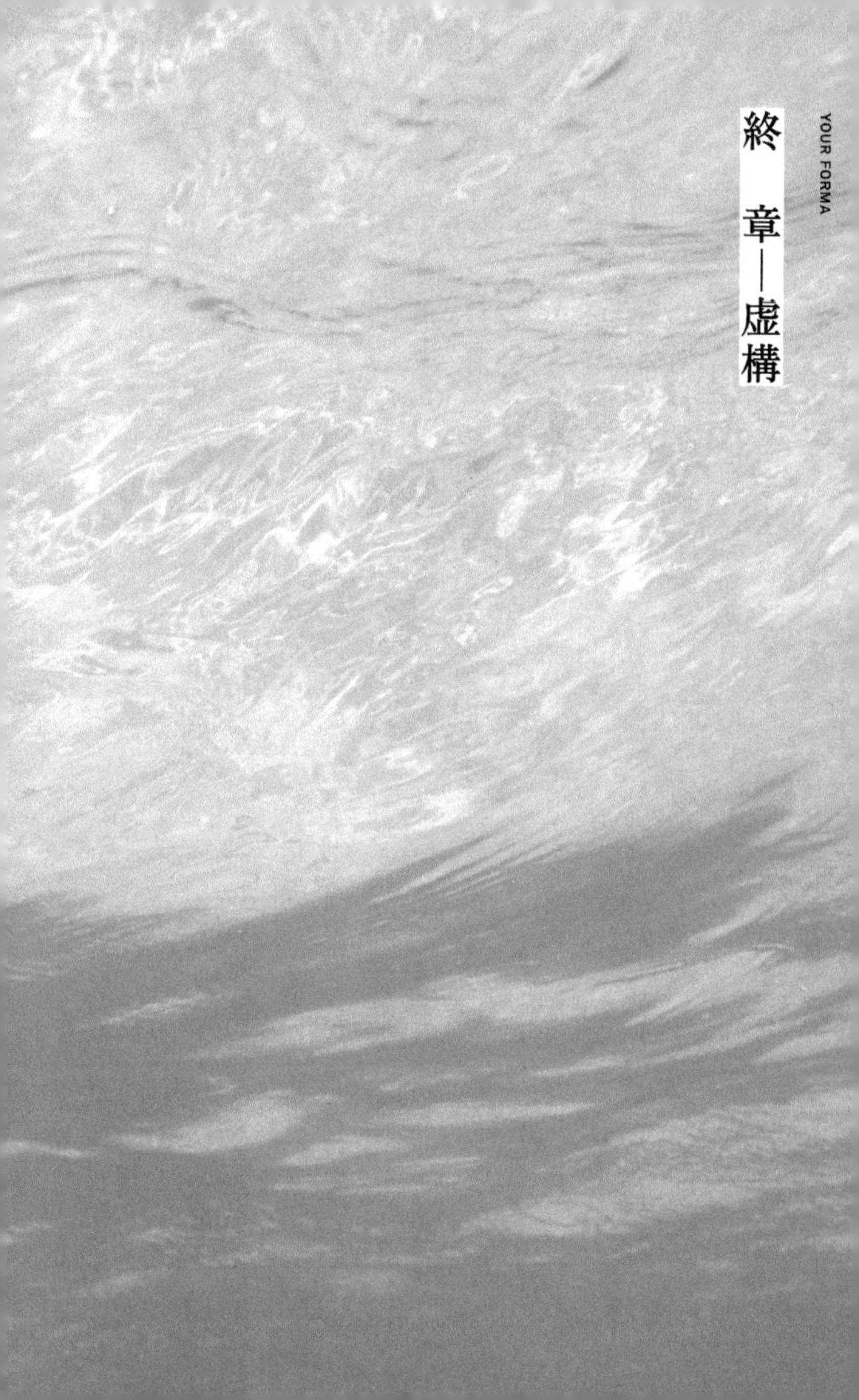

1

〈ただいまの気温、二十二度。服装指数D、朝夕は上着の用意があると安心です〉

イングランド——ロンドンから離れるにつれ、重く垂れ込めていた雲は散り散りになり、青空が帰ってきた。エチカとハロルドを乗せたSUVは、モーターウェイをひたすらに南下していく。ロンドン支局から借り受けたフォード・クーガだが、乗り心地は悪くない。

「フリストンまであと一時間もある」エチカはうんざりと呟《つぶや》いて、栄養ゼリーのパウチに口を付けた。「何でトスティの開発者は、あんな辺鄙《へんぴ》なところに住んでいるんだ？」

「確かに都会とは言えませんが、リゾート地ですし、近くにセブン・シスターズがあります」

「セブン・シスターズ？」

「海に面した白亜の崖です。観光名所ですよ」

ステアリングを握るハロルドは、如何《いか》にも上機嫌だ。捜査のためとはいえ、再び故郷の地を踏むことができて嬉《うれ》しいらしい——エチカはウィンドウの外へと目を向ける。モーターウェイの退屈な景色が、淡々と飛び去っていく。

アラン・ジャック・ラッセルズ。

ライザの兄ユーグの機憶で見つけた、〈E〉ことAIトスティの開発者。

エチカたちは彼に会うべく、今朝のうちにリヨンを発《た》ったのだった。

ユア・フォルマのユーザーデータベースに依《よ》れば、ラッセルズは独身男性で、今年で三十四歳を迎える。フリーランスのプログラマとして活躍しているようだが、めぼしい功績はなく、卒業大学も無名。特に、学位なども取得していない。

エチカはユア・フォルマで資料を開き、改めてラッセルズの顔写真を見つめる――際立《きわだ》った特徴こそないが、まあ、温厚そうな好青年だ。

何が言いたいかというと。

「彼はプログラマではあるけれど、〈E〉を作った開発者としてはぴんとこないね」

「才能のある人物でも、華々しい経歴を残せるとは限りません。実際、トスティの性能には目を見張るものがありますが、特に学術誌などにも取り上げられていない」ハロルドはちらとこちらを見て、「そもそもトスティ自体、概要だけでは有り触れた無個性なAIです」

「確かに、わざわざ注目される要素はない」

しかもあれから分かったのだが、トスティは現在、ソースの公開を終了している。日の目を見る機会は、いよいよ永遠に失われたというわけだ。

「ですが、ユーグの他にもトスティをインストールした人間がいれば、話は変わります」

「トトキ課長が調べてくれている。仮にいたとしても、見つけ出すのは難しいかも知れないけれど」エチカは空っぽになったパウチを潰し、「それこそ、ラッセルズ本人にならわかるはずだ。使用者からフィードバックを受け取っていたわけだから」

「〈E〉のソースコードについては?」

「まだ解析中らしい。今のところ、突飛な要素は見当たらないみたいだけれど……」

言いながら、展開していたラッセルズのデータを閉じる——〈E〉が投稿を続けていた、例のスレッドを開いてみた。信奉者たちの論争は、今なお続いている。

例の療養施設で〈E〉の正体を暴いてから、丸二日。

電子犯罪捜査局はメディアに向けて、〈E〉は分析型AIであったこと、スレッドに書き込みをおこなっていた電索官の兄妹《きょうだい》を逮捕したことを公表した。世間に衝撃が走ったことは言わずもがな、それ以上にショックを受けたのが信奉者たちだ。何せ彼らは、テクノロジーを否定する〈E〉の思想に同調した人々である。にもかかわらず、その正体が最も忌《い》むべきAIであり、なおかつ電索官だったとくれば、混乱はもはや必至だ。

【信じたくない】【騙《だま》された】【確かにあの的中率は人間業じゃなかったよ】【AIはないわ、捜査局が電索官の不祥事をもみ消すための下手な嘘《うそ》だろ】【捜査局の言い訳説を支持する】【俺はAIだと思う】【そもそも全部、〈E〉の活動を妨害するためのでっち上げ】【ますますユア・フォルマが嫌になった】【〈E〉、次の投稿はまだ?】【早く帰ってきて】

スレッドやSNSに溢《あふ》れかえった怒りや失望は、沈静化とは程遠い。

エチカは投稿を眺めながら、トトキの言葉を思い出していた。

『メディアには事実を公表したけれど、これを信じるかどうかは個人に委ねられるから』すぐに信奉者が解散すると考えるのは楽観的過ぎる、と彼女は言った。『〈E〉は既に、信仰対象なのよ。これがAIではなく人間で、救世主だという考えを変えない信奉者もいるでしょう。今後も、一定の警戒は続けていくべきだわ』

真実はどうあれ、自分にとって信じられる存在ならそれでいい、ということか。

エチカはシートに深く寄りかかり、ニューストピックスに移動する。見出しの中には当然のように、今回の事件が紛れ込んでいる。〈陰謀論者『E』の正体、電索官の兄妹《きょうだい》に迫る〉――記事を展開してみると、ライザやユーグの来歴がずらずらと並べ立てられていた。後半には、捜査局側が公表したライザの供述内容が書き添えられている。

〈ライザ・ロバン容疑者は、『故障した兄に対し、捜査局の対応が冷淡だったことが許せなかった。ユア・フォルマの適性診断にも以前から疑問があった』などと話している。電子犯罪捜査局リヨン本部は本紙の取材に、「兄ユーグは業務災害と認定されており、介護保障制度の下、最善の対処法が取られている」とコメントした。これにより――〉

ユーグが、適性診断結果に従って電索官の職に就いたのは、彼自身の判断だ。たとえ本人が望んでいなかったとしても、法的にはそのように捉えられる。

ライザの犯行は、謂《い》わば捜査局に対する逆恨みだ。ただ、たった一人の兄が悲劇に見舞われたのだから、同情の余地もある。唯一の救いは、電子犯罪捜査局側が彼女を擁護する姿勢を見せていることだろうか。

何《いず》れにせよ、最たる動機であるテイラーの思考誘導について、法廷で触れられることはないだろう。

エチカは、運転席のハロルドを一瞥《いちべつ》した。

「……ライザとユーグの刑期は、どのくらいになると思う？」

「何とも言えません。どちらにしても、裁判が開かれるのは当分先でしょう」彼は穏やかだったが、どことなく心を痛めているようにも見える。「ライザはカートリッジの影響で入院中ですし、ユーグに至っては服役すること自体が難しいはずですから」

ライザは取り調べを進める中で体調が悪化し、現在はリヨン市内の病院に入院している。詳しい容態はエチカも聞かされていないが、今のところ命に関わるほどではないそうだ。だがビガの言う通りならば、彼女はこの先、重い後遺症に苦しめられることになるはずだった。

「彼女がいつかまた、ユーグの顔を見にいくことができたらいいんだけれど……」

ほとんど吐息に等しい独り言だったのに、ハロルドは聞き留めたらしい。

「怒っていらっしゃらないのですね？」彼は意外そうだった。「こう言っては何ですが、あなたはライザによって電索能力を奪われていたのですよ」

「それに殺されかけた。もちろん彼女の罪を許すつもりはないよ、でも」エチカは何となく、頬杖《ほおづえ》をついて。「わたしたちの……捜査局のしていることも、やっぱり不誠実だ」

テイラーの思考誘導を秘匿するのは、ユア・フォルマが普及した社会の混乱を防ぐため。電索の危険性や療養施設の存在がほとんど触れられないのも、職業適性診断の問題点が指摘されずに聞き流されるのも、利益が不都合を上回るから――実際、不満を叫ぶ信奉者のような人々はいても、結局のところ、世界は滞りなく回っている。回っているように見える。

自分自身が壁に行き当たらない限り、全ては、永遠に正常なのだ。

ハロルドは何を思ったか、どこか侘《わび》しげな瞳をこちらに向けただけで。

「――そういえば」と話を変える彼の声は、有難《ありがた》いくらいに柔らかかった。「先ほど、ビガから連絡があったと仰《おつしや》っていましたね。彼女は何と？」

エチカは思い出す――そうだ。空港に着いた際、ビガからメッセージが届いたのだった。

「返事をするのを忘れていた。何か、今朝からまたペテルブルクに来ているらしくて」

ハロルドは不思議そうに首をひねる。「支局が、ダネルの件で呼び出したのですか？」

「そのあたりはフォーキン捜査官たちに任せているから分からないけれど、違うと思う」エチカは今一度、メッセの内容に目を通す。「わたしたちに、大事な話があるらしい」

「我々がペテルブルクに戻るのは明日になりますね。待っていただけるといいのですが」

「そう頼んでおくよ」

エチカは返信を作成しながらも、何となく理解していた。

ビガはきっと、父親に自分の思いを伝えたのだ。そして、新たな道を選んだのではないか。

自分が、彼女の力になれるといいのだけれど。


イングランド南東部——フリストンは、セブン・シスターズからほど近い小さな村だった。地区はナショナル・トラストによって管理されており、開発こそ妨げられているものの、あくまでもユア・フォルマユーザーの居住区域である。建ち並ぶ家々の外壁は、明るい漆喰《しっくい》仕上げや燧石《フリント》を用いたそれが目立った。リゾート地区とあって、観光客向けに貸し出しているコテージや、別荘なども混ざっているようだ。

ラッセルズの自宅は、丘に面した住宅街の奥——木々が生い茂る袋小路《ふくろこうじ》に、ぽつんと建っていた。例に漏れず燧石の壁は、白黒の斑《まだら》模様を描いている。玄関前にささやかな花壇が作り付けられていて、ラベンダーの花が風にゆらゆらと首を揺らしていた。

「花壇の手入れは行き届いているようですし、郵便物も溜《た》まっていません。ご在宅かと」

「補助官、堂々と郵便受けを覗《のぞ》き込まないで」

「失礼」

全く。ハロルドが郵便受けから離れるのを見届けて、エチカはドアベルを押し込む——さほど長くは待たなかった。扉が引き開けられ、女性モデルの家政アミクスが姿を見せる。どこにでもいる量産型だ。

「電子犯罪捜査局です」エチカは、捜査局のＩＤカードを提示した。「ラッセルズさんにお会いできますか？」

「申し訳ございません」アミクスは画一的な笑みで答え、「旦那様はご病気で静養していますので、面会はお断りしています」

エチカとハロルドは目配せし合う。ラッセルズのパーソナルデータに、これといった病歴は記載されていなかったが。

「お風邪か何かで？」

「面会はお断りしています」アミクスは機械的に繰り返す。「どうかお引き取り下さい」

どうにも話が噛《か》み合《あ》わない。ラッセルズには、どうしても人に会いたくない事情があるということだろうか？　だからアミクスに、来客を追い返すよう命令しているとも考えられる。後ろめたい容疑者たちが、まあまあよく使う悪あがきだ。

「わたしたちには捜査令状の用意がある」エチカは、敢《あ》えて強い態度に出ることにする。「いい？　ラッセルズさんに、〈Ｅ〉の事件について話がしたいと伝えて。無理矢理家に上がり込まれたくなければ、今すぐ出てくることだ」

家政アミクスは変わらず、綺麗《きれい》な歯を見せている。「旦那様はお話しになれません」

――どうやら、乗り込むしかないらしい。

「ルークラフト補助官」

「ええ」ハロルドがウェアラブル端末からホロブラウザを開き、展開した捜査令状を掲げた。「申し訳ありませんが、お邪魔します」

家政アミクスは、笑顔のまま硬直する。予期せぬ事態で、処理に手間取っているのだろう――構わず、エチカは目の前のそれをやんわり押し退《の》けた。ハロルドとともに、家の中へと踏み込んでいく。

一軒家《デタッチドハウス》にしてはこぢんまりとしていて、部屋数もさほど多くはなさそうだ。玄関横のシッティングルームには、ソファやガラステーブル、暖炉などが備わっている。カンテラを模したテーブルランプの一つに至るまで、丁寧に磨かれているようだった。

「絵画や写真、植物はお嫌いのようですね」ハロルドが言う。確かに、個人の趣味や思い出がはっきりと分かるようなインテリアはない。「モデルホームのように調度品のバランスが取れています」

彼は興味深そうに室内を眺めながら、窓辺へと近づいていく。サッシウィンドウからは、家の前の小道や周囲を取り囲む木々がよく見える。

「目的はラッセルズだ」エチカは戸口に立ったまま、玄関のほうを振り向いた。「寝室は？『病気』ならベッドに潜っているんでしょう」

家政アミクスは、玄関扉を閉めたところだった。こちらの質問には答えず、じっとその場に根を生やしている——自力で探すしかなさそうだ。間取りからして、二階だろう。

エチカは一足先に、階段へ向かおうとしたのだが。

つい、キッチンの前で立ち止まった。

窓のないそこは薄暗く、がらんどうだった。ダイニングテーブルはおろか、調理器具や食器も見当たらない。吊《つ》り下《さ》げ棚は空っぽだ。遠目からでも分かるほど、シンクはからからに乾きっている。かすかな埃《ほこり》の匂いさえ漂ってきそうで。

何だこれは。

シッティングルームと打って変わり、人が生活している気配が、まるでない。

「なるほど」気付けば背後に、ハロルドがやってきていた。彼もまたキッチンの様子を目《ま》の当《あ》たりにし、目を細める。「随分ときな臭くなってきましたね」

その通りだ。

「……他の部屋も確認しよう。わたしは二階を見てくる」

エチカはハロルドと別れ、単身で階段を上がっていく——正面にバスルームが現れた。洗面台には歯ブラシの一本もなく、不衛生に黒ずんでいる。バスタブもひび割れたままで、交換すらされていない。

一体どうなっている？

次に、南側の部屋へ向かう。広さからしてここが寝室のようだが、やはり何もない。唯一、カーテンと照明器具だけが取り付けられていた。窓に歩み寄ると、裏手の庭が見下ろせる。発電用のソーラーパネルが、びっしりと地面を占めていて。

不気味としか言いようがない。

「どうやら、この家は幽霊屋敷みたいですね」

エチカは思わず、小さく飛び上がってしまう――ハロルドが、寝室の入り口に立っていた。部屋全体を走査《スキャン》するように、くまなく視線を走らせているのだ。

「音もなく上ってこないで」

「失礼。あなたがそれほど怖がっているとは思わず」

「怖がっていない、びっくりしただけ」

「一階は収穫なしです」彼は、エチカの隣へと歩いてくる。「窓がある部屋に限って、カーテンと照明を設けているようですね」

「でも『幽霊屋敷』だ、ラッセルズは引っ越したの?」頭痛がしてきた。「〈E〉の報道を見て、わたしたちが来ることに勘付いて逃げ出したとか」

「確かにトスティの精度は異常ですから、国際AI運用法に抵触する可能性があります。しかし家の状態からして、つい最近逃げ出したとは思えません」尤もだった。「あのアミクスは、シッティングルーム以外の部屋を清掃していない。それでいて毎朝、各部屋のカーテンを開け閉めしていますね」

「……何でそう思った？」

「見て下さい、道標があります」

エチカは言われるがまま、床へと目を落とし——納得した。出入口と窓辺を結ぶように、積もった埃が左右へ避けて、一本の『通り道』を形成している。磨き抜かれていたシッティングルームでは、可視化されなかったのか。

「思うに、人が住んでいるように見せかけることが狙いなのでは？」

ハロルドの推理はこうだ——たとえばラッセルズが別の場所で暮らしていて、今現在もここを所有しているとしても、まず、わざわざ無人の家にアミクスを置く必要がない。人間を攻撃することのできないアミクスは、セキュリティ対策としては不十分だし、単なる引っ越しならばそれこそ連れていく。加えて家財道具が配置されているのは、玄関に面していて、通りからも覗き見ることができるシッティングルームだけ。窓がある部屋にカーテンや照明器具を用意しているのは、何《いず》れも夜に明かりを点《とも》すことで、人が生活していると示したいから。庭のソーラーパネルを利用すれば、電力は自給自足で賄える。

「花壇と郵便受けにしても、同じことです」ハロルドは鋭く、「つまりあの家政アミクスは、訪問者を遠ざけつつ、ラッセルズの存在を演出するためのものと考えるべきでしょう」

彼の読み通りならば、アミクスの受け答えが不自然だったことにも得心がいく。ラッセルズはここには住んでいない。来客があれば、病気を理由に退けるよう命じられていたのだろう。

一気に、雲行きが怪しくなってきた。

「アミクスのメモリを調べよう」エチカはどうにか言う。「何か手がかりがあるかも」

「それとトトキ課長にも連絡しましょう。ラッセルズの行動履歴を取得したほうがいい」

ハロルドが窓際を離れるので、エチカも続こうとして——直後、彼がやにわに足を止めた。あまりに急だったので、軽くその背中にぶつかってしまう。

「ちょっと」よろめきながら、後ずさる。「いきなり何……」

「ここだけペンキを上塗りしたようです」

ハロルドの手が、慎重に壁を撫でた——寝室の壁は総じて、白に統一されている。だが言われてみれば、同じ白でも、彼が触れている一面だけ若干色が明るい。人間ならうっかり見過ごすほど、ごくわずかな変化だったが。

「古い家ですから塗り替え自体は自然でしょうが、部分的というのが少々気になります」

「汚れを消したのかな？　子供の落書きとか……丁度、こんな感じになりそうだけれど」

「ラッセルズが、中古でこの物件を購入した可能性は高そうですね」

二人は今度こそ寝室を後にして、一階へと降りていく。

家政アミクスはまだ、戸口で棒立ちになっていた。

2

『ラッセルズはちゃんとフリストンに住んでいて、夕べも、イーストボーンのスーパーマーケットで買い物をしているわ。ただし……店内の監視カメラ映像に、彼の姿は映っていない。GPSの記録も、もちろん取得不可能』

ハロルドの端末が展開したホロブラウザの中で、トトキ課長が眉間に皺《しわ》を刻む——彼女は、本部電索課のオフィスにいた。その膝では、ガナッシュが幸せそうに丸くなっている。愛猫《あいびょう》の新しいボディが届いてからというもの、トトキはガナッシュを毎日職場へ連れてくることにしたらしい。もう二度と爆発装置を仕掛けられたりしないように。相当なトラウマだ。

エチカは訊《たず》ねた。「ラッセルズがあの家を買ったのはいつです？」

『二年前よ。トスティが公開される半年前ね』

不動産業者や事務弁護士に連絡を取ったところ、全員が、ラッセルズとの取引をオンラインで済ませていた。物件の引き渡し時にさえ、直接顔を合わせていないそうだ——とはいえ、それ自体は特に珍しいケースではない。提出書類に不備がなかったことも相まって、誰も疑問を抱かなかった。

『家政アミクスのメモリは、どうだったの？』

「そもそも記録がありませんでした」ハロルドが答える。彼の言う通り、成果はあがらなかった。「アミクスは一度ノワエ社へ送るつもりですが、メモリが残らないようシステムを改造されているようです。ラッセルズがプログラマであれば、難しいことではないかと」

『ただし見事に違法よ。ヒエダ、近隣住民への聞き込みは？』

「手がかりなしです。まず、家が売れたことすら知らなかった住民も多くて……」

エチカは聞き込みの際に住民たちが見せた、やけによそよそしい態度を思い起こす。フリストンは喧噪とは無縁の町だし、そこへ物々しく捜査官が訪ねてきたとくれば、無愛想になるのも当然だろうが——結果として、手に入った情報はごくわずかだった。

「以前は老夫婦が住んでいたそうです。二人とも亡くなったので、売りに出されたとか」

『その夫婦がラッセルズと関係しているかどうか、念のため調べるわ。あまり期待しないほうがよさそうだけれど』トトキは露骨に嘆息した。『何にしても、これで一つはっきりした——ラッセルズは実在しない』

実に恐ろしいが、そうとしか考えられなかった。

ウェブを辿《たど》れば、電子マネーの使用履歴などを通じて、ラッセルズが残した足跡を追いかけられる。しかし現実に彼は存在しておらず、その痕跡は全てが作り出されたものだ。ユーザーデータベースに登録された、パーソナルデータさえも——さながら、亡霊だった。

「彼はデータベースのシステムをクラッキングして、工作したということですか？」

『可能性の一つね。あの堅牢《けんろう》なセキュリティを破れるとは思えないけれど、他に方法がない』

何《いず》れにせよ『ラッセルズ』が生み出された目的は、トスティをオープンソースＡＩとして公開する上で、身分証明が必要だったためだろう——家まで購入するのは些か大仰に感じるが、現状はそう考えるのがしっくりくる。犯人は始めから、トスティの性能が国際ＡＩ運用法に抵触することを理解していた。だから身を守るために正体を隠し、ラッセルズという架空の人間に罪を着せることにしたのだ。

だが——エチカは今一つ、腑《ふ》に落ちない。

ここまで手を尽くして、トスティを公開しようとした目的は何だ？

簡単に考えれば、『犯人はトスティのフィードバック機能を利用し、不特定多数の人間のパーソナルデータを入手したかった』ということになるだろうが、これでは筋が通らない。ユーザーデータベースをクラッキングできるほどの凄腕ならば、そもそもトスティを介さなくても情報を盗み出せるはずだった。

まさかここにきて、一気に謎が噴出することになるだなんて。

『とにかく、あなたたちはできるだけのことをしてくれたわ』トトキはガナッシュを撫《な》でながらも、嘆息を禁じ得ないようだ。『捜査局は引き続きラッセルズを追う。何か分かったら連絡するけれど、進展には時間がかかるかも知れない』

「分かりました。ひとまずわたしたちは、明日にはペテルブルクに戻ります」

『そうしてちょうだい。今日はゆっくり休んで』

ホロブラウザが閉じる——途端に、打ち寄せるさざ波が視界に入ってきた。丁寧に洗われていく靴先も。

「確かに〈E〉の事件は解決したけれど……すっきりしないね」

「ともあれ、我々はすべきことをしました。あとは吉報を待ちましょう」

彼の言う通り、今はラッセルズを騙《かた》った人間が見つかるのを待つしかないか——複雑な気分を振り払おうと、エチカは面を上げて。

目の前には、広大なイギリス海峡が悠然と横たわっていた。その水平線はほんのりと丸い。太陽は西へと沈んでいく最中で、昼間は無垢《むく》に輝いていた海面も、藍色の眠りに就こうとしている——視線を動かせば、物静かに佇《たたず》むセブン・シスターズの断崖が見て取れた。白いチョークの海食崖《かいしょくがい》は、剝《む》き出《だ》しの肌に夕陽《ゆうひ》を吸い込んで、仄《ほの》赤く染まっている。

海岸を散歩する観光客の姿は疎《まば》らで、遙《はる》か遠くにぽつぽつと人影が見える程度だ。

それにしても。つい、首をもみほぐす——ラッセルズの家を調べ終えたあと、ここへ来たいと言い出したのはハロルドだった。確かに道中で、話題には上ったけれど。

「補助官、これは仕事だ。観光じゃない」

「とはいえたった今、一段落つきました。支局に戻るまでは『自由時間』です」

彼は悪びれもせず、波打《なみう》ち際《ぎわ》を歩く。その足許《あしもと》は、あろうことか裸足《はだし》だ。アミクスは年甲斐《としがい》もなく――機械にこの言い回しが通用するのかはさておき――スラックスの裾を何度か折り曲げていて、打ち寄せる波を器用に踏んでいく。いつもの革靴は、その片手で所在なげに揺れていて。

エチカは呆《あき》れた。「きみが海ではしゃぐほど子供だったとは知らなかった」

「お忘れですか？　私はまだ九歳ですよ」

「製造年月的にはね」こんな九歳児がいてたまるか。

「あなたもご一緒にいかがです？」

ハロルドが手を差し出してくるので、エチカは両手をポケットに突っ込んで見せた。

「前にも言ったはずだ。『何できみと二人で波打《なみう》ち際《ぎわ》を散歩しなきゃいけない』？」

「自然に触れれば、少しは疲れが和らぐかと思いまして」彼は気分を害した様子もなく、ただ微笑《ほほえ》む。「もちろん、例のカートリッジほどの効果は期待できないかも知れませんが」

エチカは、その場に立ち止まってしまう。

ハロルドは今や、自分がビガから医療用ＨＳＢカートリッジを融通してもらっていたことを知っている。ああなってしまってはもう、知らせざるを得なかった――しかし、発端となった『秘密』については、未《いま》だに隠し通している。恐らく、まだ勘付かれていないはずだ。

「結局のところ何に悩んでいらっしゃったのか、うかがっても？」

ハロルドも足を止めて、小石にまみれた砂浜を見渡している。

「大したことじゃない」エチカは虚勢を張った。カートリッジがなくても、どうかそれらしく聞こえていてくれますように。「やっぱり時々、姉さんがいなくなったことが不安になるんだ。

それが、負担になっていただけ」

「今も？」

「少しマシになったと思う。何だろう、今回色々なことがあって……吹っ切れたのかも」

エチカは言いながら、それとなくハロルドを追い越すようにして、歩き出す。

自分にはもう、盾がない。

もはや、時間の問題なのかも知れない。

あるいは勇気を振り絞って、打ち明けるべきなのだろうか。

──『まさか、信頼関係が壊れるかも知れないと思っている？』

いつぞやのレクシー博士の眼差《まなざ》しが蘇《よみがえ》ってきて──信頼関係どころか、ハロルドが立ち去るのではないか。臆病者の自分は、まだそう考えている。

何より、やっぱり、彼に責任を感じさせたくない。

ハロルドは、自分を『友人』とまで言ってくれたのだ。

それなのに、わざわざ苦しめるようなことを、伝えられるわけがなかった。

「……そういえば」エチカはふと思い至って、振り返る。「きみはあの時、わたしが電索能力を失った原因に気付いていたね。ほら、病院のテラスで話したでしょ」

「ええ」ハロルドは怪訝《けげん》そうに、こちらへと近づいてくる。「確かに気付いていましたが、急にどうされたのです？」

「いや……わたしが電索官に戻れると分かっていたのに、わざわざ『友人』だって言う必要があった？」

「もちろん」彼はそこで、波の中へと手を伸ばす。何かを拾い上げたようだった。「どちらかといえば推理よりも、そちらのほうが大切だったくらいです。何せ私にとって、あなたは初めての友人ですから」

エチカは眉を動かしてしまう。「ソゾン刑事やダリヤさんがいるでしょう？」

「二人は家族です。少し違いますよ」

そうして、整った手を差し出してくる――受け取ってみると、小さな貝殻の破片だった。いびつな形だが、白くつるりとした内側に、わずかな海水が溜《た》まっている。閉じ込められた、夕《ゆう》陽《ひ》の残滓《ざんし》も。

――『あなたは特別な人間です、エチカ』

あの時、目の前のアミクスが口にした言葉を思い出して。

何かが、喉の奥で焦げ付いた。

互いの間に横たわる溝は、今、ほんのわずかでも狭まったのだろうか。

何故《なぜ》か、前よりもずっと――狭まっていて欲しいと願う気持ちが、強くなっている。

「あなたを友人だと気付けたことは、今回の事件において唯一の幸運でした」ハロルドはそこでエチカを覗《のぞ》き込み、「それで……本当にマトイのことは吹っ切れたのですね？」

「吹っ切れたよ」エチカは反射的に仰《の》け反《ぞ》る。「とにかく、きみはもう心配しないで」

「それが強がりなのかどうか、以前のように見透かせたらよかったのですが」

「わたしはあんまりよくない」

「そう仰《おっしゃ》らず」彼は失笑したが、その笑みもすぐに曖昧になってしまって。「正直、今は……あなたを観察するのが少し怖いのです」

そういえば支局のエレベーターの中でも、彼はそんなことを言っていた。エチカに関しては頻繁に推測を外す、と。まさか、恐れるほどに考え込んでいるとは思わなかったが。

「ロバン電索官のことは、平気で観察していたのに？」

「彼女はまた別です、あなたほど親しくはありませんから」

「確かに、同僚として一緒に働いている期間はわたしのほうが長いけれど」

「そういうことではありませんよ。ファーマンの時のように、もうあなたを傷付けたくないという意味です」

ハロルドはそれだけ言って、一人で歩き始めるのだ。

砂浜に伸びた影は薄らいで、ほとんど、輪郭が残っていない。

エチカの両足は、またしても縫い止められてしまって。

彼は立ち止まらない。ゆっくりと離れていく背中を、ぼんやりと見つめる——ハロルドの中で、何かが変わりつつあるのが分かる。それが良《い》い変化なのかどうか、今はまだ、判断のしようがないけれど。

このまま、ソゾンを殺した犯人への復讐《ふくしゅう》心を、別の形で昇華させられないだろうか？

不意にそんな、おこがましい考えがよぎって。

また、醜い感情を抱いているような気がしてくる。

彼が、人間を殺して処分されるなどあってはならない、なんて。

ハロルドにとっては、それほど簡単に片付けられるような、たやすい問題ではないのに。

どうして自分は彼のこととなると、こうも薄汚くなるんだろう？

ああもう——全てを洗い流したい。

エチカは体を折り曲げて、靴を脱ぎ捨てた。砂の上に素足を置くと、ひやりとした感触が指の股に染《し》み込んでくる。甲をさらさらと撫《な》でる海水は、思いのほか冷たい。

打ち寄せる波に戸惑いながら、一歩ずつ歩いてみる。

「どうです、快適でしょう？」

気付けば、ハロルドがこちらを振り返っていた。その端正な面立ちに、屈託のない微笑《ほほえ》みを浮かべて——湖の瞳は、かすかな光を閉じ込めている。ガラス細工よりもずっと無垢《むく》に。

洗い流されるどころか、無性に胸が苦しくなってくるのだ。

これは一体、何なんだろう？

「……少し寒いよ。今気付いたけれど、気温が十九度に下がってる」

「十分な温度ですよ」

「むしろきみには物足りない？」

「ええ、既に冬が恋しいです」

「またきみと暖房のことで揉《も》めると思うと、もう気が重い」

軽口を叩《たた》き合いながら、知らず知らずのうちに、貝殻を握り締めた。

掌《てのひら》に食い込むその痛みを、今はまだ、無視していたい。

了

あとがき

有難《ありがた》いことに、三巻を刊行していただくことができました。二巻と同じ書き出しで恐縮ですが、これもひとえに応援して下さる読者様方のお陰です。本当にありがとうございます。

一巻二巻と『テクノロジーに祝福された人間』のお話が続いたので、今回はそうではない人たちのことを書けたら……と考えていました。もともと続刊が決まった時から、ユア・フォルマというデバイスのネガティブな面を掘り下げたいと思っていたこともあり、やや重たい内容です。どうか少しでもお心に届きますように。また今回、実在の事件から着想を得ておりますが、本著は現実とは一切無関係なフィクションであることを、改めて明記致します。

続きまして謝辞を。担当編集の由田様。いつも力強く支えて下さり、深く感謝しております。設定の段階でライザのことを熱く語っていただいたお陰で、彼女の人物像がぴたりと決まりました。イラストレーターの野崎つばた様。毎回、勿体《もったい》ないほど素敵なイラストをありがとうございます。ビガがキャラクターとして成長しましたのも、先生の可愛《かわい》らしいデザインが導いて下さったからこそです。漫画家の如月芳規様。コミックス第一巻発売、おめでとうございます。

いつもエチカとハロルドを可愛《かわい》がっていただいて、感謝の言葉もございません。

この先もエチカたちの物語を見守っていただけたのなら、幸甚《こうじん》に存じます。

二〇二一年九月　　菊石まれほ

◎主要参考文献

大島美穂、岡本健志編著『ノルウェーを知るための60章』（明石書店、二〇一四年）
高島康司著『Qアノン　陰謀の存在証明』（成甲書房、二〇二〇年）
Roth, Mark 講演 Sawa Horibe 訳「高まる仮死状態の現実性」TED Conferences, 二〇一〇年二月（https://www.ted.com/talks/mark_roth_suspended_animation_is_within_our_grasp?language=ja　閲覧日：二〇二一年八月十五日）

◉菊石まれほ著作リスト

本書に対するご意見、ご感想をお寄せください。

ファンレターあて先
〒 102-8177　東京都千代田区富士見 2-13-3
電撃文庫編集部
「菊石まれほ先生」係
「野崎つばた先生」係

本書は書き下ろしです。

電撃文庫

ユア・フォルマIII
電索官《でんさくかん》エチカと群衆《ぐんしゅう》の見《み》た夢《ゆめ》

菊石《きくいし》まれほ

2021年11月10日　初版発行
2022年1月25日　再版発行

発行者　青柳昌行
発行　株式会社KADOKAWA
〒102-8177　東京都千代田区富士見2-13-3
0570-002-301（ナビダイヤル）
装丁者　荻窪裕司（META＋MANIERA）
印刷　株式会社 KADOKAWA
製本　株式会社 KADOKAWA

●お問い合わせ
https://www.kadokawa.co.jp/（「お問い合わせ」へお進みください）
※内容によっては、お答えできない場合があります。
※サポートは日本国内のみとさせていただきます。
※ Japanese text only

※定価はカバーに表示してあります。

ISBN978-4-04-914001-9　C0193　Printed in Japan

電撃文庫　https://dengekibunko.jp/

電撃文庫創刊に際して

文庫は、我が国にとどまらず、世界の書籍の流れのなかで〝小さな巨人〟としての地位を築いてきた。古今東西の名著を、廉価で手に入りやすい形で提供してきたからこそ、人は文庫を自分の師として、また青春の想い出として、語りついできたのである。

その源を、文化的にはドイツのレクラム文庫に求めるにせよ、規模の上でイギリスのペンギンブックスに求めるにせよ、いま文庫は知識人の層の多様化に従って、ますますその意義を大きくしていると言ってよい。

文庫出版の意味するものは、激動の現代のみならず将来にわたって、大きくなることはあっても、小さくなることはないだろう。

「電撃文庫」は、そのように多様化した対象に応え、歴史に耐えうる作品を収録するのはもちろん、新しい世紀を迎えるにあたって、既成の枠をこえる新鮮で強烈なアイ・オープナーたりたい。

その特異さ故に、この存在は、かつて文庫がはじめて出版世界に登場したときと、同じ戸惑いを読書人に与えるかもしれない。

しかし、〈Changing Times,Changing Publishing〉時代は変わって、出版も変わる。時を重ねるなかで、精神の糧として、心の一隅を占めるものとして、次なる文化の担い手の若者たちに確かな評価を得られると信じて、ここに「電撃文庫」を出版する。

1993年6月10日
角川歴彦

電撃文庫DIGEST　11月の新刊

発売日2021年11月10日

続・魔法科高校の劣等生
メイジアン・カンパニー③
【著】佐島 勤　【イラスト】石田可奈

FEHRとの提携交渉のためUSNAへ向かう真由美と遼介。それを挑発と受け取る国防軍情報部は元老院へ助力を求める。しかし、達也にも策はある。魔法師の自由を確立するためマテリアル・バーストが放たれる——。

ソードアート・オンライン　オルタナティブ
ガンゲイル・オンラインXI
—フィフス・スクワッド・ジャム〈上〉—
【著】時雨沢恵一　【イラスト】黒星紅白　【原案・監修】川原 礫

突如開催が発表された第５回SJへの挑戦を決めたレンたち。そこへ、思いもよらない追加ルールの知らせが届く——。それは『今回のＳＪでレンを屠ったプレイヤーに１億クレジットを進呈する』というもので……。

ギルドの受付嬢ですが、残業は嫌なのでボスをソロ討伐しようと思います3
【著】香坂マト　【イラスト】がおう

業務改善案を出した者に「お誕生日休暇」が……!?　休暇をゲットするため、アリナは伝説の受付嬢が講師を務める新人研修へもぐりこむが——!?　かわいい受付嬢がボスと残業を駆逐する大人気シリーズ第３弾!!

ユア・フォルマIII
電索官エチカと群衆の見た夢
【著】菊石まれほ　【イラスト】野崎つばた

「きみはもう、わたしのパートナーじゃない」抱えこんだ秘密の重圧からか、突如電索能力が低下したエチカ。一般捜査員として臨んだ新事件の捜査で目の当たりにしたのは、新たな「天才」と組むハロルドの姿で——。

娘じゃなくて私《ママ》が好きなの!?⑥
【著】望 公太　【イラスト】ぎうにう

私、歌枕綾子、３ピー歳。タッくんと東京で同棲生活をしていたがひとつ屋根の下で生活していくうちに——恋人として一歩前進する……はずだった？

ドラキュラやきん!4
【著】和ヶ原聡司　【イラスト】有坂あこ

京都での動乱から二週間、アイリスがおかしい。虎木を微妙に避けているようだ。そんな中、村岡の娘・灯里が虎木の家に転がり込んでくる。虎木とアイリスが恋人だという灯里の勘違いで、事態は更にややこしくなり!?

日和ちゃんのお願いは絶対4
【著】岬 鷺宮　【イラスト】堀泉インコ

あれから、季節は巡り……日和のいない生活の中、壊れてしまったけれど続く「日常」を守ろうとする俺。しかし、彼女は、再び俺の前に現れる——終われずに続く世界と同じように、終われない恋の、続きが始まる。

新作
サキュバスとニート
〜やらないふたり〜
【著】有象利路　【イラスト】猫屋敷ぷしお

サキュバス召喚に成功してしまったニート満喫中の青年・和友。「淫魔に性的にめちゃくちゃにしてほしい」。そんな願いを持っていたが、出てきたのは一切いうこと聞かない怠惰でワガママなジャージ女で……？

新作
僕らのセカイはフィクションで
【著】夏海公司　【イラスト】Enji

学園一のトラブルシューター・笹貫文士の前に現れた、謎の少女・いろは。彼女は文士がWebで連載している異能ファンタジー小説のヒロインと瓜二つで、さらにいろはを追って同じく作中の敵キャラたちも出現し——？

新作
護衛のメソッド
—最大標的の少女と頂点の暗殺者—
【著】小林湖底　【イラスト】火ノ

裏社会最強の暗殺者と呼ばれた道真は、仕事を辞め平穏に生きるため高校入学を目指す。しかし、理事長から入学の条件として提示されたのは「娘の護衛」。そしてその娘は、全世界の犯罪組織から狙われていて——。

新作
こんな可愛い許嫁がいるのに、他の子が好きなの?
【著】ミサキナギ　【イラスト】黒兎ゆう

貧乏高校生・幸太の前に突如現れた、許嫁を名乗る超セレブ美少女・クリス。不本意な縁談に二人は《婚約解消同盟》を結成。だがそれは、クリスによる幸太と付き合うための策略で——？

新作
娘のままじゃ、お嫁さんになれない!
【著】なかひろ　【イラスト】涼香

祖父の死をきっかけに高校教師の桜人は、銀髪碧眼女子高生の藍良を引き取ることに。親代わりとして同居が始まるが、彼女は自分の生徒でもあって!?　親と娘、先生と生徒、近くて遠い関係が織りなす年の差ラブコメ！

第27回 電撃小説大賞
大賞受賞作を
完全コミック化!
Kadokawa Comics A
如月芳規
菊石まれほ
野崎つばた
ユア・フォルマ
Kadokawa Comics A
コミックス
第1巻
好評発売中
ユア・フォルマ
[原作] 菊石まれほ
[漫画] 如月芳規
[キャラクター原案] 野崎つばた
KADOKAWA

機憶に潜り、
未知の脅威《ウイルス》を暴け
ヤングエース にて好評連載中!
※2021年11月現在の情報です。

二月 公
イラスト／さばみぞれ
声優ラジオのウラオモテ
#01 夕陽とやすみは隠しきれない？
オモテは元気&清楚なアイドル声優／
ウラはギャル&根暗地味子な女子高生!?
プロ根性で世界をダマせ!
バレたらアウトの声優ラジオ
Now On Air!!
第26回
電撃小説大賞
大賞
受賞
電撃文庫

インフルエンス・インシデント
Influence Incident
SNSの事件、山吹大学社会学部『白鷺ゼミ』が解決します！（多分）
駿馬京
illustration◊竹花ノート
女教授と女子大生と女装男子《インフルエンサー》が
インターネットで巻き起こる
事件《インシデント》に立ち向かう！
第27回
電撃小説大賞
銀賞
受賞
電撃文庫

キミの青春、私のキスはいらないの？
Don't you need my kiss for your youth?
うさぎやすぽん
イラスト あまな
「普通じゃない」ことに苦悩する
すべての拗らせ者へ届けたい
原点回帰の青春ラブコメ！
「ね、チューしたくなったら
負けってのはどう？」
「ギッッ!?」
「あはは、黒木ウケる
——で、しちゃう？」
完璧主義者を自称する俺・黒木光太郎は、ひょんなことから
「誰とでもキスする女」と噂される、日野小雪と勝負することに。
事あるごとにからかってくる彼女を突っぱねつつ。俺は目が離せなかったんだ。
俺にないものを持っているはずのこいつが、なんで時折、寂しそうに笑うんだろうかって。
電撃文庫